LE TESTAMENT D'OLYMPE

« Fiction & Cie »

Chantal Thomas

LE TESTAMENT D'OLYMPE

roman

Seuil
*25, bd Romain-Rolland, Paris XIV*e

COLLECTION
« *Fiction & Cie* »
fondée par Denis Roche
dirigée par Bernard Comment

ISBN : 978-2-02-101259-0

www.editionsduseuil.fr

À Thierry

C'est s'en faire le complice que d'entourer le crime de silence. Dépositaire des pages dans lesquelles ma sœur déroulait le fil de sa brûlante jeunesse, j'ai voulu leur donner une chance d'exister. Et je les ai fait précéder de mes propres souvenirs afin que, par ce livre où nos deux histoires se rejoignent, se répare la blessure de nos vies séparées.

Apolline de T.,
Londres, juillet 1771

Les lys du champ

Georges Siméon Sandrac, mon père, était un saint. Il avait montré dès sa petite enfance une piété qui faisait l'admiration de sa famille et l'espoir du curé de sa paroisse. Et si, ayant atteint l'âge où il devait se décider entre une vie dans le siècle et la retraite ecclésiastique, il choisit la première, ce ne fut pas séduit par de vains prestiges mais dans la conviction que l'amour pour une femme aussi vertueuse que l'était ma mère ne pouvait l'écarter de la volonté divine. Il vit même dans le mariage un choix plus périlleux, la nécessité d'une vigilance accrue. Et vigilant, certes, il le fut. D'abord, en unisson avec la foi de ma mère, qui n'était jamais si heureuse qu'en prières au pied d'un autel de la Vierge. Ensuite, en moins parfait accord, sans qu'il y eût jamais conflit véritable entre mes parents. Mais il y avait une légère dissonance. Presque rien. Il ne s'agissait que d'une orientation plus ou moins pratique par rapport à l'existence. Mère, ne pouvant s'empêcher de jeter parfois un regard sur l'état de ses enfants, considérait que les besoins devaient être pris en compte au moins pour se maintenir à un niveau de survie. Ses exigences matérielles n'allaient pas au-delà. Alors que Père balayait d'un geste la notion de besoin et les récriminations qui vont avec. Il avait accueilli dans la joie les naissances de mes trois sœurs, Ursule, Marie-Jeanne, Adrienne, et de la benjamine que j'étais – une joie entière et qui ne s'est jamais démentie en dépit de la fatalité d'une progéniture uniquement féminine, et des précoces dispositions de trublion qu'Ursule, notre aînée, révéla dès le berceau. Elle était de loin, en sa blondeur faussement angélique et sa silhouette gracile, la plus belle et la plus charmante, et représenta, déjà toute petite, une source perpétuelle de tourments et d'enchantements… Je ne nomme ici que les enfants vivants. Car, entre mes trois sœurs et moi, et aussi précédant Ursule et me suivant, nombreux furent ceux qui moururent, à peine nés, ou si jeunes que leur bref passage ne s'inscrivait nulle part, sauf, en lettres creuses, au cimetière des enfants morts sans baptême, ou, pour ceux qui avaient rendu l'âme selon des délais convenables, dans le marbre du tombeau familial, au cimetière Saint-Maixent. Les premiers seraient envoyés dans les limbes, au bord de l'Enfer, les seconds iraient au Paradis. À chaque fois que j'y pensais, je remerciais Dieu et mon ange gardien d'être vivante et baptisée, et d'être capable de marcher des lieues sans avoir trop mal aux pieds. Parce que le cimetière Saint-Maixent était très éloigné de notre maison. Nous nous y rendions tous les dimanches. C'était un long trajet, qui, au retour, m'arrachait des larmes de fatigue. À l'aller, j'étais joyeuse, comme si d'une fois sur l'autre j'oubliais où j'allais, ou bien parce que l'incroyable vitalité qui émanait de la rue Sainte-Catherine, la presse des gens, le tournoiement des cris, la violence des senteurs de vins et de poissons fumés, me plongeaient dans l'ivresse... Tant duraient ces stations devant la dalle de marbre, marquée aux quatre coins d'un double liséré doré, qu'il me semble que c'est là où j'ai appris à lire. Je me répétais les noms de mes frères et sœurs : *Richard, Adeline, Henriette, Gontran, Charles-Marie, Rose*, et je m'efforçais de faire correspondre à cette litanie murmurée les signes énigmatiques gravés dans le marbre, frêles dépôts de leurs vies disparues. Mais est-ce vraiment à leurs noms, ajoutés en fin des *Pater Noster* qui scandaient nos endormissements, que j'ai appris à lire, ou bien à ceux, autrement entraînants, qui brillaient en lettres radieuses sur les coques des navires amarrés au quai : *L'Isabelle, L'Heureux Moine, L'Astrée, L'Indifférent, Le Grand Paul, L'Aimable Manon, The Blue Arrow*... Comment savoir ? Ce n'était pas, en tout cas, seulement sur la mémoire de mes frères et sœurs que l'on nous emmenait nous recueillir, mais d'abord sur celle d'*Adeline Claire Euphrasie Sandrac* née *Dormois*, la mère de mon père, à laquelle ce dernier vouait un culte : elle avait cette habitude d'aller chaque soir, à la tombée du jour, chevaucher le long du fleuve. Mon père trouvait l'exploit aussi fort que celui de Jeanne d'Arc revêtant une armure. Et même Ursule, qui, sans trêve, était en rébellion contre la famille, sur cette image – grand-mère en audacieuse cavalière – partageait l'admiration de Père.

Pour mes parents la frontière entre la vie et la mort était mince, sans doute illusoire. Les enfants défunts n'avaient pas une moindre réalité que nous quatre. D'ailleurs, on nous appelait indifféremment de leurs noms ou du nôtre. J'avais le soupçon même qu'ils les préféraient. Ma mère, parce que de pures âmes la libéraient du souci de s'occuper d'êtres vivants et la rapprochaient d'une fusion idéale avec son époux ; mon père, et le motif était le même au fond, parce que ni Adeline, ni Henriette, ni Charles-Marie, ni Gontran, ni Richard qui avait eu le temps de se faire regretter, ni la toute petite Rose dont j'avais sucé les doigts minuscules pour essayer de calmer ses cris, ne réclamaient plus à manger. Or, pour mon père, je l'ai dit, l'idée de besoin était abominable. Il ne se sentait pas concerné par le problème de notre subsistance. À ses yeux, la vie matérielle n'était qu'abjection. Même en ses aspects soi-disant spirituels comme le goût de la beauté et l'inclination pour les arts. Mais s'il se contentait d'ignorer l'art, il était une chose qu'il honnissait en particulier et dont il se préservait davantage que de la peste : le travail, malédiction originelle, penchant ignoble, péché d'orgueil et de désespoir. Il fallait être bien prétentieux par rapport au pouvoir de la Nature pour oser se targuer d'en obtenir davantage que ce qu'elle nous offrait, et bien méfiant par rapport à Dieu pour ne pas s'en remettre, dans l'insouciance, à son Parfait Amour. « Est-il ou n'est-il pas notre Père ? » proférait mon père en levant les yeux vers le plafond cloqué d'humidité de la cuisine, où, comme il faisait un peu frais dans le reste de la maison, nous nous réfugions l'hiver en attendant le souper qui tardait.

Par la grâce de ses principes, qu'encore jeune homme mon père n'avait jamais tenus secrets, même auprès de son propre père qui les désapprouvait de tout son être, la fabrique de filets de pêche dont il avait hérité s'était effondrée avec une rapidité spectaculaire. Mon père, au début, s'était donné la peine de la regarder crouler ; ensuite, même de cela il s'abstint. Des vauriens s'étaient mêlés au noyau des ouvriers fidèles qui, par respect pour l'aïeul, avaient accepté, un temps, de travailler sans être payés ; poussés par le besoin et effrayés par les vols et saccages auxquels se livraient les nouveaux arrivés, ils avaient renoncé et étaient allés se louer, non loin, chez le concurrent, un mécréant. Telle était l'indifférence de mon père qu'il pouvait passer en étranger devant la bâtisse de bois pourri, aux fenêtres éventrées, aux escaliers béants, avec seulement intacte sur les débris de la façade l'enseigne un peu écaillée, mais toujours visible, d'une chaloupe bleue qui se balançait dans le ciel. Un jour, elle aussi était tombée. Restait la chaînette, que le vent faisait grincer. Le regard de mon père se détournait, il préférait le jaune vif des buissons d'ajoncs, de l'autre côté du chemin. De sa décadence, il appréciait tous les avantages et surtout celui de jouir d'un temps fluide, illimité. Il s'éveillait chaque matin dans le bonheur de n'avoir rien à faire et soupirait d'aise.

Mon père était inflexible. Il s'opposait, sans violence mais avec une résolution de martyr, à cette tare qui gagnait toutes les sphères de la société. À Bordeaux, elle était particulièrement triomphante. Nous étions entourés de laborieux de toutes espèces, de gens qui, manifestement, doutaient de la main de Dieu. Ces individus se livraient au commerce en forcenés. Non contents de cultiver le nombre d'arpents de vigne qui aurait suffi à les désaltérer, ils s'activaient pour étendre leur vignoble, améliorer la qualité du vin, accroître les bénéfices sur les ventes. « Quelle honte ! » gémissait mon père. Cela seul le consolait de savoir que Bordeaux comptait exactement autant de négociants que de mendiants. Et il souriait quand il croisait une troupe de chasse-pauvres, ou de chasse-coquins comme on les appelait aussi, en pleine activité : ils devaient arrêter les mendiants et les mettre de force au travail, mais, à peine embrigadés, les vagabonds s'échappaient. Bientôt d'ailleurs, à cause des guerres qui opposeraient la France à l'Angleterre, certains de ces négociants en vin, privés de leur principal client, iraient grossir la catégorie des mendiants. Cependant, un de ses plus grands sujets de stupeur et de déploration était de voir des nobles se battre pour obtenir le droit de travailler – « le droit de devenir ignobles ».

« Ah ! mes enfants, où allons-nous ?

– Mais, osait timidement ma mère, s'ils meurent de faim dans leurs palais désargentés et si eux et leur famille manquent du nécessaire au pied d'un arbre généalogique glorieux, certes, mais qui ne les nourrit pas ?

– Je vous en prie, ne me dites pas qu'ils n'ont pas dans leurs palais quelques superfluités dont se défaire. Encore que leur véritable titre de gloire devrait être dans leur endurance à faire la sourde oreille aux cris de leur estomac.

– Cela, vous le savez, n'est pas accordé à tout le monde. Rares sont les élus entièrement détachés des misères du corps. Vous l'êtes, je le suis ; mais il y a de la dureté à obliger autrui à pareil renoncement. »

La chose était sans réplique (et nous, les enfants, pour l'heure assourdis par les clameurs de notre estomac, nous approuvions d'un faible mouvement de tête). Il n'y avait eu qu'un soupçon de nervosité dans les paroles de mon père. Son visage était à nouveau empreint de cette expression d'indicible contentement qui le caractérisait. Il disait le *Benedicite*, remerciait la Providence pour la nourriture qu'elle nous prodiguait, pour ce brouet de maïs dont l'arrivée tant attendue nous donnait, à mes sœurs et à moi, des ardeurs furieuses. Il fallait se retenir de crier, bondir sur la table, et avaler en quelques bouchées la pitance de la communauté. Mais nous nous contenions, et nous avions encore le courage de nous émouvoir de la tendresse avec laquelle, après le *Benedicite*, mon père effleurait la main de sa femme, faisant une légère pause sur le renflement d'or de l'anneau nuptial.

Et si l'une de nous ne pouvait s'empêcher de balbutier qu'elle en reprendrait bien un peu, il avait une douceur inimitable pour la convaincre du contraire. C'était gourmandise. La vraie faim était autre chose.

« Ah oui ? » ironisait Ursule, qui raclait sa cuillère contre son assiette vide.

La vraie faim, il en avait été témoin pendant la famine de 1747. Et il reprenait le récit de cette terrible famine. Je l'écoutais comme une légende.

« En 1747, disait mon père, les gens mouraient par milliers. Et ceux qui n'étaient pas encore morts erraient, tels des squelettes ambulants. C'était des paysans venus de vignobles éloignés et des Landes. Au début, on leur avait distribué un pain noir fait d'avoine, de racines, de fougères et d'herbes. Quand il n'y eut plus rien, on ferma les portes de la ville. On les entendait qui appelaient au secours et mouraient avec des malédictions aux lèvres. Leurs cadavres s'agglutinaient en tas à la boue, aux excréments, aux détritus, accumulés contre les murailles. La vraie faim, croyez-moi, c'est cela... Presque aussi atroces avaient été les mois précédant la famine, le temps des rumeurs, puis de la certitude, terrible.

– Je m'en souviens, j'étais née, protestait Ursule.

– Vous étiez trop petite pour être consciente de ces événements. M. de Tourny, comme toujours, avait voulu se donner le beau rôle, alors qu'on n'échappe pas au fléau du destin.

– Je m'en souviens, insistait Ursule en mordillant une mèche de ses cheveux. J'avais trois ans et j'avais faim, maintenant j'en ai treize et toujours aussi faim. »

Mon père n'aimait pas le marquis de Tourny, ni le père ni le fils, le premier pour ses idées prétendument modernes, le second pour son manque d'idées. Dans le conflit qui avait opposé l'intendant d'Aquitaine à M. de Montesquieu, il était tout entier pour le magistrat. Les plans de démolition de M. de Tourny père, outre qu'ils entamaient les bâtiments du Parlement, avaient considérablement modifié l'allure de la ville.

« M. de Tourny a démoli pour construire, corrigeait ma mère lorsque, par inadvertance, elle prêtait attention.

– Des constructions *géométriques*. Le rectiligne est une infamie. La marque rédhibitoire du néant de la créativité humaine. Ne pouvoir rien inventer de plus que de rogner les angles et aplanir les courbes. J'ai connu Bordeaux avant l'arrivée de M. de Tourny. Un labyrinthe ! Les maisons de pans de bois étaient à surplomb, resserrées à l'intérieur de l'enceinte, empilées les unes sur les autres pour laisser la place aux trois forteresses (le fort de Sainte-Croix, le château Trompette, le fort du Hâ, disions-nous en chœur), et surtout, continuait mon père, aux trente-cinq couvents dont s'enorgueillissaient les Bordelais. Au lieu qu'ils sont fiers aujourd'hui de leur jardin public et des cafés des allées de Tourny.

– On dit que la place Royale est superbe », soutenait ma mère, qui ne sortait jamais de la maison.

Ursule et moi, nous étions d'accord. La statue du roi Louis XV, la vue sur la courbe du port de la Lune, la perspective du côté des Salinières, tout faisait plaisir sur la place Royale. Nous l'aimions brillante de soleil ou luisante de pluie, avec ses pavés comme des coquillages incrustés.

« Et le château Trompette, ai-je interrogé, il ne va pas disparaître au moins ? » Ce lieu, son nom, sonnait à mes oreilles comme une formule magique, la joie proclamée d'une citadelle faite musique. De là-haut il était splendide de regarder le mouvement des bateaux, et joyeux de courir entre les colonnes, de se pencher sur la plate-forme, de fermer les yeux en s'imaginant qu'on était en train de tomber ou de s'envoler.

« Qu'une ville change, je n'y vois pas scandale à condition qu'on n'y lise pas la marque de l'arrogance des hommes et que les édifices modernes ne soient pas inspirés par l'immoralité. Malheureusement, c'est souvent le cas. Le comble, ce Grand-Théâtre ordonné par le maréchal de Richelieu. Mais sur ce chapitre je préfère me taire, surtout en présence des enfants… »

Mon père avait en égale détestation les théâtres et les miroirs qui pareillement prétendent ajouter à la Création, la multiplier. Et comme le Grand-Théâtre de Bordeaux, que construisait Victoir Louis, était calqué sur le modèle de celui de Paris, cela paraissait à ses yeux un redoublement de vanité. Quant au maréchal de Richelieu, le fameux gouverneur d'Aquitaine, on n'en parlait guère à la maison. Seule sa fille, la comtesse d'Egmont, une personne vertueuse qui tenait auprès de son père le rôle que sa mère, morte, ne pouvait assumer, méritait d'être mentionnée. Pour son entrée à Bordeaux, le 4 juin 1758, nous nous étions tous déplacés, même ma mère, mais la foule lui avait fait rebrousser chemin. Moi, j'étais restée jusqu'au bout et je ne l'ai pas regretté, bien que, trop petite pour voir quoi que ce soit, seule la musique me fût accessible. Ursule, pour l'occasion, s'était faite aussi belle que possible. Elle avait cousu une multitude de rubans sur sa robe défraîchie et garni son étroit décolleté d'une fleur de lilas. Pour mieux voir, elle s'était perchée sur une borne. Le maréchal de Richelieu avait décidé de faire son entrée par la mer. Il est arrivé de Blaye sur un vaisseau pavoisé, sa suite était répartie dans des barques aux voiles multicolores. Toute cette flotte, décorée de drapeaux et de guirlandes de fleurs, progressait dans le sillage d'un bateau où jouait une fanfare militaire. Bousculée, anxieusement accrochée à la main de mon père, je reçus avec émotion les premiers accents de cette musique. Elle flotta longtemps au loin avant d'exploser à mes oreilles. Alors, dans un soudain tintamarre, le château Trompette et tous les bâtiments du port donnèrent du canon. Ce fut mon grand moment, une sorte d'éblouissement sonore. Le reste me vient d'Ursule juchée sur sa borne. Le maréchal, selon elle, était d'une grande beauté, d'une prestance incomparable. Après sa réception, place Royale, par le Parlement, il était passé sous l'arc de triomphe construit spécialement pour lui et s'était rendu à cheval, suivi de la noblesse de la ville et de sa maison, à la cathédrale Saint-André. L'archevêque était venu à sa rencontre… Debout, au fond de l'église, j'avais entendu les chants merveilleux du *Te Deum* de Levens, celui même qui avait été composé pour le sacre de Louis XV. « Quelle impertinence, maugréait mon père, quelle façon grossière, blasphématoire même, de se proclamer roi à son tour ! » Il nous obligea à rentrer à la maison sans attendre les illuminations et la distribution d'aumônes. Au soir de cette grande journée, il y avait eu un dîner de quatre cents couverts auquel le public avait eu le droit d'assister, et puis la table avait été livrée au peuple. Pendant plusieurs jours les façades des édifices tendues de papier et d'étoffes avaient gardé leur habillement. Bordeaux était bariolé. Je n'avais pas goûté aux miettes du festin, mais j'eus le plaisir des couleurs.

Mon père avait tenu à saluer en la personne du maréchal-duc de Richelieu l'émanation du roi de France, le petit-neveu du célèbre cardinal et le vainqueur de Fontenoy et de Port-Mahon. Il n'avait que mépris pour le libertin exécrable dont il avait, depuis son plus jeune âge, la renommée et qu'il n'allait pas tarder à confirmer sur place. D'ailleurs, après sa grandiose entrée, il s'avéra que le maréchal-duc était dans un état d'épuisement total. Et l'on disait que ses efforts sur les champs de bataille n'en étaient pas la seule cause. Richelieu recourut aux bains de lait (d'où une peur dans Bordeaux, personne ne voulant plus boire de lait), alla faire une cure à Bigorre, et découvrit ce qui le guérit : les bienfaits du vin de Bordeaux – que tout le monde appelait depuis la « tisane de Richelieu ». Si ses frasques n'entraient pas dans le registre des conversations familiales, elles défrayaient la chronique bordelaise. Dans les rues, sur les places, aux fontaines, il n'était question que de lui, de ses dépenses, de ses folies, de la « cabane de Philée », sa salle de jeux privée, où naissaient et s'annulaient en rien de temps des fortunes colossales. Ursule affirmait que le maréchal était chaussé de souliers à talons rouges hauts comme des échasses et que son carrosse était recouvert de miroirs. Elle disait d'autres choses aussi à propos du gouverneur libertin, des choses obscures. Elle me chantonnait des bouts rimés auxquels je ne saisissais rien. Le maréchal ne se privait pas d'insulter les Bordelais. Ursule avait du goût pour cette histoire : lors d'une audience, des bourgeois avaient réclamé auprès de Richelieu qu'il fît chasser de la ville les catins qui l'infestaient. Il faudrait donc, avait répondu Richelieu, que j'en chasse toutes les femmes.

« "Catin", lui ai-je demandé, qu'est-ce que ça veut dire ? C'est lié à "câlin" ?

– Exactement. La catin est une femme qui prodigue des câlins dont aucun n'est gratuit. »

Ça ne m'éclairait pas.

« Imagine : on dit que chacune des pièces de son hôtel, rue de la Porte-Dijeaux, possède une cheminée et au moins un miroir. Pas une salle où il ne puisse se chauffer et se regarder. Et quand il va vers son carrosse, il se voit s'avancer. Cet homme ne se perd pas de vue une seconde. Tu te rends compte ? »

À la différence d'Ursule, l'absence de miroirs chez nous ne me gênait pas. Elle, partout où elle se trouvait, cherchait à attraper ne serait-ce qu'un fragment de son reflet. Dès qu'elle apercevait une fenêtre vitrée, elle s'approchait, faisait mille mimiques avec sa bouche, ses yeux. Puis elle se reculait, me plaçait devant elle et me poussait à m'admirer.

« Toi aussi, Apolline, tu es jolie. Je suis sûre que tu ignores même la couleur de tes yeux. Allons, dis-moi, je n'ai pas raison ? »

Je cédais au péché de coquetterie, me portais complice des œuvres du Diable. Troublée, le nez contre la vitre, j'essayais en vain de distinguer mes traits. Mais à l'instant où ma sœur, avec brusquerie, m'éloignait, je m'apparaissais. Et j'aurais voulu rester longtemps devant la petite fille aux yeux bleus qui me fixait. « Tu es belle comme un cœur », riait Ursule. Elle avait repris sa place et s'appréciait en détail.

Ursule avait les yeux noirs et les cheveux blond-roux ; moi, les yeux clairs et les cheveux châtain foncé presque bruns, comme s'il s'était produit entre nous une inversion ou une confusion dans la répartition de nos attributs physiques et que ces yeux bleus qu'elle me disait d'admirer auraient dû être les siens. Mes pieds étaient démesurés par rapport à ma taille, alors qu'elle, grande pour son âge, avait le pied et la main exquisement petits. Sûr que je ne me félicitais pas de ma pointure mais elle me renforçait dans l'intuition obscure que nous appartenions, ma sœur et moi, au règne de l'indivisible.

Parfois nous demandions, Ursule, Marie-Jeanne, Adrienne et moi, à jouer dans le jardin. Les grands jours, nous allions plus loin, jusqu'au chemin de Bègles. C'était notre quartier, du côté du faubourg Sainte-Croix, au-delà des anciens murs de la ville, entre terrain vague et palus (nous appelons ainsi le marais), dans une étendue indécise, que je croyais un lieu fertile par excellence puisque les têtards y prospéraient. Je refusais de tout mon émerveillement à observer sauter les grenouilles les fadaises des médecins hygiénistes d'après lesquelles s'exhalaient des marais des miasmes et des vapeurs méphitiques. Nous attrapions la fièvre dite « palustre » ? Rien de grave ! Nous étions au moins aussi fortes que les grenouilles. Un peu de quinquina et nous retournions gambader sur le chemin. Nous attendions que passe un voyageur. S'il en venait un, nous le saluions et le regardions s'éloigner. Secouées par la force de l'événement, nous restions longtemps silencieuses, toutes les quatre assises côte à côte, toujours sur la même pierre, en rebord de palus. Quelquefois Ursule faisait semblant d'emboîter le pas du voyageur. Elle le suivait un moment, imitant son pas lourd, régulier, prenant l'allure de qui porte un fardeau, tandis que nous criions de nos voix grêles : « Ursule, Ur-sule, Urrr-sule, reviens ! » Elle faisait plus ou moins durer le jeu, et soudain, dans une volte-face, nous revenait. Nous battions des mains de soulagement. Quand nous étions un peu remises, nous coupions des roseaux pour en faire des flûtes et nous rentrions toutes ensemble à la maison, chacune sifflant son air.

Je vivais dans l'excitation de l'envie de jouer – une fièvre qui était tantôt celle des marais, tantôt l'étreinte du bonheur. Ursule n'arrêtait pas d'inventer de nouveaux jeux. Je m'endormais le visage dans ses cheveux. Le sommeil nous prenait au milieu de nos chuchotements. « Nos messes basses », comme disait notre mère avant de replonger dans ses propres chuchotements. Il n'existait que les saisons. Le temps du calendrier nous était étranger. Parmi les objets les plus précieux de notre demeure, il y avait un calendrier perpétuel. Parfaite réplique, paraît-il, de celui qui avait été conçu spécialement pour le roi. Nous l'appelions, Ursule et moi, « le calendrier du roi ». Dans cet esprit d'éternité et de confiance en la fatalité, quand notre père s'aperçut qu'Ursule était bien grandie et qu'elle avait atteint et même dépassé l'âge d'apprendre des rudiments d'écriture et de lecture, il nous mit toutes quatre à l'« école », un rassemblement d'enfants pouilleux, pour la plupart enfants de marins. Ils connaissaient à peine leurs pères. Leurs mères, comme c'est fréquent dans ces pays de bord de mer où les femmes vivent en veuves, étaient livrées au Diable. Elles s'envolaient chaque nuit pour le sabbat, et venaient au matin se poser, légères, enfiévrées et ravies par les caresses du Séducteur, auprès de leur progéniture en pleurs. J'étais trop petite pour faire partie de la classe. Je restais assise dans un coin, derrière les autres enfants. Je jouais avec les bouts de paille qui jonchaient le sol, ou bien, lorsque la musique me plaisait, je répétais des morceaux de leçon : « Es-tu écolier ? – Oui, je suis écolier. – Es-tu lépreux ? – Non, je ne suis pas lépreux. – As-tu le mal des ardents ? – Oui, j'ai le mal des ardents. » Sur ces mots, les enfants sautaient, criaient, dansaient en rond. Ursule faisait de rapides progrès, Marie-Jeanne et Adrienne suivaient comme elles pouvaient, et moi je ne m'ennuyais jamais. Mais un jour on nous retira de l'école : mon père avait appris que le maître exerçait simultanément le métier de cabaretier. Il en fut outré, et accepta de prendre sur son précieux temps pour nous éduquer lui-même. Il nous enseignait le calcul et nous lisait l'Histoire sainte. Pour le reste, il trouvait que ma mère y suffisait, car elle avait une bonne écriture et brodait comme une fée. Elle se faisait un devoir et une fierté de transmettre ces mérites à ses filles. Marie-Jeanne et Adrienne lui en étaient reconnaissantes. Elles s'appliquaient. Tandis que la seule voix de notre mère nous appelant pour venir broder donnait à Ursule des convulsions. On la traînait toute bleue à son tambour. « Je veux apprendre autre chose, criait-elle en se tordant de fureur. Pas la broderie ! »

La dot de ma mère nous entretint quelques années, puis la charité régulièrement assurée par le seigneur du lieu, M. Favard de Malemort, un grand propriétaire de vignobles, prit la relève. Je dois ajouter *discrètement*.

Car ma famille, des côtés tant de mon père que de ma mère, avait, quoique bourgeoise, toujours joui d'une grande respectabilité et, longtemps, son aisance avait été manifeste. De cette aisance ancienne, nous, les enfants, ne devions connaître comme preuve tangible que le tombeau familial. Et c'était peut-être pourquoi, tout autant que pour le culte rendu à la grand-mère cavalière, il constituait le but de nos sorties. M. Favard de Malemort craignait de blesser mon père. Bien à tort, car dans les vieux habits et les corbeilles de légumes et de fruits qu'une servante portait à ma mère et qui la brûlaient de honte, mon père discernait la main de Dieu, la manne inépuisable de la Création, et il se prosternait en son cœur.

« La vie n'est-elle pas plus que la nourriture, et le corps plus que le vêtement ? Regardez les oiseaux du ciel : ils ne sèment, ni ne moissonnent, ni n'amassent dans les greniers, et votre Père céleste les nourrit ! Ne valez-vous pas, vous, beaucoup plus qu'eux ? Qui d'entre vous, à force de soucis, peut ajouter à son âge une seule coudée ? Et du vêtement pourquoi être en souci ? Observez les lys du champ, comme ils croissent : ils ne se donnent pas de peine, ils ne filent pas... Oui, voyez-les, Apolline, ma fille, admirez cette liberté, cette grâce, cette blancheur épandue à pleins champs. Pas même Salomon, dans sa gloire, n'a été vêtu comme l'un d'eux. Louez ! Ne soyez que louanges ! Bannissez l'ambition, la cupidité, la démence de possession. Laissez-vous griser par le parfum des lys, fermez les yeux, oubliez tout. Soyez heureuse. »

Mon cœur cognait de joie. Je demandais la permission de quitter notre petite table installée à côté du bureau de mon père et je courais à la fenêtre. Les palus étaient dans la brume. Il n'y avait rien à voir. Bientôt j'aurais dix ans et quelques jours plus tard ce serait Noël. Les paroissiens, après la messe de minuit, prendraient ensemble le chemin de l'hôtel de Malemort, même les éclopés et les plus miséreux. Après avoir suivi un moment le chemin de Bègles, longé l'hôpital des incurables, nous nous enfoncions dans un terrain sableux, nous marchions soudés les uns aux autres. J'avais peur. Je confondais le brillant des étoiles avec les yeux des loups. « Il faut craindre les loups, disait mon père, mais ils sont sur terre. Pas au ciel. » Curieusement, ces paroles me rassuraient. Le curé marchait en tête. Lui seul était éclairé. Le reste avançait à tâtons et quand quelqu'un se prenait à une branche basse, on entendait un juron aussitôt étouffé. Cette nuit était unique. Chacun en était conscient. Pour moi, sa splendeur se pressentait quand nous posions le pied sur le sol pavé de la rue Saint-James. Mais elle éclatait quand nous arrivions devant la haute porte sculptée. Découpée dans la lumière des flambeaux, celle-ci avait en son milieu un gigantesque heurtoir de cuivre, dont le dessin, entrelacs de feuilles, de fleurs et de grappes de raisin, m'émerveillait. Mon visage était juste à sa hauteur et je me faufilais pour me délecter des détails de cette splendeur qui s'offrait à moi, tel un condensé de tout ce que la vie allait m'apporter de meilleur. Je la dévorais des yeux tout le temps qu'il fallait à notre petite troupe pour se réunir. Quand enfin c'était chose faite, alors le curé, m'écartant d'un geste affectueux, soulevait à pleine main la lourde couronne de feuillages et de grains dorés qui retombait avec un bruit de tonnerre. J'étais presque morte de bonheur. La scène qui suivait m'achevait. Elle s'ouvrait à l'instant où nous pénétrions dans une grande salle en boiseries. Les yeux clignotants, nous nous trouvions face à une immense table couverte de toutes les victuailles de la terre, chapons, poissons, poulardes, canards, oies, pintades, perdrix, quartiers de porc et d'agneau, pâtés, saucisses, huîtres, foie gras, fricassées, bécasses et mauviettes... D'abord personne n'osait s'approcher. Puis, à l'invite du seigneur, après quelques discours écoutés en salivant, c'était une ruée désordonnée. Adrienne, toute barbouillée de gelée, courait autour de la table et ralentissait à peine pour saisir n'importe quoi au passage, tandis qu'Ursule, repue, un peu malade d'avoir pour une fois mangé à sa faim, suivait du bout d'un doigt sur la nappe brodée le motif d'un bouquet.

J'eus dix ans et ce fut Noël. Mais celui-ci sonne comme un deuil dans ma mémoire. La veille de mon anniversaire, qui se célèbre le 5 décembre, Ursule disparut. Comment était-ce possible ? Qui nous l'avait volée ? Où se cachait-elle ? Pourquoi nous avait-elle quittés ? Elle m'avait pincée tout pareil les jours précédents, et ses colères, au perpétuel retour de nos repas de pénitence, ne s'étaient pas distinguées par une violence particulière. Certes, elle avait bien dit avant de sombrer la tête dans son écuelle : « Nous n'aurons donc jamais rien de bon à manger ? » Sa remarque était étonnante, parce que *justement* nous étions en train de nous délecter d'une oille à la paysanne. Le pot à oille en faïence rouge et blanc, la plus belle pièce de la maison avec le calendrier perpétuel, exceptionnellement était plein. Il y avait eu aussi l'incident de la robe. C'était peut-être le motif de sa fuite. Une baronne organisait régulièrement des bals de charité permettant à des garçons et à des filles désargentés mais de familles honnêtes de faire connaissance. Notre famille avait acheté en commun avec deux autres, dont les filles avaient l'âge d'Ursule, une robe de bal. Celle-ci, que l'on avait choisie un peu vaste (sur notre sœur elle faisait l'effet d'une chemise de nuit), circulait entre les foyers. Ainsi les jeunes filles allaient danser une fois sur trois. « C'est mieux que rien », susurrait ma mère en disposant des roses sur l'autel de la Vierge. Or Ursule tomba malade de la petite vérole, la « piquote » comme nous disions (une maladie qui, d'après mon père, permettait une heureuse dépuration du sang, la séparation d'avec les humeurs vicieuses que tout individu apporte en soi à sa naissance), et manqua son tour de robe.

Lorsque, guérie, elle exigea de danser deux fois de suite, ses partenaires lui opposèrent un refus net. Ursule, hermétique à la leçon des lys des champs et furieusement en souci du vêtement, entra dans une colère dévastatrice. Elle en eut le hoquet et des plaques rouges sur son visage encore marqué de quelques taches. Puis elle fut très abattue. Elle ne parlait à personne et semblait ne se préoccuper que de retrouver, grâce à un baume fait de limaçons pilés avec leurs coquilles et de sucre candi, une peau presque intacte. C'était peu après cet incident que nous l'avions perdue. Mes sœurs croyaient en cette histoire de robe, et qu'Ursule était partie de dépit ; pas moi. Une histoire de bal et de déception, cela me semblait indigne d'elle. Adrienne et Marie-Jeanne, sans se réjouir hautement (il n'y avait rien de haut en elles), n'étaient pas mécontentes d'être libérées de la tyrannie d'Ursule. Elles ne se doutaient pas que, privées d'Ursule, elles n'auraient plus l'écran de ses inventions, sa cruauté maligne, entre elles et la simple poisse, le lot commun des enfants qui ont faim. D'abord, je ne me suis pas inquiétée. Je cultivais la pensée douce qu'Ursule s'était égarée en allant chercher pour moi un cadeau d'anniversaire. Mais comme elle ne revenait toujours pas, je succombai à une certitude affreuse. Ma conviction était qu'« ils » nous l'avaient volée. Car il n'y avait pas seulement l'histoire de la robe, il y avait aussi l'affaire des marchands de poupées.

Après beaucoup de rumeurs et de récits effrayants, les voleurs d'enfants avaient atteint la province. À Paris, ils y allaient franchement. À la tombée du jour, dans les noirs dédales au cœur de la ville, des soldats enlevaient des petits innocents. On volait les enfants des pauvres pour les saigner. Avec leur sang on soignait la lèpre des riches. « La lèpre des riches, tu parles ! avait ricané Ursule. Comme si les riches étaient assez idiots pour attraper la lèpre ! Les riches ne souffrent que de vapeurs ou d'indigestions. La lèpre, la peste, le choléra, la phtisie, le scorbut, les scrofules, la gale, le prurigo, la teigne, c'est pour nous. » Elle oubliait la peur, la maladie de la peur. J'en étais empoisonnée. On apprenait de Paris que les femmes en panique rentraient leurs enfants dans les maisons, les tenaient serrés contre elles, hurlaient dès qu'un individu louche les approchait. On disait aussi, plus bas, que ces horreurs restaient impunies parce que, en réalité, ces enfants étaient enlevés et saignés par ordre du roi, pour son usage. Dans ma tête, les mots de « prince *du* sang » devenaient « prince *de* sang », et les cérémonies princières dont mon père nous lisait quelquefois le compte rendu dans *La Gazette de France* tournaient en sacrifices humains. Cependant tout continuait de se passer à Paris, la province aurait dû dormir tranquille : elle ne le pouvait pas. Toulouse, la première, fut frappée. Des jumeaux, un garçon et une fille, furent enlevés sous les yeux de leurs parents. Les soldats, à cheval, s'enfuirent avec les enfants.

À Bordeaux, la terreur s'était introduite sur un air de fête foraine. Elle s'était insinuée dans la ville sous les apparences d'un bonheur. Il était arrivé, dans la nuit, des marchands de poupées de chiffon, des poupées aussi grandes que nous. D'immenses poupées-fleurs. Elles avaient des jupes multicolores, des cheveux en grosse laine verte ou jaune. On les apercevait de loin. Nous avions couru vers elles. Mais sur place, devant l'étalage des marchands, notre fascination avait dévié sur une encore plus merveilleuse merveille : des pantins et des pantines.

Que Pantin serait content
S'il avait l'art de vous plaire !
Que Pantin serait content
S'il vous plaisait en dansant !

C'est un garçon complaisant,
Gaillard et divertissant,
Et qui, pour vous satisfaire
Se met tout en mouvement…

chantaient les marchands en faisant se mouvoir les figurines en carton peint. Des bergers, des bergères, des mitrons, des Savoyards, mais aussi Arlequin et Arlequine, rieurs et masqués, revêtus de leurs habits en losanges. Elles étaient désarticulées. Quand on tirait sur un fil, elles s'agitaient dans tous les sens. « Vous les accrochez sur la cheminée, au ciel du lit, à la croisée des fenêtres, avec Pantin et Pantine c'est tous les jours carnaval ! » criaient les marchands. « Oh, s'il vous plaît ! nous voulons un pantin et une pantine, Arlequin et Arlequine. Comment ça marche ? »

Ursule avait fait la conquête d'un jeune garçon, penché vers elle, il lui démontrait la danse des pantins.

Que Pantin serait content
S'il avait l'art de vous plaire !
Que Pantin serait content
S'il vous plaisait en dansant !

La foule grossissait. Une foule curieuse, amusée. Les marchands tiraient sur les ficelles. Les membres s'animaient en mouvements saccadés, symétriques. Les enfants observaient bouche bée, irrésistiblement attirés par les poupées de carton. Les parents reprenaient en cœur la chanson, scandée à coups de sabot. Les enfants s'approchaient des marchands, ils demandaient, comme Ursule, à toucher les pantins. Les marchands les encourageaient. J'entendis un cri : « Mon enfant, rendez-moi mon enfant ! » Une femme se jetait sur un homme qui avait assis son fils sur un genou, tandis que de sa main libre il faisait danser un pantin. Dans l'instant le vent tourna. Les marchands de jouets devinrent des monstres assoiffés de sang. Hommes et femmes les attaquèrent. On leur arrachait les cheveux, voulait les assommer, leur crever les yeux.

Plus tard, ce soir-là, dans un coin de la chambre, Ursule déboutonna le haut de sa robe. Elle avait, collée contre son torse, une Arlequine. Détachée d'elle, Arlequine tomba, inerte.

« Je lui ai froissé la cheville, murmura Ursule en lui caressant la jambe.

– Tu es folle ! Les voleurs vont chercher à la récupérer, ils vont la prendre et nous avec elle !

– Comment veux-tu qu'ils nous trouvent !

– Ils t'ont suivie jusqu'ici.

– Me suivre ? Tu as vu la haine des gens. Ils sont de la chipolata à l'heure qu'il est ! Et même s'ils nous volaient, la belle affaire ! ça nous ferait voyager ! »

Ursule disparue, je n'arrêtais pas de penser aux voleurs d'enfants. J'hallucinais le couteau creusant une large entaille et le sang précieusement recueilli, le sang d'Ursule. J'appelais au secours dans mes rêves. Un homme brandissait le couteau, j'apercevais les yeux fous, le rictus, il enfonçait le couteau dans un corps, le corps était celui d'un nouveau-né, le corps était celui d'Ursule, nue, comme lorsque nous nous baignions dans la Garonne. Je m'éveillais en larmes, je sentais la main de mon père qui me caressait les cheveux. Sa voix, basse, si douce, essayait de me consoler.

Pour ajouter au péril des voleurs d'enfants, un mystérieux incident vint achever de me troubler l'esprit. Trois petites filles du catéchisme, Perrine, Berthe et

Gabrielle, périrent victimes d'une sorcière. Tandis qu'elles sortaient de la chapelle, une vieille femme avait surgi de l'ombre du porche et secoué un mouchoir noir, une senteur horrible les avait presque asphyxiées. La vieille s'était éclipsée et, peu après, les petites filles avaient commencé de se dessécher. Elles partirent en poussière, comme des parchemins. Je n'osais plus sortir, même au jardin, encore moins jusqu'au palus, et surtout pas pour aller au catéchisme.

Et si Ursule avait été changée en vieux papier ? en morceau de carton ? Si elle était elle-même devenue pantin ? Je me perdais en hypothèses. Les voleurs d'enfants et la sorcière, le grand couteau et le charme du mouchoir noir se mêlaient. Pourtant, quelque part en moi, tellement fort était mon attachement, subsistait la croyance en Ursule vivante. La nuit, je souffrais son agonie, mais, jour après jour, je me préparais à son retour. Non, ma sœur n'était pas morte. Elle était trop maligne pour mourir. Peut-être avait-elle très longtemps joué à emboîter le pas d'un voyageur ? Ou bien, peut-être, s'était-elle égarée en allant me chercher un cadeau pour mon anniversaire. Bordeaux était tellement grand... J'aurais tout donné pour revoir son visage aigu, fragile, qu'animaient des yeux vifs, très noirs. Je voulais de nouveau entendre son rire. J'adorais Ursule. Elle était l'imprévisible même. Elle disait des choses qui pouvaient me choquer ou me peiner mais toujours sur un mode allègre. Ses accès de gaieté dans notre pieuse demeure faisaient ma joie. Ils touchaient en moi l'aiguillon de la vie, sa frénésie.

Ursule avait connu notre frère aîné Richard, renversé par un cheval, et la petite Adeline, morte de malaria, qu'elle avait, toute seule, sur une brouette, conduite à l'hôpital. Elle assurait qu'ils n'étaient pas si impatients, ni l'un ni l'autre, de rejoindre l'Empire des élus. Sur leurs visages convulsés, elle n'avait pas reconnu la prémonition du Paradis.

Ursule, une fois, avait mangé des huîtres. Une marchande de la Teste passait, son panier sur le dos. Elle criait : « À l'écaille, à l'écaille ! » Ma sœur était accourue, elle avait seulement dit oui. Ensuite, au moment de payer, ça s'était compliqué, mais elle avait eu le temps d'en gober une douzaine. C'est peu après, au sortir de la messe, qu'elle avait eu cette insolence : « Pourquoi Jésus-Christ n'a-t-il pas choisi de loger son corps dans une huître plutôt que dans une hostie ? Alors, n'est-ce pas, nous mangerions des huîtres à toutes les communions ? » Pour que nous mangions des huîtres, il y avait cette solution d'une sérieuse réécriture de la geste des dernières heures de Jésus-Christ. Il fallait repenser la Cène, insistait Ursule. Pourquoi ne pas imaginer que les apôtres, au lieu d'être transis, immobiles, chacun devant son assiette vide, s'activaient, debout, animés, en train d'ouvrir des huîtres ? Simon Pierre, André, Matthieu, Jean, Thomas, Jacques, Philippe, Barthélemy et Jude… une joyeuse équipe d'écaillers !

Que la transsubstantiation passe du corps vivant de notre Seigneur au corps vivant de l'huître, ce serait plus logique, non ? Si, si, bien entendu, disions-nous pour ne pas contrarier notre sœur, quoique cela nous coûtât de commettre un péché mortel juste pour rire. Cela aurait été plus logique, peut-être, mais l'hostie avait été préférée. Si nous tenions à manger des huîtres, il ne nous restait que la solution banale mais inaccessible : les acheter. Aller à la marchande, faire sonner nos sous et demander tout ce qu'on désire. Nous nous regardions, encore plus perplexes, car nous pouvions nous représenter une autre version de l'Écriture sainte, mais qu'il y ait de l'argent à la maison, ça non ! L'argent, nous n'en voyions jamais, sinon à la quête pendant la messe, et il fallait presque attacher les mains d'Ursule pour l'empêcher de se servir au passage.

En de rares occasions, cependant, Ursule pouvait déployer son talent, lorsque, largesse du roi ou caprice de grand seigneur, ordre était de faire l'aumône au peuple. Des officiers de gardes du corps à la portière de carrosses rutilants jetaient l'argent comme on sème. Au-dessous, dans la poussière, dans la boue, sous les roues entre les pattes des chevaux hennissant d'effroi, se battaient les miséreux. Ils risquaient mille morts pour une piécette. Ce spectacle me soulevait le cœur. Ils se déchiraient en pure perte ; sur Ursule seule tombait la pluie d'or.

Enthousiaste, Ursule s'exclamait : « Regarde, regarde, comme c'est beau ! Regarde comme ils jettent l'argent par les fenêtres ! » Et d'un bond elle se plaçait juste au bon endroit, en plein sous la corne d'abondance. J'étais à la fois écœurée par ces scènes d'avilissement et admirative de l'habileté d'Ursule. Finalement l'admiration gagnait.

C'était avant l'entrée du maréchal-duc de Richelieu en sa capitale et avant la mort du pape Benoît XIV et l'élection de Clément XIII, mais toujours pendant la ruine du port de Bordeaux… La misère était partout, il y avait des émeutes dans les marchés, la gaieté qu'apportaient les navires s'en était allée… C'était pendant la grande métamorphose d'Ursule, et ça me causait de l'allégresse qu'elle devienne si belle, mais aussi de la tristesse car je ne la reconnaissais plus… C'était sous le coup d'une stupeur unanime dans le royaume de France, car un dément avait osé porter la main sur le roi et le blesser de son couteau, mais nous avions prié et le roi avait guéri, Bordeaux explosait de joie, des orchestres jouaient jusqu'à l'aube, nous dansions sous les lampions, des feux d'artifice faisaient jaillir dans le ciel *Vive Louis XV !* Des mannes d'argent furent distribuées en actions de grâce du rétablissement de la santé du roi, Ursule en tira tout ce qu'elle put et cousit ses louis dans la ceinture de sa jupe. Comment, me disais-je tout en sautillant sous les lampions, ce roi de bienfaisance, tant aimé de son peuple, est-il le même que l'ogre qui fait assassiner les petits enfants ? Et Ursule, devenue si belle et qui n'a plus envie de s'amuser avec moi, est-elle la même que celle qui allait dans les champs, me coupait des poupées de maïs et s'enchantait du déroulement blond ou roux de leurs longs cheveux ?

Elle était souvent distante, mystérieuse. Je la suppliai de m'éclaircir.

« Tu es amoureuse, Ursule, avoue-le, je t'en prie. »

Je la piquetai de baisers sur les joues, autour des yeux, et j'avais noué sa tresse en bracelet autour de mon poignet. Elle fit le geste de se dégager et me toisa d'un air glacial.

« Je n'aime personne, Apolline. Tu n'as pas compris ? »

C'était une époque où je ne comprenais rien, un temps où tous les enfants gagnaient en intelligence, sauf moi.

Un garçon qui s'appelait Pierrot de la Lande avait été un moment le chevalier servant d'Ursule. Il était maintenant retourné chez lui, à La Teste-de-Buch. Nous avons fait le voyage dans l'espoir qu'il saurait quelque chose sur elle, ou que même elle était avec lui. Qui n'a pas vu les Landes ne peut se représenter le lugubre de ce paysage, ni l'incroyable sauvagerie des rivages. Pour moi il était impossible qu'Ursule soit dans ce misérable village de pêcheurs. Nous n'avons pas trouvé Pierrot mais nous avons interrogé des femmes aux visages de pommes cuites. Et nous avons vu la dune du Pilat. Une montagne faite du sable que le vent soulève des plages, un désert qui aurait cherché à toucher le ciel. Je pensais qu'Ursule, si elle avait été avec nous, se serait aussitôt précipitée à l'assaut de la montagne de sable. Et je croyais la voir grimper, fragile et déterminée. Ses chevilles enfoncées dans le sable, et sa robe rouge – la robe qu'elle portait le jour de sa disparition – faisant comme un drapeau…

Mon père ne tarissait pas d'émerveillement pour ce prodige de la Nature, cette baroque création du Seigneur. L'océan faisait un rugissement terrifiant, les parois de la montagne tremblaient dans le vent. J'opinai de la tête aux envolées verbales de mon père, évitant d'ouvrir la bouche pour ne pas l'avoir pleine de sable.

Un jour nos parents nous réunirent, Marie-Jeanne, Adrienne et moi. Ils nous prévinrent de ne plus attendre Ursule. Ils nous interdirent de prononcer son nom et nous enjoignirent de la chasser de nos pensées. Dans la foulée, ils étendirent la proscription à M. Favard de Malemort, au cocher et au fils du cocher. Comme si la loi du silence qui interdisait en France de parler en public de la bulle *Unigenitus* et de la bataille religieuse qui sévissait dans le royaume avait pénétré dans notre famille et réduit notre vocabulaire à quelques mots. Ma mère, de ce moment, se consacra avec encore plus de ferveur à la prière et se désintéressa complètement du corps et de ses besoins. Elle rejoignit mon père dans son acceptation de la nécessité comme grâce et, avec lui, traversa les jours dans une céleste sérénité.

J'obéis à l'ordre des parents et n'appelai plus Ursule à haute voix, mais en mon cœur je ne cessais de l'appeler, de la supplier de revenir. Je poursuivais, seule, inventant toutes les répliques, nos « messes basses ». Je me rassurais à l'incertitude de son sort. Je m'accrochais à la chance qu'elle soit vivante. Mais, d'une seconde à l'autre, tout basculait. L'incertitude ne me produisait plus que de l'angoisse. Ses pauvres vêtements, ses affaires étaient toujours là. Je les fouillais et refouillais dans l'espoir d'y trouver un mot pour moi. La pantine était restée posée à côté de notre lit, disloquée.

Ma famille n'a plus jamais festoyé en l'hôtel de la rue Saint-James. À ce que je crois. Car pour moi il n'y eut bientôt plus ni famille ni hôtel de la rue Saint-James. Dans l'automne de l'année 1759, mon père considéra que son rôle d'instructeur était terminé. Il fut convenu que mes deux sœurs, qui pouvaient servir d'aides à ma mère, resteraient à la maison. Tandis que – trait de générosité non plus de la noblesse mais de l'Église – je serais mise dans un couvent. Il y eut des hésitations. On ne voulut pas des Ursulines à cause de ma sœur maudite. Les Minimettes qui préparaient les protestants à abjurer n'étaient pas à considérer. On écarta les Filles de la Divine Providence et la Communauté du Sacré Sang, congrégations davantage hospitalières qu'enseignantes. Chez les Filles de Notre-Dame, fondées par Jeanne de Lestonnac, une nièce de Michel de Montaigne, les pensionnaires étaient de trop riches familles, mais la congrégation de Saint-Joseph, destinée aux orphelines et aux pauvresses, fut jugée par trop minable. Alors on opta pour une autre ville, pour un couvent à Libarre, au bord de la Garonne, le couvent de Notre-Dame-de-la-Miséricorde.

Mon père m'y conduisit lui-même. Les adieux furent rapides. Ma mère m'embrassa et se détourna pour cacher son émotion. Marie-Jeanne et Adrienne me dirent au revoir. Elles pensaient peut-être que j'allais rejoindre Ursule – mon nom aussi allait être rayé du vocabulaire familial ? Dehors, me voyant pleurer, mon père posa mon sac et se pencha vers moi :

« Vous ne pensiez pas qu'une grande fille comme vous allait passer toute sa vie dans la maison de ses parents ?

– Non, mais j'aurais aimé y demeurer plus longtemps.

– Quelle différence ? Apprenez à évaluer les choses de plus haut. Attachez-vous à découvrir le point par où les apparences de désordre et d'injustice se corrigent et font place à l'œuvre de la Sagesse. Le tableau de la confusion humaine est trompeur, nous l'établissons selon le ridicule intervalle de notre existence terrestre.

Tendez au-dessus de vous-même, ma fille. Il faut, au lieu de réduire l'œuvre de Dieu à notre mesure, faire le saut dans son Éternité. Alors le seul fait d'exister vaut pour un acte d'amour. »

Mon père m'essuya les yeux et prit ma main. Il avait son beau visage des jours sereins. Il me montra au-dessus d'un étang des oies sauvages qui passaient.

Quand nous sommes arrivés sur le quai, j'ai oublié mon chagrin. Un attroupement regardait brûler un navire. Son propriétaire avait préféré le réduire en cendres plutôt que le vendre à un prix trop bas. Les gens discutaient sa décision. Ils se lamentaient sur les malheurs de la guerre. Bordeaux s'enfonçait dans la misère. Mon père, l'œil sur l'azur, ignora le débat. Il n'évoluait pas dans la mesquinerie. Il attira mon attention sur la transparence des flammes dans la lumière matinale. Nous avons sauté dans le coche d'eau déjà presque plein de voyageurs. Un jeune garçon battit le rappel et désamarra le bateau. Il nous a fait longtemps des signes d'au revoir. Je regardais la ville qui s'éloignait, ses façades blanches que rayaient les lignes de mâts. Le batelier énumérait les clochers à un voyageur à nez rouge dont il avait lui-même chargé les bagages. L'autre, allongé, jambes ouvertes, à chaque nouveau nom approuvait avec un grand rire qui scandalisait l'assistance. Le batelier dit (ce qui pour moi accrut le mystère) : « C'est un Hollandais. Il a manqué le coche d'hier. » Puis il reprit : « … les clochers de Saint-Rémy, Saint-Projet, Saint-Christoly, des Jacobins, de Notre-Dame-de-Puy-Paulin, des Chartreux, de Sainte-Eulalie, de Saint-Siméon… » Plus loin, nous avons atteint le point de réunion entre la Garonne et la Dordogne, et j'eus la surprise de découvrir que le bec d'Ambès n'avait pas de bec. Je l'avais pris jusqu'alors pour un oiseau, un très haut héron, qui, en guise de repère, par complaisance pour les navigateurs, aurait accepté de se poser là et d'y rester, juché sur une patte.

À l'approche de Libarre, petite ville cernée de remparts, le batelier a recommencé à nommer : « Haut-Brion, château Lafite, château Latour, château Léoville, château Margaux… » J'étais perdue. Les églises en ce pays s'appelaient-elles « châteaux » ? « Il désigne des vignobles », me dit mon père. Manifestement, ces trésors lui étaient étrangers. Il reprit avec d'autres voyageurs ses dévotions à Notre-Dame-de-la-Nef, tandis que le Hollandais affirmait que le vin de Bordeaux était source de jouvence et que le haut-brion, en particulier, maintenait éternellement jeune. Lorsqu'il prononçait *ho-bryan*, il se pâmait dans le *h* aspiré.

Mère Lamproie

De l'aspect extérieur de Notre-Dame-de-la-Miséricorde longtemps je ne sus rien. Les larmes qui embuaient mes yeux rendaient tout confus. Je me souviens seulement de l'air de bonheur de mon père, et de ses paroles : « Vous avez de la chance, ma fille, une chance immense. Ce couvent abrite la plus belle relique du monde. Il est miraculeux. Faites en sorte de vous en montrer digne. » La mère préfète me reçut. Elle me conduisit aussitôt à la chapelle. Agenouillée sur un prie-Dieu, je levai les yeux vers la cloche de verre protectrice de l'objet sacré. Je ne vis qu'un coussin tissé d'or. Quand, me relevant, je m'efforçai de distinguer ce qu'il soutenait, je ne vis toujours rien. La voûte glacée répercutait le bruit de mes pleurs. Entre deux essoufflements, la mère préfète me gronda pour mes hoquettements et pour ma manière de marcher. Celle-ci était loin d'en être à ce degré de perfection silencieuse que je devais atteindre plus tard (de même, à cette époque, je n'avais pas encore appris à garder les yeux baissés, les bras croisés, et à me tenir les pieds cachés et couverts sous ma jupe). Déjà prête à me classer dans la vaste catégorie des enfants méchants, elle m'a guidée auprès de la mère supérieure. J'espérais un mot de bienvenue, un sourire. Mère Sainte Félicité de l'Oraison, entourée d'une rangée de religieuses à la grise moustache, me foudroya du regard et demanda, sans s'adresser à moi : « S'est-elle prosternée devant l'épine de la couronne du Christ ? » La mère préfète grogna affirmativement, alors la mère supérieure dit que je pouvais me retirer et précisa que ce qu'elle me souhaitait de mieux ici était de ne pas faire parler de moi. Elle était une femme maigre avec un visage blême marqué de la petite vérole. La façon brusque dont elle agitait son chapelet faisait craindre qu'elle s'en servît pour vous cingler les yeux. Je me reculai, effrayée. Et ce fut pire lorsque je remarquai qu'elle avait, dans sa bouche trop grande, les dents pointues d'une lamproie, le poisson vampire, le serpent hideux, qui évoluait dans les eaux troubles du fleuve. J'étais pétrifiée.

« Mère Lamproie » disparut dans le sillage des lourdes jupes de la mère préfète. Celle-ci m'a emmenée au quartier des pensionnaires et m'a remise à une sœur maîtresse chargée de prendre soin de moi et de m'avoir sous sa conduite. Sœur Cléontine me donna un trousseau : quatre chemises, deux paires de bas, deux bonnets de linon, un mouchoir de col en mousseline, quatre mouchoirs de poche, deux jupons, l'un en toile, l'autre en coton, et la robe grise de notre uniforme, un peu plus claire que l'habit gris sombre des religieuses. Un voile blanc sur un bonnet modeste, une guimpe qui nous couvrait la gorge le complétaient. L'habit gris où je me glissais comme dans un sac n'avait d'autre trait de couleur que la ceinture blanche, bleue ou rouge selon les trois classes des petites, des moyennes ou des grandes auxquelles on appartenait. Je reçus une ceinture bleue.

Je m'obstinais à garder une petite veste de lainage, don de ma mère. Ce fut mon dernier combat. Ensuite je me résignai et cédai à une fatigue et une incompréhension grandissantes. Une obscurité recouvre mes débuts à Notre-Dame-de-la-Miséricorde. Il me semble qu'il pleuvait toujours, que tout ce que je touchais suintait. Rien plus jamais ne sera sec, me disais-je le soir en troquant ma robe de drap humide contre une couverture moisie. Quelqu'un m'a raconté qu'à Naples, en Italie, pendant une tempête d'octobre, la mer avait recouvert une grande partie de la ville. Il y avait eu des centaines de noyés. Des bâtiments avaient été emportés. Ensuite, pendant des jours, tout était resté mouillé. Au rebord des fenêtres et des balustrades s'accrochaient des algues. Dans les ruelles, on dérapait sur des poissons morts. C'est l'effet que m'avait fait le couvent. Sauf que pour moi la tempête ne se calmait pas. Je me noyais. Et quand je croyais réussir à m'accrocher à une aspérité, elle était recouverte d'une mousse gluante : je continuais de couler.

La volonté divine que, à travers la bonté rêveuse de mon père, j'avais identifiée à une prairie en fleurs, avait pris l'aspect du châtiment. Mère Lamproie, sentinelle des portes de l'Enfer, m'attendait. Elle allait me percer la peau, me tuer.

Je fus longtemps malade, sans doute gravement, puisque la cérémonie de ma première communion se joignit à celle de l'extrême-onction. C'était chose banale à Notre-Dame-de-la-Miséricorde, comme dans tous les couvents, où mouraient en grand nombre, surtout les premiers mois de leur séjour, les pensionnaires, – mais nulle part autant qu'à Saint-Cyr, véritable mouroir de petites filles. En tout cas, c'est à un matin de convalescence qu'est lié mon premier souvenir heureux. Je suis couchée dans un petit lit, différent du grabat que j'occupe au grenier. Une fillette de mon âge est assise à mon chevet.

Elle est brun-châtain, mince, a le teint rose. Son bonnet, de travers, est débordé par les boucles qui lui bougent sur le front. Elle tient une grande poupée sur les genoux. Elle me dit : « Apolline, ma sœur (pour mieux nous préparer à l'état de religieuses, on nous faisait nous appeler les unes les autres "ma sœur", bien avant d'avoir embrassé cet état – usage que, d'un commun accord, nous avons rapidement abandonné, Mathilde par goût de la désobéissance, moi parce que je ne me reconnaissais qu'une seule sœur et que ce terme appliqué à toutes mes compagnes le galvaudait), voulez-vous jouer avec Lola ? N'êtes-vous pas trop faible ? » Je fais signe que non, que oui, que je désire jouer avec Lola, je le désire tout de suite, plus encore que le verre d'eau fraîche qui pourtant serait délicieux. Je n'ai pas pu prononcer un mot mais ma nouvelle amie me sourit et j'ai les deux : le verre d'eau et la poupée. « Il faut d'abord que vous sachiez l'histoire de Lola », a dit Mathilde. C'était une histoire d'enfant trouvée qui se révélait en réalité être la fille de la reine des abeilles. (Quand Lola n'était pas sage, Mathilde la menaçait : « Je vous jette aux guêpes ! ») Elle riait. Je ne posais pas de questions. Elle est revenue chaque fin de journée me dire la suite de la saga de Lola. Ma nouvelle amie, Mathilde de Terville, me charmait.

Enfin, j'ai pu me lever. Mathilde m'a aidée à aller jusqu'au jardin. Nous nous sommes assises sur un banc. Lola était posée entre nous. Je tâtai le banc et me réjouis de le sentir tiède de la chaleur du soleil. Au même instant, Mathilde me dit : « Ayez confiance : nous retrouverons Ursule. » J'étais accablée. J'avais prononcé le nom maudit. J'avais désobéi à mon père. Dans mon délire, me dit Mathilde, je ne cessais d'appeler ma sœur.

« Mais ce n'est pas grave, ajouta-t-elle, sans doute en réponse à mon air de crainte. Vous divaguiez. Vous n'étiez pas vous alors.

– J'étais moi. Même si je ne m'en souviens pas. Même si je n'entendais plus raison.

– Dans ce cas je devrais confesser les rêves où j'assassine M. de Terville ! »

Je regardai Mathilde avec stupeur. Je vis dans ses yeux sombres danser la même pointe d'or qui éclairait les yeux noirs d'Ursule.

« Que faites-vous à votre père ? dis-je d'une voix presque inaudible.

– C'est selon l'arme que j'ai sous la main. Un couteau, une épée, un pistolet, du poison… Parfois il a le temps de se sentir mourir. Ses yeux durs deviennent suppliants, s'emplissent de larmes immondes. Il appelle au secours. Personne ne vient, j'ai enfermé tous les domestiques ensemble dans la cave… Il y a aussi la hache. Mon père est au lit avec Catherine, la servante. Je me penche sur lui, sur eux, et je lui tranche la tête. À lui seul. À chaque fois j'ai peur de décapiter aussi Catherine. Je fais bien attention.

– Taisez-vous ! Comment osez-vous juger votre père ?

– Je ne le juge pas. Je le tue.

– Mais, Mathilde, c'est un péché mortel de tuer. En plus, tuer son père…

– Tout est péché, Apolline. Ignorez-vous que nous n'avons pas le droit de nous raconter nos rêves...

– ... ni nos confessions, ni nos pénitences, ni les actions des sœurs, ni ce que nous entendons au parloir, ni ce que nous observons au réfectoire. Je sais. »

Mathilde était l'enfant malédifiante par excellence. Elle avait déjà à son acquit un nombre impressionnant de passages en diverses maisons religieuses. Elle avait même au tout début de sa carrière scolaire, alors que son père se trouvait dans une phase fortunée, connu le couvent de Panthémont et celui de l'Abbaye-aux-Bois. De celui-ci elle gardait un souvenir très vif. Chaque élève y avait sa gouvernante particulière, sa femme de chambre et ses animaux domestiques. Nous lui faisions décrire les orgues, les clavecins, les harpes, les paravents, les traversins, les nappes, la vaisselle peinte d'or, les bouquets de fleurs, les robes de première communion en lamé argent, les coffres et les bibliothèques privées en bois de rose, et jusqu'aux rideaux de croisées avec leurs tringles à bouts sculptés. Les pensionnaires écoutaient comme victimes d'un sortilège. « À Carnaval, on y danse dans le parloir ? » Leurs yeux brillaient. Elles auraient vendu leur âme pour une journée à l'Abbaye-aux-Bois.

« Et comment est le Paradis à l'Abbaye-aux-Bois ? demanda une petite fille de la classe blanche.

– Sans comparaison avec le Paradis de Notre-Dame-de-la-Miséricorde.

– Mais comment est-il ? Vous ne voulez rien nous en dire ?

– Figurez-vous une grande chambre tout en diamants, rubis, saphirs, émeraudes. Le Bon Dieu est assis sur un trône. Jésus-Christ est à sa droite et la bienheureuse Vierge Marie à sa gauche. Le Saint-Esprit est perché sur son épaule et tous les saints passent et repassent. »

Pour moi, l'accumulation de ces richesses m'était indifférente. Depuis que j'avais une amie, nulle place sur terre comme au ciel ne pouvait m'être plus chère que Notre-Dame-de-la-Miséricorde. Le couvent m'était un palais. Tout m'y plaisait : le réfectoire glacé, le dortoir aux lits faits d'empilements hétéroclites, sortes de tours baroques cachées par des draps en guise de rideaux, l'étroit jardin bordé de buis. Il y avait bien la peur latente de Mère Lamproie – horrifiante et silencieuse, elle surgissait parmi nous à l'improviste pour punir – mais j'apprenais à vivre avec cette hantise. Mère Lamproie avait pris le relais des voleurs d'enfants.

Mère Lamproie n'avait pas besoin de se manifester en personne pour sévir. La faute lui était rapportée. Elle décidait de la punition. Lorsque c'était très mal, la coupable était descendue dans un tombeau. Cela arriva à Mathilde de Terville. À force de s'étendre sur sa vie à l'Abbaye-aux-Bois, elle avait fini par en faire une sorte de conte en plusieurs épisodes, assidûment suivi par les petites filles. Mathilde ne fut pas punie pour la verroterie païenne de son Paradis, mais pour nous avoir récité des extraits du catéchisme de Montpellier qu'on lui avait fait apprendre là-bas. Or ce catéchisme était un manuel du jansénisme, secte à laquelle appartenaient les dames de l'Abbaye-aux-Bois. L'affaire était terrible. Mathilde se rétracta sans difficulté. Il apparut évident qu'elle ne comprenait pas un mot de ce qu'elle nous avait récité. D'ailleurs, elle ne s'intéressait pas une seconde aux jansénistes ni à leurs adeptes. Comme moi, elle acceptait la bulle *Unigenitus*, c'était parole d'Évangile dans sa famille, elle ne la remettait pas en question. Que le pape et le roi de France fussent les garants de la vérité religieuse, elle n'y trouvait pas matière à discussion. Elle avait suffisamment de problèmes au jour le jour de son existence à l'abandon sans ajouter des querelles théologiques. On en fut convaincu, mais Mère Lamproie lui infligea la punition du tombeau. Par cruauté, et parce qu'elle était, à l'égal de Clément XIII, incarnation de l'intransigeance, partisane d'une guerre à mort contre les jansénistes, les Lumières, l'arrogance des Parlements. Sa rage était tangible. Elle arborait un sourire de victoire quand elle apprenait qu'une personne, faute de pouvoir produire un billet de confession, était morte sans les sacrements. La bulle *Unigenitus Dei Filius*, d'abord promulguée par Louis XIV dans sa haine des jansénistes et de Port-Royal, puis rééditée par Louis XV et le cardinal Fleury comme loi du royaume, mettait les gens dans un état d'ébullition constante. Les libelles répondaient aux feuilles clandestines, les excommunications tombaient comme couperet, les passions s'exacerbaient. Il m'avait toujours semblé que mon père était profondément étranger à un tel fanatisme. À Notre-Dame-de-la-Miséricorde je compris que le refus du jansénisme pouvait se jouer par rapport au ciel ou par rapport au siècle. Pour mon père, c'était le ciel : il ne partageait pas la noire conception d'une créature humaine fatalement vouée au péché et exceptionnellement sauvée par la grâce. Il avait une ardente croyance en la bonté du ciel. Pour la mère supérieure, c'était le siècle : elle s'opposait aveuglément à tout ce qui menaçait le pouvoir absolu de l'Autorité, celle du roi, celle du pape, la sienne.

Mathilde revint du tombeau un peu malade. Ce fut mon tour de soigner mon amie. Le reste de sa vie instable et agitée, elle le raconta à moi seule. Après Panthémont et l'Abbaye-aux-Bois, Mathilde avait continué, toujours à Paris mais dans des couvents moins prestigieux. Elle avait fréquenté les Dames de la Croix, la Communauté Sainte-Blandine, le couvent de la Mère de la Pureté, la Maison royale de l'Enfant Jésus. De partout elle s'était fait renvoyer. Elle brillait de satisfaction en me racontant ses méfaits. J'étais indignée, mais les fossettes de ses joues roses étaient si engageantes qu'elle parvenait à me réconcilier avec toutes ses fantaisies, même les parricides. Je la laissais dire et ne m'indignais pas contre les trop fréquents retours de ses rêves vengeurs. Je n'avais rien à lui opposer. Non seulement elle ne m'aida pas à chasser Ursule de mes pensées, mais elle en fit notre héroïne. Ursule prit la place de poupée Lola. Et, de même que je n'avais pas résisté à sa voix nette me racontant les frasques de Lola, de même je succombais à l'enchevêtrement d'épisodes dont, assise à côté de moi sur le banc de pierre qui était devenu *notre* banc et que nos compagnes respectaient comme tel, elle me tissait et détissait l'imbroglio.

Lorsqu'il faisait moins beau, nous nous serrions dans un angle du cloître, aux pieds d'une statue de sainte Thérèse, contre le mur. Ce même mur qui ne m'avait d'abord communiqué qu'un froid tombal me faisait maintenant un effet de douceur et de protection. Mathilde parlait. Pour que j'accepte de l'écouter, ou plutôt pour que j'écoute sans que l'angoisse de mal faire me ronge l'âme, elle avait débaptisé Ursule. En leçon de couture, tandis que, mêlées aux grandes, nous fabriquions des coiffes de nuit et des chaussons pour les invalides, elle m'avait glissé un papier qui portait : *Désormé Ursule ce dit Café.* Je ne savais pas ce que c'était. Elle m'expliqua qu'elle avait bu une fois chez elle un fond de tasse laissé par un invité. C'était un liquide noir, amer, qui attaquait la langue, vous tombait d'un coup dans la gorge, et vous rendait capable de tout. Je pus m'abandonner sans arrière-pensées aux aventures de Café devenue chef d'une bande de faux-monnayeurs, puis, grâce à cette source d'argent inépuisable, femme pirate redoutée. À la tête d'une flottille bientôt égale à celle du roi, elle terrorisait les mers. Ses canons n'épargnaient aucun pavillon. Elle pillait allégrement tout navire qui se présentait dans sa ligne de mire. Je la voyais comme si j'étais à ses côtés. Une chemise blanche bouffante, de hautes bottes et des culottes serrées. Ses boucles dans le vent. Aux cris d'« À l'abordage ! », Café et son équipage sautaient d'un bond sur le navire ennemi. Un équipage uniquement constitué de femmes. Pas un seul marin parmi elles. Mathilde y tenait. Moi, j'étais moins stricte. L'essentiel était que ma sœur soit le chef et qu'elle ait conquis un empire. Ses minces hanches étaient lestées de deux énormes pistolets et pour s'essuyer le front ou se moucher elle piochait dans sa réserve de faux billets. Café était un chef incontesté. J'étendais à son armée de brigandes la même volupté d'obéissance que j'avais éprouvée auprès d'elle à la maison. Elles étaient prêtes à mourir pour elle ou à tuer avec férocité selon ses ordres. C'était là le ressort de leur rivalité. J'animais leur esprit de dévouement des immenses réserves sacrificielles laissées inutilisées en moi par la disparition brutale de ma sœur. J'étais infatigable sur les scènes où, massées sur le pont, armées jusqu'aux dents, sur le point de bondir à l'attaque d'une corvette anglaise ou d'un galion espagnol, elles recevaient les ordres de Café. Je chérissais leur élan et le quart d'instant, entre deux bateaux, où ma sœur flottait, détachée de tout support, au-dessus de l'eau. Mathilde s'excitait davantage sur les partages de butin et sur le programme de conquête de la femme pirate. Sur son plan de revanche. Café avait pris le contrôle des mers avant celui des terres. Elle avait médité l'histoire de Cartouche. Ça ne suffisait pas d'avoir une armée clandestine à sa solde, il fallait aussi disposer d'une flotte. Nous nous chantions entre les dents la complainte du célèbre bandit, adaptée à Café :

> De moi il est autant parlé
> Que d'un général d'armée.
> Tout chacun veut s'informer :
> Messieurs, que dit-on de Café ?
> Il faut qu'elle ait assurément
> Passé au pacte avec Satan.

Café dans ses plans de conquête du pays était entrée en communication avec nous. Elle utilisait un langage secret. Ainsi tout ce que nous lisions était-il écrit par ma sœur. Elle se servait des *Confessions* de saint Augustin, du *Magasin des enfants*, de l'*Instruction de la jeunesse*, de l'*Imitation de Jésus*, du *Manuel de dévotion* du père Coton, de nos devoirs de grammaire, de tout ce qu'il nous fallait étudier pour faire passer ses propres messages, nous communiquer autre chose.

« Mais quoi ? Mathilde, dites-le-moi, s'il vous plaît.

– Son plan de bataille pour les mois à venir. »

J'avais la gorge nouée. Je m'attendais à voir ma sœur surgir d'une seconde à l'autre. Livrée à son obsession, je me mis à dessiner des profils de femmes pirates. J'en couvrais cahiers et feuilles de papier, tout ce qui me tombait sous la main. C'était une manie, une compulsion. Pendant la messe je dépensais des montagnes d'énergie pour que ma main arrête de tracer, pour qu'elle respecte les pages de mon missel. *Il faut qu'elle ait assurément/Passé au pacte avec Satan…* Le front bombé, le nez fin, l'œil aigu m'étaient devenus une manière de signer. Mais de signer quoi ? Dites-le-moi, Mathilde, je vous en prie… Dans l'espoir de me libérer des femmes pirates dont je cachais la prolifération sous mon matelas, je me confessais.

« Je ne peux pas m'empêcher de dessiner des profils de femmes pirates, dis-je à travers la grille de bois au vieillard infirme, notre confesseur.

– Et que vous font-elles, mon enfant ?

– Rien. Elles exigent d'être dessinées en grand nombre, en très grand nombre, je n'ai plus une minute pour moi. J'ai du mal à étudier.

– Vous êtes certaine qu'aucune de ces créatures n'a tenté à votre égard un geste impur ? »

Je restai sans voix.

J'eus à réciter autant de *Je vous salue Marie* que j'avais dessiné de profils de femmes pirates.

Café bondissait dans sa course et nous entraînait derrière elle. Café, certains jours, était bouffonne. Elle nous soufflait des insolences qui nous étonnaient nous-mêmes. Trop tard, c'était dit. Nous fixions la maîtresse avec la tranquille assurance des invincibles. Mathilde, mauvaise élève endurcie, et méchante enfant, c'est-à-dire, selon Mme de Maintenon, « enjouée, glorieuse, colère et même un peu têtue », en avait plus besoin que moi. J'avais compris à la bienveillance des religieuses à mon égard et même parfois à leurs compliments que l'enseignement prodigué par mon père me donnait une avance par rapport aux enfants de ma classe, dans laquelle pourtant j'étais la plus jeune. Certaines en étaient encore à apprendre à lire dans des textes de prières décomposés en syllabes. Moi, depuis longtemps, je lisais tout sans difficulté. J'aimais l'étude. J'ouvrais un livre et il me parlait. Et sa voix, comme plus tôt celle de mon père, m'engageait sur un chemin, auquel, je le sentais, aucune puissance extérieure ne pourrait m'arracher. Ce désir d'étudier m'était douloureux, car, soucieuses de ne pas s'écarter de leur mot d'ordre (« N'enflons point l'esprit de nos chères filles ! »), les religieuses distillaient leur savoir avec parcimonie.

Le commandement majeur de ne pas nous enfler l'esprit, fortifié par un principe d'économie, faisait que pour les leçons de langues étrangères, de musique, de dessin, de danse, les familles payaient des maîtres extérieurs au couvent. Ils s'y rendaient et enseignaient leurs élèves dans le parloir, en une suite de cours qui constituaient, pour celles que la pauvreté ou l'avarice de leurs parents privaient de ce supplément de savoir, le plus beau spectacle. Tout le monde en était avide, mais j'en étais, moi, frénétique. Un jour de souffrance nous permettait, pendant les récréations, d'y assister. Les bousculades pour se hausser au niveau de cette ouverture étaient violentes. Et quand s'est institué le rite, pour celle qui avait vu, de raconter à ses compagnes moins chanceuses, cela fit de jolis récits mais ne me calma pas pour autant. Je découvris un autre angle de vue. Il s'atteignait du dehors. Je grimpais par les poiriers en espalier, montais sur le mur entourant le couvent, d'où je touchais à une minuscule lucarne donnant sur le parloir. J'étais en hauteur, dans le ciel, et je contemplais sous moi, chose exquise, un jeune homme en train d'apprendre à faire la révérence. Accrochée en plein vent, prête, d'émotion, à me jeter dans le vide, je résumais dans ma tête les figures observées. Travaillaient aussi dans un coin du parloir des tailleurs et des couturières qui prenaient leurs mesures sur des enfants toutes raides et grises.

Un jeudi du mois d'avril, moi aussi, je fus appelée au parloir. Une paysanne qui m'apportait, de la part de mon père, un panier contenant six œufs de caille et un bouquet de violettes. Mon zèle, alors, ne connut plus de limites. Apprendre m'était une manière d'hymne.

Nous nous levions au tout petit matin et, avant même d'avoir posé le pied par terre, nous récitions : « C'est pour l'amour de vous, mon Sauveur, et dans le dessein d'employer cette journée à votre service que je vais maintenant me lever. » Nous sautions du lit « comme s'il y avait le feu », ainsi qu'on ne cessait de nous le répéter, et courions prendre de l'eau bénite. Agenouillées : « Je vous remercie de toute l'étendue de mon cœur des biens que j'ai reçus de votre libérale bonté, particulièrement de ce qu'il vous a plu de me conserver cette nuit, et me donner ce jour pour vous aimer et pour vous servir. »

Puis nous mettions notre jupe : « Pour votre très humble pauvreté, ô bon Jésus, donnez-moi le vêtement de l'humilité. »

Nos chaussures : « Seigneur, montrez-moi vos voies, et enseignez-moi vos sentiers. »

Notre ceinture, blanche, bleue ou rouge : « Ceignez mes reins, ô Jésus, de la vertu de pureté et de chasteté, comme d'une ceinture qui m'environne, afin que je puisse courir légèrement dans la voie de vos saints commandements. »

Nous nous coiffions : « Je coiffe et orne mon chef et le vôtre, mon Seigneur, a été couronné d'épines. »

Nous nous lavions les mains, la bouche et les yeux : « Que le sang et l'eau qui sortirent de votre précieux côté, ô bon Jésus, lavent les souillures de mon âme. »

Le dimanche nous nous coupions les ongles. Je remarquais qu'il n'y avait pas de prières à dire pendant l'opération.

À six heures, en silence, un peu titubantes, nous cheminions en rang vers la chapelle. Il nous était enjoint de nous y rendre en nous imaginant aller au calvaire. Nous vénérions la Sainte Épine et disions ensemble : « Nous reconnaissons, Seigneur notre Dieu, qu'il faut prévenir le lever du soleil pour vous bénir et nous venons vous adorer dès le point du jour… » Quelques petites filles, toujours les mêmes, s'évanouissaient. La maîtresse les casait sur un banc construit à cet effet. De retour de la messe, nous déjeunions. Mathilde et moi, nous avions beaucoup de mal à rester silencieuses. « Mon Saint Ange gardien, qui par les ordres de la divine Providence êtes chargé du soin de ma conduite, enseignez-moi, gouvernez-moi, défendez-moi.. »

À huit heures nous entrions en classe. Les toutes petites sommeillaient çà et là. Les petites épelaient l'alphabet. Marie de La Hallière, possédée d'un diablotin, ne pouvait s'empêcher de danser.

À onze heures nous allions dîner. L'une d'entre nous faisait la lecture au milieu de la salle, sur un pupitre un peu élevé. Nous disions les grâces, sortions de table, et c'était la récréation : « Seigneur faites-moi la grâce de converser avec mon prochain dans l'humilité, la douceur, la modestie, la vérité et la charité que vous avez enseignées par vos paroles et par vos exemples. » Tout en jouant nous étions supposées murmurer : « Je vous supplie, mon Dieu, de me faire la grâce que ma récréation soit innocente ; je serais bien malheureuse si je vous contristais en me récréant. Mon Saint Ange, je vous conjure, faites-moi connaître si je perds le respect que je dois à mon Dieu, en présence duquel je me récrée. » Mais à la récréation mon ange gardien s'absentait. Il ne me faisait plus aucun signe. D'abord je m'en souciais, puis je compris que lui aussi avait droit à se récréer. C'était mon secret. Je n'en parlais à personne, pas même à Mathilde. Ainsi, chaque jour, pendant quarante-cinq minutes exactement, j'étais libre. J'en profitais pour me donner au mouvement avec une joie sauvage. Tous les jeux me plaisaient : pigeon vole, colin-maillard, pince-sans-rire, brise-menu, le volant d'amour, la main chaude, le massacre des innocents, la toilette de Madame, l'éventail de Gaston, le roi dépouillé, le jeu des cerises, la pénitente, l'oiseleur, le nègre gourmand, la reine blanche… Le simple fait de courir m'enivrait. C'était même ce que je préférais à tout. Courir, courir à bride abattue, à perdre haleine, courir comme une échappée des petites maisons, m'attraper un point de côté, avoir mal, très mal, me tordre de douleur et de rire, et repartir, à toute allure, encore plus vite, pour finir comme une bombe en plein dans un groupe de mes compagnes occupées à un jeu tranquille. Mais qui était capable d'une telle violence ? Était-ce moi ou bien Café ?...

Mon ange gardien me revenait. Nous rentrions en classe. À deux heures nous quittions nos exercices pour les vêpres.

Un léger goûter nous restaurait.

À trois heures nous apprenions le catéchisme et nos prières. Et il y avait, pour celles qui en étaient capables, un peu d'orthographe. Après quoi on nous faisait le catéchisme, nous disions des prières en commun, nous travaillions sur un ouvrage.

À cinq heures nous allions souper. On y lisait comme au dîner. Après les grâces il y avait la récréation du soir (dont, à cause de mes courses précédentes, j'étais régulièrement privée). Puis nous nous rendions à l'oratoire pour dire les matines et laudes du petit office de la Vierge. Un examen de conscience précédait notre coucher. Nous nous déshabillions aussi rapidement que nous nous étions habillées (mais j'étais toujours un peu lente à délacer mon corset) : « Seigneur Dieu, infiniment parfait, que ne puis-je avec autant d'affection me dépouiller de toutes mes mauvaises habitudes comme je fais de mes habits pour aller me reposer… Faites-moi la grâce qu'en dormant j'obéisse, non point à la paresse et à la volupté de la chair, mais à la seule nécessité… Je vous bénis, mon Dieu, de ce que vous avez mis cette interruption à ma malice qui est si grande durant mes veilles. » En chemise et à genoux nous baisions le sol : « Je suis poussière et je retournerai en poussière. »

À huit heures nous étions couchées. De nos lèvres gercées, rafraîchies d'eau bénite, montait cette dernière prière : « Hélas, voilà de quelle manière mon corps sera mis un jour dans le tombeau, pour y être mangé de vers… »

Je grandissais, la petite veste de laine que je portais à mon arrivée m'était devenue gilet. J'en avais moi-même coupé les manches pour pouvoir encore l'enfiler. Sur ma robe grise je portais la ceinture rouge des grandes. Des camarades ne réapparaissaient plus, elles étaient retirées du couvent pour être mariées, de nouveaux visages survenaient. Mais, au fond, pour moi rien ne bougeait. J'étais du matin au soir animée par une ardeur égale de savoir et d'adoration.

La parfaite déchéance de ma famille jointe à son exceptionnelle piété m'avait fait admettre par charité. Je n'avais pas droit à une chambre privée, ni à une place dans un dortoir. On m'avait installée au grenier.

J'y passais des nuits délicieuses. J'inventais des poèmes en regardant la lune. Ces nuits furent encore plus belles quand Mathilde vint me rejoindre en mes hauteurs. Ce que me valait l'angélisme de mon père, elle le devait, elle, à la perversité du sien. Il dilapidait furieusement sa fortune, sans égard pour l'avenir de ses enfants. Il « oubliait » souvent de payer sa pension. Alors, et contre la règle de base qui interdisait de faire cohabiter les enfants riches et de bonne famille avec des enfants démunis, on reléguait Mathilde au grenier. C'était pour nous une fête et Mathilde demanda de s'installer définitivement sous les toits.

> Enfant qui êtes l'origine de votre Mère
> Enfant qui avez été la lumière des mages
> Enfant qui avez été le salut des enfants…

On fit un peu de ménage à côté de mon grabat, on transporta son petit lit de bois et ses vêtements rangés dans une malle de cuir marquée aux initiales de sa mère. Elle apportait aussi avec elle un grand parapluie, sous lequel, assises par terre, nous nous abritions pour causer plus à l'intimité. Une fois elle vola un cierge à la chapelle. Ainsi, disait-elle, « nous ferons salon ». Je la suppliai de ne pas recommencer, mais j'admirais l'ombre fantastique du parapluie contre le mur, et les lignes de nos profils quand nous bougions.

Est-ce cette nuit-là que je lui ai soufflé :

« Regarde comme le monde est beau ! Je serai poète. Et toi ?

– Poète ? Certainement pas. Pourquoi rêver ! Mon père va me faire épouser un parti de son choix, voilà tout. Je serai enfermée dans un château. Ce sera comme maintenant, mais sans toi. »

Elle avait dit ces mots d'une voix triste et résolue.

« Poète ou femme pirate, Mathilde, pourquoi pas ? Café a réussi, imitons-la. »

Comme pour me faire toucher la réalité (mais rien ne pouvait me faire descendre des pyramides de nuages sur lesquels j'évoluais), Mathilde, un matin, vint m'avertir que son père était passé à l'improviste. Il était accompagné d'Arnaud, le frère aîné de Mathilde, et voulait l'emmener en promenade dans le dernier cabriolet qu'il venait d'acheter. Cela me plairait-il de me joindre à eux ?

M. de Terville ne rendait visite à sa fille que lorsqu'il avait un nouvel équipage à montrer (sa passion des équipages n'avait d'égale que celle des femmes). Il était en train de détailler la merveille à son fils :

« Superbe, non ? Avez-vous vu les suspensions et les praticables pour cocher et valets ? Mais penchez-vous donc, regardez de plus près, petit imbécile. Allez, hop ! Montez ! Ne perdons pas davantage de temps. Et quel est le nom de cette jeune fille ? demanda-t-il à Mathilde.

– Apolline Sandrac.

– Ce nom m'est tout à fait inconnu… Mademoiselle ma fille choisit bien sa société. Elle ira loin dans le monde ! »

Et il la jeta sur le siège.

Il allait me propulser avec la même brutalité, mais il découvrit dans la manière dont le toit, mobile, se levait et pliait une subtilité technique. Un coup de fouet, nous démarrons. M. de Terville conduisait. Les deux valets, postés à l'arrière, n'avaient d'autre fonction que tomber. Je n'avais jamais roulé si vite. Je me cramponnais à mon siège. J'étais sur un tapis volant. Le couvent, ses bâtisses, la chapelle étaient loin. Ils s'étaient amenuisés, allégés. J'aurais pu les porter sur ma paume tendue. Et puis ils s'étaient effacés. Je découvrais un pays inconnu. Des vignes, des vergers, des champs, des fermes et de grandes maisons de campagne, basses, de pierres claires. Je ne reconnaissais rien. Je n'avais pas le temps de distinguer. M. de Terville fouettait et jurait. Les chevaux allaient au galop. Mathilde et Arnaud, assis à côté de moi, regardaient droit devant eux. Ils se ressemblaient. Ils avaient le même teint de santé, les mêmes boucles, le même air à la fois décidé et un peu hagard. La beauté d'Arnaud me parut surnaturelle. Soudain, il y eut un choc, des hennissements, des cris. Je crus que le monde s'était fendu en deux. Ce n'était que l'essieu. La voiture versa. Nous nous sommes, sans trop de difficultés, tirés du fossé. À peine sur ses pieds,

M. de Terville s'est tourné vers son fils et lui a envoyé plusieurs gifles. La dernière le fit tomber à terre. Il continua de le frapper à coups de pied.

« Mais, monsieur, je n'ai rien fait, gémissait Arnaud.

– Et alors ! Il n'y a pas de quoi se vanter ! Nul, prétentieux, honte de mon nom, crétin ! »

Aux Pâques suivantes Mathilde ne revint pas. Elle était partie avec son frère en voyage d'Italie. Je garderais Lola. Elle m'écrivait des mots de Venise, Florence, Rome. Je les épinglais sur notre parapluie laissé toujours ouvert depuis son départ.

> Enfant qui avez été la lumière des mages
> Enfant qui avez été le salut des enfants…

Pendant l'été plusieurs pensionnaires, comme moi, ne sortaient pas. Certaines avaient été mises au couvent à l'âge de cinq ans. Dix ans plus tard elles y étaient toujours. Le couvent était leur maison. Du visage de leurs parents, du sourire de leur mère elles n'avaient plus guère souvenir, mais de la grandeur et de l'importance de leur famille elles cultivaient précise notion. L'alternative pour elles était entre prendre le voile et se marier. Les cadettes, les filles à maigre dot, étaient destinées au couvent. Elles continueraient de vivre entre sœurs, elles vieilliraient dans un jardin à peine différent de celui de Sainte-Marie-de-la-Miséricorde… Il faisait chaud, nous brodions à demi assoupies dans l'odeur du seringa. Je songeais en enfonçant mon dé à coudre que peut-être Mathilde me serait rendue après son périple italien. Souvent des petites filles revenaient, que nous avions cru définitivement parties. Elles nous revenaient *épousées*. Mme la Marquise, Mme la Comtesse, Mme de T., Mme de M., Madame ! Elles débarquaient en bel équipage. Elles se tenaient plus droites, corsetées de plus serré, marchaient d'un air plus assuré, sans trottiner comme des petites souris. Un homme au moins aussi âgé que mon père les accompagnait. Il leur déposait un baiser sur le front : « Au revoir, madame la présidente, soyez sage. » Elles faisaient la révérence à M. le Président ou à M. le Comte, leur mari. Elles recevaient des compliments de tout le couvent, puis allaient s'asseoir dans la classe des moyennes, à leur ancienne place. Leur uniforme n'avait pas changé. Elles y ajoutaient un parfum de fleurs d'oranger.

Alors, leur demandait-on, était-elle belle, la cérémonie de vos noces ?

Elles avaient beaucoup aimé la messe, les chants, les fleurs blanches, les compliments, la corbeille, le voile et la robe cousus de perles fines, de nacre, de diamants, de plumes de cygne. Le bal aussi leur avait plu, malgré les souliers à hauts talons dont on les avait chaussées pour les grandir, et la fatigue, ahurissante, passé dix heures du soir.

Et lui, M. le Comte, M. le Marquis, M. le Président ? « Lui » ? Ce géant ? Il n'était pas rassurant, il les mettait mal à l'aise, elles l'avaient déjà effacé de la fête.

« Lui » ? L'assemblée était immense, brillante, et comportait un grand nombre d'hommes, tous également empressés auprès d'elles. Lequel était leur époux ? La chose demeurait incertaine. En tout cas, elles n'avaient pas lâché leur poupée, même pendant la contredanse.

« Lui » ? Elles prenaient l'air distant, arboraient des mines de précieuses.

Mais le fait qu'on les appelle « madame », cela, elles étaient unanimes à l'apprécier.

« Lui » ? Une des missives de Mathilde enfermait un dessin à la sanguine. Il la représentait avec son frère devant une colonne brisée. Les deux enfants fixaient le peintre sans sourire. Je pouvais contempler cette image à l'infini. Comme le jour de la visite de M. de Terville, Arnaud m'enchantait, la délicatesse de ses traits, ses grands yeux, une élégance jaillie de la souffrance – trouvaille de son être qui en lui évitant de succomber l'avait rendu inaccessible, me disais-je, perdue dans sa beauté comme dans une énigme à déchiffrer. Quand je rêvais le retour de Mathilde, je l'imaginais toujours avec son frère, et quand, dans mes fantaisies, je la voyais reprendre ses habitudes au grenier, désormais nous étions trois sous le parapluie. Arnaud ne participait pas à nos conversations, mais la grâce de ses attitudes embellissait encore notre salon. Il était habillé d'un habit argenté et brillait du même éclat que la lune.

Il y avait aussi les pensionnaires qui ne reviendraient jamais... Cette fillette blonde, si blonde, et douce, et bien née, si modeste et ravissante qu'elle était adulée de toutes les religieuses, et que même Mère Lamproie la traitait avec respect. À Noël, elle était choisie pour être la Vierge dans la crèche de notre chapelle. Peut-être ne jouait-elle pas la Vierge, peut-être était-elle la Vierge même réincarnée en une enfant parfaite. Elle s'appelait Blanche. Le jour de ses treize ans, nous avons appris son mariage avec le marquis d'Eylan. Pendant la récréation personne n'eut envie de se divertir. À la chapelle, nous avons prié de tout notre cœur avec Blanche et pour Blanche. Comme je le faisais souvent, tout en priant je regardai intensément le jaune bouton d'or et le bleu roi des vitraux. Mais ce soir-là leur lumière n'agit pas. J'étais gagnée par l'ombre. Une appréhension diffuse m'envahit. Je priais pour Blanche, pour Ursule, pour Mathilde et pour moi. Qui vraiment décidait des événements de notre existence ? Par quel enchaînement ou décret une enfant de blancheur était-elle vouée à s'unir à un inconnu ? Blandine livrée aux lions, Blanchefleur jetée au Minotaure... Et d'une telle hauteur quel Dieu était assez puissant ou désœuvré pour seulement remarquer que nous existions, nous, les petites, les moyennes, les grandes, toutes également minuscules, imperceptibles en nos habits couleur poussière et nos rondes à pas comptés ? La paille de mon prie-Dieu s'imprimait en sillons dans la chair de mes genoux. J'aurais pu m'en réjouir et offrir mes genoux au Seigneur. Rien à faire. Le désespoir était aux aguets. Et, alors que je n'étais pas une de ses proches amies, j'ai pleuré au moment du départ de la petite fiancée. Elle m'apparut presque transparente dans son prénom de Blanche, son excessive blondeur, sa politesse absolue. Un an plus tard, un faire-part nous fut communiqué : Blanche Alphonsine Marie Françoise, marquise d'Eylan, était morte d'une couche.

Et pour moi quelle était l'alternative ? Me marier était exclu. Le dénuement de ma famille me rendait un parti inenvisageable. Prendre le voile ? Malgré ma joie à demeurer au couvent, dès que j'y pensais sérieusement, mon hymne au quotidien chutait d'un ton. C'est que dans sa musique il contenait, à peine savourés, tout juste devinés, le goût de la mer et du vent, la promesse des bibliothèques, l'aventure des amitiés, la beauté d'Arnaud… Ni le mariage, ni le couvent. Me restait donc le lot honni, la damnation de l'humanité, l'exécration de mon père : le travail. Travailler pour ne pas dépérir. Devoir accepter ce qui se présenterait. Mon hymne au quotidien s'enrayait quelque peu mais la fièvre de mes rêveries ne faiblissait pas et ma confiance restait intacte. Les poèmes murmurés sous le parapluie me porteraient au bon endroit. Les termes de nécessité et d'obligation prenaient la légèreté des ailes de papillon. J'allais arroser les dahlias.

Sœur Colombe de tous les saints, dont la voix affectueuse avait dirigé mes lectures, me conseilla une place de préceptrice. Elle m'expliqua que c'était l'unique possibilité de travail pour une jeune fille bien élevée. Ce serait une façon de continuer à étudier.

« Mais, lui dis-je, ne peut-on s'en remettre au soin de la Providence, n'est-ce pas lui faire insulte que de se mêler de gagner sa vie par ses propres moyens ? Tout ce qui vient d'elle est parfait, n'est-il pas vrai ?

– Presque parfait. Il y a quelques défauts, ils sont indéniables. Mais le dessein de la Providence apparaît clairement dans ces imperfections. Dieu n'a permis les orages, les tempêtes, la sécheresse, les serpents, les moustiques, les araignées, et beaucoup d'autres choses nuisibles et incommodes, que pour nous donner l'occasion par le travail ou la pensée d'intervenir dans le déroulement de la nature, pour stimuler l'activité humaine, sans laquelle la vie stagnerait ou même ne pourrait pas subsister. »

Je ne fus nullement convaincue, mais, dans l'immédiat, je n'avais pas vraiment le choix. Sœur Colombe de tous les saints était originaire de Normandie et connaissait là-bas une famille qui avait besoin d'une personne pour s'occuper des enfants.

À la fin de l'été les chants des vendangeurs traversaient les murs du couvent. Il devait faire doux de se promener à Bordeaux le long des quais, ou sur l'esplanade du château Trompette. Je me disais « Bordeaux », je m'inventais la nostalgie de ma ville, quand je souffrais de l'éloignement de mon père. « Levez les yeux, ma fille, apprenez à mieux scruter la Providence », je lâchais mon ouvrage, les fils dessinaient d'eux-mêmes dans l'herbe des fleurs brodées, le ciel m'apparaissait, très bleu, entre les feuillages.

C'est peut-être vers cette époque, ou bien à la saison où les feuilles s'envolent et où moi j'étais contente de recevoir mission de les balayer, tandis que certaines demoiselles s'insurgeaient contre l'humiliation d'être traitées en servantes, oui, c'est dans le temps des feuilles mortes qu'était arrivée à Sainte-Marie-de-la-Miséricorde une fillette particulièrement gracieuse. Comme nous étions en cours d'épluchage de fruits pour la préparation d'un sirop, elle nous raconta son histoire.

Officiellement Rosanie était la fille du comte et de la comtesse de Lauraguais, en réalité il était bien son père mais sa mère était une actrice. Le comte et l'actrice se disputaient souvent, ce dont Rosanie ne s'inquiétait pas. Après les disputes, sa mère était à nouveau joyeuse et des présents somptueux venaient sceller la réconciliation. Rosanie se disait que c'était sans doute aussi pour sa mère des exercices de répétition théâtrale, à la façon dont les chanteuses travaillent leurs vocalises. Pendant les crises, Rosanie s'absorbait dans des jeux de coloriage et des puzzles, et faisait semblant de ne rien remarquer. Sauf que, la dernière fois, sa mère était entrée dans une folle colère contre le comte, Rosanie avait essayé de rester sereine, mais la mère, comme une furie, avait arraché les tableaux, ramassé robes, bijoux, fourrures, traîné Rosanie, et mis le tout dans son carrosse. Le cocher s'était arrêté à l'adresse indiquée. Rosanie avait fait comme sa mère l'avait exigé : elle avait demandé à parler à la comtesse de Lauraguais et lui avait déclaré en montrant le carrosse et son contenu, elle-même comprise : « Ma mère vous renvoie, madame, tout ce qu'elle a eu de votre mari. »

Son histoire m'avait plu. « Tu es une enfant-cadeau », lui ai-je dit. Rosanie en fut contente.

Les arrivées et les départs de pensionnaires étaient un événement, comme la mort d'une religieuse, les premières fleurs sur les pruniers, un oisillon tombé d'un nid, ou trouver un trèfle à quatre feuilles.

Un soir où, seule et dans l'obscurité, je « faisais salon », j'entendis des cris, en même temps qu'une épaisse fumée envahissait mon grenier. Je courus vers le dortoir ; il était déjà en feu ! Les flammes gagnaient les salles, des poutres s'effondraient dans un brasillement d'étincelles. Je réussis à rejoindre le rez-de-chaussée. La bâtisse tombait en morceaux avec des craquements épouvantables. À demi suffoquée, j'atteignis le parloir. Là était réunie une grande partie des pensionnaires. En chemise, hurlantes et agrippées les unes aux autres, elles se précipitaient contre la porte : le salut était si proche, à portée de voix ! De l'autre côté, des hommes demandaient à entrer, l'exigeaient : ils étaient là pour nous sauver, nous allions toutes brûler ! Un ordre de la mère supérieure et nous étions vivantes. Dans ce chaos, je n'ai pas tout de suite perçu sa voix. Elle se tenait très droite au milieu du désordre des fillettes. Elle s'adressait tantôt à nous, tantôt aux assaillants. À nous elle commandait : « Enfants, félicitez-vous d'être appelées ! Le monde, cette vallée de larmes, n'est fait que pour passer ! Qu'importe le sort de nos dépouilles mortelles ! Pensez au salut de votre âme ! Chantez, gamines ! Chantez les louanges à la gloire de Dieu ! De tous vos poumons ! » Les cendres pénétraient le larynx des religieuses qui couinèrent un début de cantique. La mère supérieure, tournée vers le dehors, criait à travers la grille : « Aucun mâle ne franchira le périmètre sacré, aucun homme ne mettra les pieds dans l'enceinte du couvent ! Vierges et épouses du Seigneur, nous sommes ! Respectez, messieurs, notre communauté de femmes ! Nous allons toutes, en ordre, nous retirer pour prier ! » – ou « pour brûler » ? Oui, je crois que c'est ce qu'elle a dit : « Nous allons toutes, en ordre, nous retirer pour brûler. » J'ai eu une pensée pour Jeanne d'Arc. Elle avait brûlé seule sur son bûcher ; nous brûlerions ensemble, toutes les classes réunies comme pendant la récréation. J'ai cherché Rosanie à travers l'écran de larmes et de fumée où chacune s'évanouissait. Une énorme poutre s'est décrochée. Une odeur de chair et de chiffons brûlés nous asphyxiait. Les soldats frappaient contre la porte : ils empêcheraient ce crime, ils nous sauveraient malgré elle ! La porte céda, ils entrèrent. Religieuses et pensionnaires se dispersèrent. Mère Lamproie resta seule, cramponnée au chambranle. Elle ne capitulait pas, elle vociférait sa haine du pompier. Le jet d'une pompe lui répondit. Elle fut soulevée puis tomba à quatre pattes. Son voile s'était défait. Il montrait un crâne chauve. Elle se redressa, agitée de soubresauts, fulminant contre l'armée des démons : « … bandes de porcs, salopards, ordures, laissez-nous, foutez le camp, décollez vos sales pattes, arrachez vos membres poilus de nos corps de viergezimmmaculées, mâlezimmmondes ! »

Mes blessures ont mis du temps à se cicatriser. Cependant, c'est surtout en mon âme que j'étais meurtrie. La plupart des fillettes avaient péri (en même temps que les traces de la présence de Mathilde, le fantôme de Blanche, Rosanie, la petite fille-cadeau, que j'avais aperçue dansant dans le désastre, et poupée Lola). Les religieuses aussi, trop obéissantes ou trop percluses pour escalader le mur. Le couvent était en ruine. La relique de l'épine de la couronne du Christ avait été détruite. Sans oser critiquer ouvertement le comportement de la mère supérieure, certains jugeaient sa piété trop stricte. D'autres allaient plus loin : des témoins affirmaient avoir vu, la nuit de l'incendie, des colonnes de feu s'élever du couvent et se précipiter vers la rivière dans un fracas abominable. Aux écuries, des chevaux avaient été retrouvés morts sans marques de brûlures. Enfin il me revint qu'avant les colonnes de flammes et la destruction de la précieuse épine, dans les mois qui précédèrent la fin de Sainte-Marie-de-la-Miséricorde, notre communauté avait été frappée d'une étrange maladie : c'était d'abord une douleur dans l'ensemble du corps, puis la douleur s'intensifiait dans un membre, lequel tombait en quenouille et se détachait. La victime perdait une jambe, un bras, son pied se séparait de la cheville, sa jambe ne tenait plus au genou. Nonnes et fillettes se démembraient à vue d'œil. D'après le même principe, qui lui ferait refuser d'ouvrir la porte aux pompiers, Mère Lamproie avait dit non à l'entrée d'un médecin dans le couvent. L'angoisse nous tenaillait. Nous vérifiions sans cesse l'une sur l'autre que nous étions entières. Mystérieusement démembrées, brûlées vives… Malgré moi, j'eus un léger doute sur la toute bonté de la Providence. Pourquoi nous avait-elle laissées tellement démunies entre les mains d'une Mère Lamproie ?

Je me rétablis, mais j'avais une nouvelle épreuve à affronter. Il me fallait annoncer à mon père la nécessité où j'étais de devoir travailler.

Après tout ce temps, je le revis. Les jeûnes, les veilles et le manque de soins l'avaient rendu extraordinairement fragile, tout petit. Il m'observa avec attention comme quelqu'un que l'on a déjà croisé il y a des millénaires, dans une vie antérieure. Depuis la mort de ma mère, qui s'était évaporée avec l'encens qu'elle brûlait, mes sœurs tenaient le ménage, si l'on peut appeler ménage l'état de dénuement où ils végétaient. Elles aussi m'accueillirent avec gentillesse, mais sans avoir l'air de vraiment me connaître. C'est la faim peut-être qui les rendait tous trois si absents, avec des mouvements flottants, qui n'atteignaient aucun objet.

J'essayais, sans prononcer le mot tabou, d'insinuer que je devais me préoccuper de choisir une activité. Ils me regardaient avec des yeux vagues. Adrienne, par moments, faisait le geste de chasser une mouche. Je pris mon père par la main et me rendis avec lui au jardin : une jungle de ronces et d'herbes folles, parmi lesquelles continuaient de pousser quelques plantes domestiques de mon enfance. Le jardin avait une existence plus isolée, mieux cernée, à cause de l'assèchement en cours des marais alentour. Pour mon père ce n'était que lys, océan de blancheur à perte de vue. Soudain, il voulut rentrer à la maison pour bavarder avec Henriette et Charles-Marie. Ce n'était pas gentil de les abandonner. Il cueillit au passage une rose trémière dont il fleurit, en guise de boutonnière, un trou de sa veste. Je recommençai l'exposé de ma situation. Je dis que je n'avais aucun moyen de subsistance et que j'allais m'installer comme préceptrice dans un château, non loin de Paris. Le vieil homme approuva dans l'ensemble et pour tout ce qu'il me restait à vivre les décrets de ma destinée. Il répéta plusieurs fois le mot « préceptrice » d'un ton songeur et ajouta : « Dieu jugera le juste et l'impie, et alors ce sera le temps de toutes les choses. »

Semoule

À Semoule le temps passait mal. L'ennui, très vite, m'a subjuguée, la place de préceptrice se révélant, dès le début, un cauchemar. La maîtresse du lieu, Mme de V., tombait en syncope plusieurs fois par semaine. Ses crises étaient encore plus fréquentes lors des visites de son mari, un mondain qui vivait à Paris et venait quelques jours par mois se reposer à la campagne. M. de V. était un homme cruel. Le principal usage qu'il avait de son épouse – comme me l'apprirent rapidement les domestiques – était de la battre. Il la traitait en public avec une froideur polie, mais à certaines plaques sur le visage, au retrait instinctif qu'elle montrait quand il s'approchait d'elle, à ses yeux rouges, il était facile de deviner que ce n'était qu'une façade et de comprendre que, au premier regard entre eux, il ne l'avait jugée bonne qu'à souffrir. Mme de V. s'était soumise sans restriction. Elle s'était vouée à endurer tout ce qui lui viendrait de cet homme.

Cette sinistre vocation l'accaparait. Elle ne lui laissait aucune portion de sentiment pour le reste de l'humanité, sinon peut-être pour quelque charité anonyme, mais sûrement rien pour ses proches. Il semblait qu'elle ne sût pas où elle vivait. Elle ne portait aucune attention à ses enfants, demeurait des semaines sans s'informer de leur santé. Et quand sur sa demande, toujours formulée sur un ton désolé, je les lui amenais, leur présence lui donnait des bouffées migraineuses. Je courais lui apporter des sels. Penchée au-dessus d'elle, je voyais palpiter ses narines béantes brunies de poudre de tabac.

Ma fonction, par rapport aux enfants, ne comportait rien d'éducatif. J'étais seulement chargée de ramasser sur leurs pas tout ce qu'ils renversaient. Et comme ils étaient nombreux, nerveux, et livrés à eux-mêmes et à leurs caprices, je n'arrêtais pas. Mon père ne m'avait pas trompée. La damnation du travail n'était pas un vain mot. Tous les métiers se valaient et leurs victimes s'appelaient toutes pareilles : des souffre-douleur. À part sous quelques formes exceptionnelles, dans l'ensemble le travail ne nous permettait que d'aller jusqu'au bout de nos forces en échange de rien. On s'usait, on perdait sa santé, et personne ne vous en savait gré. Et je revoyais en esprit, alors que je n'y avais prêté aucune attention lorsque j'habitais à Notre-Dame-de-la-Miséricorde, les silhouettes des sœurs converses, les plus humbles, celles vouées aux cuisines et au nettoyage. Celles que l'on n'identifiait pas. Sœurs de misère, je ne leur accordais pas un regard, pourtant c'était bien elles, et non mes images de gloire et de poésie, qui préfiguraient mon sort. Chanter le monde, quelle dérision ! Moi qui avais été si sensible au plaisir de parler, j'étais devenue taciturne, réduite à quelques monosyllabes. J'agissais en automate. Je ne me rejoignais plus que par instants. Alors, brièvement, la grâce m'effleurait. La joie sans motif. Cela ne durait pas. Pour l'essentiel la prière m'avait échappé. J'en avais perdu la disposition intérieure. Le soir, les reins endoloris, les jambes lourdes, je m'effondrais dans la « chambre » que je partageais au sous-sol avec les servantes. Elle n'avait pas de fenêtre, aucune aération. Nous dormions sur de minces matelas de son que nous roulions le matin contre le mur et que nous déroulions le soir les uns contre les autres, dans une contiguïté telle que si j'étendais le bras dans mon sommeil, je touchais les cheveux épais et gras de Raton la lingère. Elle était petite, aussi large que haute. Sa silhouette ne se distinguait en rien de celle de mon sac posé de l'autre côté de ma couche, lequel constituait, dans cet univers de haine et d'abrutissement, l'unique parcelle qui fût mienne. Angèle, la cuisinière, la plus ancienne domestique dans la maison (et aussi la mieux à même d'imposer par la force sa volonté), nous faisait sortir quand venait son amant, Victurnien, le fontainier. Nous allions nous affaler dans le couloir. Tremblantes de froid, endormies, nous entendions les obscénités qu'il lui criait. La cuisinière les répétait en écho, tandis que les amoureux se brutalisaient avec vigueur. « Elle en a de la chance, l'Angèle ! » se chuchotaient Marinette, Fanchon, Thérèse et Augustine. Elles s'obstinaient à parler bas, alors que je ne voyais pas ce qui aurait pu venir troubler un tel charivari.

Angèle traversait de terribles maladies. Sans cause compréhensible, elle se mettait à perdre tout son sang. À moitié mourante, elle injuriait son Victurnien, pendant qu'autour d'elle s'affairaient les femmes de la chambrée. Celles-ci transportaient des linges, lui faisaient boire des décoctions. Leurs visages, leurs gestes exprimaient l'affection d'une peine partagée, vibraient de l'assurance d'une communauté avec laquelle je n'avais rien à faire. On me tenait éloignée de ces rassemblements autour du corps souffrant de la cuisinière. Rapidement, d'ailleurs, elle reprenait sa santé, et ses cris, à nouveau, nous jetaient dehors, nous faisaient passer des nuits blanches. Quand nous n'étions pas chassées par les amours d'Angèle, nous étions réveillées par ses ronflements.

Les domestiques ne m'aimaient pas. Elles me trouvaient trop jeune, et d'une jeunesse étrangère à leurs mœurs. Elles se méfiaient de mon silence, de mes absences, et s'ingéniaient à me persécuter dans l'unique plaisir qui aurait pu me rester : la lecture. Je n'avais pas de lieu, je n'avais pas de temps pour lire. Et comble de frustration, les seuls moments où je lisais, c'était sur l'ordre de Mme de V. Dans la journée Mme de V., hébétée, arrivait à l'aide de semblants d'occupation à venir à bout des heures, mais la nuit, dans le silence de ce château isolé, le néant de sa vie et la promesse de son implacable stabilité lui provoquaient des crises de panique. C'était alors qu'elle m'appelait parfois pour bavarder (mais nous n'avions pas de sujet de conversation) ou afin que je lui fisse la lecture. Elle avait un roman de prédilection : *Julie ou La Nouvelle Héloïse* de Jean-Jacques Rousseau. Elle se promenait toujours avec les petits volumes sur elle. Rien qu'à fixer ses poches déformées, j'étais abattue. « Et toi aussi, mon doux ami ! et toi, l'unique espoir de mon cœur, tu viens le percer encore quand il se meurt de tristesse. » J'entendais déjà la musique funèbre des phrases qu'il m'allait falloir lui administrer. Ce roman qu'elle avait lu et relu des dizaines de fois ne manquait jamais son effet. Il lui propageait ce venin : le mal d'aimer. « Lu par vous, c'est encore plus beau ! », s'exclamait Mme de V. en demandant un mouchoir. Il y avait aussi les promenades en voiture, lorsqu'elle se sentait assez forte pour sortir faire un tour. Je m'asseyais en face d'elle sur un strapontin. D'un geste las elle me tendait un tome de ses lamentations préférées. « Ô Julie ! Ô Julie ! Et nous ne serions pas unis ? Et nos jours ne couleraient pas ensemble ? Non, que jamais cette affreuse idée ne se présente à mon esprit ! En un instant elle change tout mon attendrissement en fureur, la rage me fait courir de caverne en caverne, des gémissements et des cris m'échappent malgré moi ; je rugis comme une lionne irritée… » Mme de V., attisée par le malheur, jetait sur la campagne des regards exaltés.

À confesse, je devais m'accuser d'avoir lu de mauvais livres.

« Des comédies, des romans, des histoires de galanterie ? interrogeait le prêtre.

– Des romans, disais-je. *Un* roman. »

J'attendais ma pénitence. Et je songeais, accablée : À force de le répéter, de véniel ce péché va me devenir capital. Ô Dieu, faites que je ne m'incruste pas à Semoule !

Dans la mauvaise saison, nous n'avions pas de visites. La campagne se repeuplait au printemps. « Aux beaux jours, disait Mme de V., nous aurons la visite de plusieurs de mes amies. Des bourgeoises pour la plupart, mais qui ont du bien et des lettres. Elles sont presque autant que moi amoureuses de *La Nouvelle Héloïse*. » Un groupe de fanatiques de la souffrance d'aimer suspendues à mes mots ? La promesse me brisait.

C'était le plein hiver, le monde s'enfonçait dans la grisaille. Le château était mal entretenu (la vie parisienne de M. de V. absorbait beaucoup des revenus). Il laissait, par les interstices des portes et des fenêtres, entrer le froid. Angèle ne fermait jamais la porte de la cuisine. Un seul feu brûlait dans le salon de Mme de V. Mais le froid n'était pas étale en la demeure, c'est au sous-sol où nous gisions, dans cette profondeur de tombe, qu'il était le plus redoutable. À ce froid pernicieux, constant, s'ajoutait la faim. Elle était là, à nouveau. Maladie avec laquelle j'avais grandi, mais que son retour dans un lieu aussi désolant me rendait insupportable. M. de V., au pire de la mauvaise saison, espaçait ses visites. Il n'avait pour cela aucun mensonge à inventer : les chemins étaient impraticables.

La présence de M. de V. était désagréable, mais ses absences nous laissaient loin de tout, absolument privés de contact avec le monde. Les enfants, agités comme les souris qui couraient partout entre nos pieds, se disputaient. Leur mère soupirait. Assise devant une fenêtre, considérant à perte de vue des champs et des bois aux branches noires, je rêvais qu'un messager égaré venait nous demander asile et, le temps d'une soirée, par ses récits me redonnait vie. Cet isolement, ma fatigue, les humeurs du lieu avaient rompu mon équilibre. Je voulais dire encore à mon réveil : « C'est pour l'amour de vous, mon Sauveur, et dans le dessein d'employer cette journée à votre service que je vais maintenant me lever. » Mais j'étais réveillée depuis longtemps. Mes journées n'avaient pas de commencement, je n'éprouvais aucune envie de me lever, et le mot de « Sauveur », en moi, tombait dans le vide.

Mathilde était mariée. Je ne recevais de lettres d'elle qu'aux occasions officielles. Elle m'avait laissé entendre que son mari, jaloux d'une part d'affection qu'elle aurait pu lui dérober, lui interdisait l'amitié. Son frère était à la guerre. Les nouvelles étaient rares. Elle tremblait pour lui. Je partageais ses angoisses mais n'avais même pas la possibilité de lui apporter ce réconfort. C'était pour nous deux la traversée du désert. Si mon sort semblait pire que celui de Mathilde, j'avais l'avantage de le considérer comme provisoire. Je ne resterais pas toujours à Semoule, des jours meilleurs m'attendaient… Mes inquiétudes pour Arnaud aggravaient mes soucis ; elles m'étaient aussi une sorte de chant. Rien qu'à prononcer son nom, quelque chose tintait en moi, comme un refrain, et je me surprenais à chantonner :

Tout ce que puise le désir,
L'amour le boit, et ne s'apaise.
Amour exige de l'amour
Plus que l'esprit ne peut saisir…

En dépit du glauque de Semoule, il m'arrivait de sourire en ne pensant à rien.

J'avais pour règle de me tenir autant que possible à l'écart de M. de V. Ce qui ne m'était pas difficile, puisque je vivais dans la partie de la demeure où habitaient les enfants, les yeux fixés au sol. J'avais appris au couvent à marcher à petits pas, en silence, et les yeux baissés. Il me suffisait, aurais-je pu croire, de ne rien changer à ma démarche de Miséricorde. En réalité, la joie qui, là-bas, avait été la mienne me rendait aveugle aux souillures et accidents du sol. À Notre-Dame-de-la-Miséricorde je marchais les yeux baissés, mais je flottais en euphorie ; à Semoule je n'étais que pesanteur. Mon regard vers le bas trahissait l'état de mes pensées. Je me traînais, tirée par mes grands pieds. Je ne sortais dans le parc que lorsque les petites personnes allaient s'y amuser. Je n'en fréquentais que la partie réservée à leurs jeux. Elle était réduite comparée à l'immensité des bois qui la prolongeaient, mais encore trop grande pour moi dans mon état de fatigue et de découragement. Tel était mon égarement qu'une fois, comme les garçons jouaient au volant, je me précipitai pour le ramasser ! L'aîné, Basile, qui avait le mauvais caractère de son père, voulut me frapper. Son gouverneur en référa à Mme de V. Celle-ci, son éternel mouchoir à la main, me dit que tout ceci était bien triste mais qu'elle n'y pouvait rien, c'était la faute de la société. Elle tenait ouvert *Émile ou De l'éducation*, et commença : « Tout est bien sortant des mains de l'Auteur des choses, tout dégénère entre les mains de l'homme… » Hors de moi, je me bouchai les oreilles.

« L'abbé Ruette me l'avait rapporté, mais je ne pouvais l'admettre. Votre cœur serait-il fermé à Jean-Jacques Rousseau ?

– Je le crains, madame, mais qu'y puis-je ? C'est sans doute faute de le comprendre. *Émile* m'ennuie, *La Nouvelle Héloïse* me désespère. À cause des tourments de Julie et de Saint-Preux, je m'interroge : si l'amour ne se fait sentir que par la souffrance, pourquoi est-ce un état tellement convoité ?

– Il y a souffrance et souffrance. La souffrance d'amour n'est pas du tout comme… de se coincer un doigt dans une porte.

– Est-elle pire ?

– Bien pire, jeune idiote. »

Je rêvais que le plaisir d'aimer, s'il existait, devait surpasser tout ce qu'il était possible de concevoir.

Du fond de sa solitude et de sa frustration, Mme de V. en vint, pour la seule fois de sa vie, à vouloir s'exprimer et à oser le faire. Elle se résolut à écrire à Jean-Jacques Rousseau en personne ce qu'avait représenté pour elle le séisme de la lecture de *Julie*. Je rédigeai sous sa dictée une lettre qui se terminait par : « Mon cher Maître, j'adore votre personne et vos sublimes écrits. Votre *Nouvelle Héloïse* est l'histoire de mon cœur. Jamais même en mes rêves les plus fous je n'avais imaginé qu'un homme puisse mieux que moi peindre ce que j'éprouvais en mes tressaillements les plus secrets. Il faut étouffer, il faut quitter le livre, il faut pleurer, il faut vous écrire qu'on étouffe et qu'on pleure. »

Mme de V. reçut une réponse, et même une réponse publique. Elle n'était pas du tout du genre qu'elle espérait. Jean-Jacques Rousseau avait fait passer dans les pages d'un journal un avis adressé « Aux auteurs et beaux esprits ». Il priait « messieurs les beaux esprits de ne plus lui écrire des lettres de compliments, même affranchies, n'étant pas en état de payer tant de ports, ni de répondre à tant de lettres ». Une gifle publique. À la mesquinerie d'avancer le coût de la poste Rousseau joignait la goujaterie de ne s'adresser qu'à « messieurs les beaux esprits »... Certes, il fallait étouffer, hoqueter, suffoquer ! Mme de V. continua de pleurer sur les pages de *Julie*, avec encore plus de conviction.

Même en faisant attention à ne pas croiser M. de V., je ne pouvais totalement l'éviter, ni lui, ni sa compagnie. C'est ainsi que j'eus le choc d'entendre l'abbé Ruette s'écrier avec le naturel des gens si endurcis dans le vice qu'ils n'en perçoivent plus le scandale : « Vous me direz, monsieur, ce que vous voudrez, mais, ma foi, il n'est point agréable d'être cocu. » C'était pour mes oreilles innocentes une chose inouïe, surtout venant d'un homme d'Église. Je crus avoir mal compris, mais les commentaires de ses auditeurs me rendirent à l'évidence : l'abbé parlait d'un sujet impur. Ainsi donc les ministres de Dieu ne brûlaient pas exclusivement pour la vertu ! Ils avaient des amantes et prenaient mal d'en être trompés. J'étais sidérée. Entre l'abbé et moi s'était établie une antipathie réciproque. La sienne était sans doute plus ambiguë que la mienne. L'abbé Ruette était, comme on disait à l'époque, un « agréable ». M. de V. ne s'annonçait jamais sans lui. Il lui confiait les besognes qui l'ennuyaient. Ainsi, lorsqu'il eut à me communiquer une nouvelle importante, il la transmit à l'abbé Ruette, lequel se fit une joie de m'en faire part. Il choisit juste le moment où, à plat ventre sous une commode, je récupérais un bilboquet. C'est dans cette position dont le ridicule et l'impudeur ne m'échappaient pas qu'il m'interpella :

« Mademoiselle vous voudrez bien me pardonner de perturber votre gymnastique, mais je ne puis garder plus longtemps par-devers moi une convocation du chef de police à vous destinée. »

Il avait parlé fort pour être entendu de tout le monde, et dans un style digne de l'officier lui-même, comme si, par son entremise, la machine policière était déjà en marche. Lorsque je me retirai, honteuse et rouge, de dessous le meuble, je sentis du fond de la pièce, posés sur moi, les regards inquisiteurs de toute la maisonnée. Angèle avait quitté ses fourneaux. Raton, Marinette, Fanchon, Thérèse, Augustine pointaient leurs museaux. L'abbé donna la convocation. Je la pris avec maladresse, tout en me rajustant et sans lâcher le bilboquet. Je demandai un entretien avec Mme de V. Elle n'était pas montrable. Elle me souhaitait bonne chance dans mes démarches et me conseillait de prendre avec moi toutes mes affaires « au cas où mon absence serait un peu longue ». La lâcheté évidente de l'« un peu » me fit honte pour elle. Je réunis ma ceinture rouge du couvent, un fourreau noir, des bas de coton et de laine, deux jupons affreusement usés dont il n'était pas un fragment qui ne fût raccommodé, et une robe d'indienne, cadeau de Mme de V., une nuit où, après avoir pleuré d'abondance, elle m'avait appelée son trésor. « Ô Julie ! » avait-elle débuté, puis elle avait chaviré dans le sommeil. Je fis mon sac dans la nuit de notre souterrain. Mes compagnes, pour ne pas me parler, faisaient semblant de dormir. J'avais détesté Semoule, mais cette hypocrisie de se débarrasser de moi à la sauvette m'était pénible. Et aussi la perspective d'être jetée dans Paris me terrorisait.

On me fit profiter d'un trajet de M. de V. à la capitale. Il me devait de l'argent. Pendant la route il conversa sans discontinuer avec l'abbé Ruette, tandis que je m'exhortais : Mon Dieu, ô mon Dieu, accordez-moi la force d'aborder le sujet de mes appointements ! M. de V. et l'abbé parlaient de la guerre et de ses nécessités. Devant nous apparut un énorme nuage de fumée : c'était Paris. Encore quelques lieues et je serais précipitée dans le nuage noir. « Saviez-vous, a dit M. de V. dans un cahotement rendu brutal par les pavés, que le marquis de Conflans, qui avait pris quatre cents chevaux à l'ennemi, n'a eu d'autre choix que de faire sectionner les jarrets de ceux qu'il ne pouvait pas emmener ? »

C'était pour moi la fin du voyage. Tandis que je me débattais, en imagination, non seulement avec cette convocation mais avec, en plus, le carnage de quatre cents chevaux piaffant dans leur sang, M. de V. me déposa sans un mot devant l'office du chef de police. Il fit démarrer sa voiture pour s'éloigner au plus vite. Dieu ne m'avait pas accordé la force de réclamer mon dû. Je m'en voulus de ma faiblesse, mais oubliai aussitôt l'argent. Si je suppliais Dieu maintenant, ce n'était pas pour obtenir quelques sous, mais pour avoir le courage de pénétrer dans l'espace redoutable du Châtelet. Je m'égarais dans des couloirs sombres et malodorants. Un peu partout des gens tassés d'humilité, déjà traités en coupables, s'alignaient dans des attentes interminables. Je croyais entendre sous mes pas, dans les profondeurs humides où pourrissaient les prisonniers, des cris étouffés. J'étais sur le point de m'enfuir, de retourner à l'air libre, mais juste alors, en réponse à ma convocation, une main ferme me saisit le poignet.

L'inspecteur Framboisier m'attendait. Je distinguais un habit noir, un visage rond et méchant. La pièce où il se tenait, tapi derrière des piles de dossiers, était à peine éclairée. Dans cette demi-obscurité me parvint sa voix sèche, teintée d'ironie :

« Mademoiselle Apolline Sandrac ? Il nous a été difficile de vous joindre. Ce pour quoi il se peut que vous arriviez trop tard... Mon devoir est de vous mettre au courant. Veuillez lire ces rapports. Vous savez lire, n'est-ce pas ? »

L'homme me tendit plusieurs feuillets. Mon premier mouvement fut de les prendre et de m'en aller les consulter dans un espace intime. J'avais le sentiment d'une profanation à le faire sous ses yeux. Je dus obéir.

« "La demoiselle Olympe Aubain..." Vous m'avez convoquée par erreur, monsieur l'inspecteur. Je n'ai rien à voir avec cette personne.

– Lisez, vous dis-je. »

Je repris :

« "La demoiselle Olympe Aubain, âgée d'environ vingt ans, native de Bordeaux, grande, bien faite, blonde de cheveux, de beaux yeux noirs quoique un peu petits, les traits du visage réguliers, l'air insolent, la peau très blanche, peu de gorge mais bien placée, s'est enfuie de la maison paternelle à l'âge de quatorze ou quinze ans. D'après déclaration de sa famille elle aurait mis à contribution pour atteindre Paris les bons services d'un cocher, lequel a disparu peu après l'envol de la belle. Elle passe une première année à Paris et se fait surtout connaître par son association tapageuse avec une autre Bordelaise, une certaine Zéphyrine, dite 'Gorge chaude', comédienne de son métier, où sans des appuis puissants il est inconcevable qu'elle ait pu se maintenir, car elle est hommasse, la figure vilaine, et elle boit comme un vidangeur. Ladite Olympe Aubain…" »

L'inspecteur me lorgnait. Je m'arrêtai, la vue brouillée, incapable d'en lire davantage.

« Vous devez vous rendre au chevet de cette demoiselle. Elle vous a fait demander. »

On m'a laissée au pied d'un immeuble lépreux, en me disant : « C'est au sixième étage. Tout en haut. » À l'état de l'immeuble, à la hauteur de l'étage – le dernier, celui des plus misérables –, je pressentais une terrible déchéance. Et, lorsque je suis entrée dans le taudis où régnait une abominable matrone, mon horreur fut complète. Pourtant, lorsque celle-ci m'a menée auprès d'une femme squelettique, un œil fermé par un pansement sale, je n'eus pas une seconde d'hésitation. Ma sœur gisait à peu près nue sous un haillon. Elle était trop faible pour bouger. Mais quand j'ai murmuré « Ursule », elle a eu un sourire dont le souvenir aujourd'hui encore me met au bord des larmes… C'était un sourire arraché au masque de la mort. Un sourire faible, incertain, mais qui produisit ce miracle de faire revenir exactement la jeune fille qu'elle avait été, de faire se succéder en un éclair mille visions de sa gaieté, de son élan sauvage d'exister. Ces six années, où j'avais dû faire le cruel apprentissage de vivre sans elle, resteraient inconsolées. Je me jetai sur son corps dévasté, sanglotai contre sa poitrine, l'embrassai, je voulais la réchauffer de mon amour, la ranimer, la sauver. Quand je me suis relevée, Ursule avait cessé de vivre. Elle avait perdu sa guerre. J'étais comme happée par son profil maigre, à jamais figé par la mort, et je reconnus, éperdue, les traits que j'avais des centaines et des milliers de fois griffonnés, croyant ajouter une recrue de plus à l'armée vengeresse des femmes pirates, alors que je traquais le visage de ma sœur. Je voulus prier. L'affreuse matrone m'a écartée. J'ai regardé autour de moi. L'endroit où avait agonisé Ursule n'était pas une chambre, mais un coin dans une salle crasseuse, enfumée. Plusieurs hommes s'y tenaient, en train de boire et de jouer. « Elle est crevée ? T'as été bien bonne de la supporter si longtemps ! » s'exclama l'un d'eux. Celle dont on venait en ces termes de louer la bonté me remit un sac en tapisserie et me poussa dans la nuit.

Je descendis à tâtons l'escalier fétide. Je n'avais aucune idée ni du quartier où j'étais, ni de Paris. J'allais au hasard dans ce qui n'était pas des rues, mais un dédale creusé dans la boue. Je fis une chute dans un liquide gluant, peut-être du sang, et souhaitai finir là, mais je pensais : Tu dois retourner auprès d'Ursule, tu l'as abandonnée sans prières aux mains d'une mégère. À l'instant même où je me formulais cet ordre sacré, son caractère irréalisable s'imposa. J'étais incapable de revenir sur mes pas. Et comment aurais-je pu m'occuper des funérailles d'Ursule ? avec quels moyens ? Dans mon effroi, je me suis limitée au minimum. Tu as maintenant deux sacs, me suis-je dit, le tien et celui d'Ursule, prends garde seulement à ne pas les perdre, et pour le reste remets-toi à la Providence. Je me suis relevée. Et je suis sortie du dédale de sang et de boue.

J'ai marché à travers des champs, des ruelles, des terrains vagues. J'aperçus des fermes, des moulins, et à nouveau des blocs de maisons. Tantôt brillaient des lanternes, tantôt j'errais dans une obscurité de rase campagne. Je cherchais à retrouver un quartier éclairé. Je n'y réussis que trop. J'entrevis sous les réverbères, aux fenêtres, des nuées de femmes. Elles étaient couvertes de rouge, débraillées, et leurs cheveux, défaits, pendaient comme des toiles d'araignée. Elles appelaient les hommes, faisaient des bruits obscènes. J'essayais de ne pas les voir mais leurs « Tss, tss... » et leurs baisers ignobles me poursuivaient. Dans la rue déambulaient des meutes d'hommes. Leur seule façon de me regarder m'était souillure. Enfin j'arrivai dans des rues vides, bordées de hautes demeures. Je respirai à nouveau.

Je m'arrêtai à une porte devant laquelle brûlait un feu : autour étaient rassemblés de pauvres gens, des femmes, des enfants, des mendiants. Ils tendaient vers les flammes leurs vêtements en lambeaux. Je n'avais jamais vu une si grande porte ni un si grand feu. Je demandai de quelle demeure ils marquaient le seuil. « C'est l'hôtel d'une princesse au bon cœur », me dit-on. Un vieil homme me fit de la place sur sa cape et je m'endormis dessus. Quand je rouvris les yeux, un peu plus tard, des hommes en habits princiers, galonnés d'or, portaient de grandes bûches. Je chuchotai à mon protecteur en train de s'épouiller : « Sont-ils les fils de la princesse ? (Je pensais que c'était parce qu'ils étaient frères qu'ils avaient le même costume.) – Ces hommes sont ses valets ! Tu n'as guère vécu, gamine. Remarque, c'est toujours ça de trop ! » Il m'expliqua que pendant l'hiver les princes du sang (princes du sang, princes de sang, étais-je parmi les voleurs d'enfants ? cernée de vampires déguisés en manants ? sous le choc de ma douleur, dans mon état d'égarement, des strates de paniques anciennes remontaient...) tenaient allumés des feux aux portes de leurs hôtels. Une bénédiction pour les miséreux. « Ah ! on est ce qu'on peut, soupira-t-il, et pas ce qu'on veut... » Fort de sa sagesse, il ne s'émut pas de l'arrivée bruyante d'un groupe de gens dont certains portaient un chaudron. C'était une sorte de soupe, des bouts de gras flottant dans de l'eau sale. « Goûte et dis-toi que si tu peux avaler ça, tu peux tout avaler ! » Je ne pouvais pas. L'odeur seule était effroyable. Une ronde s'était formée. Une femme se détacha de la ronde et, plus légère que les flammes, dansa seule. Elle laissa tomber un à un les châles qui la couvraient. Elle planait, se posait, se rapprochait d'un homme jusqu'à le frôler, puis bondissait plus loin. Un petit singe la rejoignit. Il se balançait sur ses pattes et, d'un saut, se perchait sur l'épaule de la danseuse. Leurs deux visages se confondaient. Le vieil homme me dit : « C'est une sorcière, elle a été surprise dans une auberge en train de faire rôtir un crucifix. » La femme, au passage, lui envoya son singe à la tête. La danse reprit, encore plus violente. Cette fois tout le monde s'y mit. Les tambourins s'accéléraient. Une danse de créatures infernales. Ce n'était pas seulement le jeu des flammes qui déformaient leurs traits, c'était leurs gestes saccadés, leurs visages luisants, leurs bonds et leurs cris. Le singe se jeta sur moi. Il me griffait, m'arrachait les cheveux. Je hurlais. Des forces d'ombre et de lumières me déchiraient. Des pans de montagne s'effondraient. Des soleils se fracassaient. Des gouffres s'ouvraient. Une voix traversa les nuées, lancée de l'abîme d'en haut : « … Au nom des anges et des archanges, au nom des trônes et des dominations, au nom des principautés et des puissances ; au nom des chérubins et des séraphins, au nom des saints apôtres et évangélistes, au nom des saints martyrs et des confesseurs, au nom des saints moines et des solitaires, au nom des saintes vierges et de tous les saints et saintes de Dieu : que ton lieu aujourd'hui soit dans la paix… »

L'âme d'Ursule se débattait.

Quand je me réveillai, j'étais transie de froid. Il n'y avait plus personne. Le feu était éteint, il n'en restait même aucune trace. Les fils de la princesse au bon cœur avaient balayé. J'avais dormi la tête sur mon baluchon et les mains crispées sur un sac que je m'étonnais d'abord d'avoir en ma possession. Puis, impitoyable, la mémoire me revint. C'était le sac d'Ursule, tout ce qui me restait d'elle. La conscience de ne l'avoir retrouvée que pour la perdre m'anéantit. Je me ratatinais dans le froid. Une fatigue inouïe, une sorte de paralysie me rendait incapable de bouger. Dans cette nuit brouillardeuse j'entendis tout près de moi, menaçant de me piétiner, des pas lourds et réguliers. Une armée progressait dans le noir. C'était, je le compris plus tard, les marchands des halles, hommes et femmes chargés de hottes. En route depuis des heures, ils touchaient à leur destination. Leurs pas qui martelaient le sol me résonnaient dans la tête. Une nuit un peu moins noire finit par s'imposer. Une agitation incroyable avait gagné la ville. La danse d'enfer, me dis-je, ne s'arrête donc jamais… J'abordai une marchande de lait. Ses cris faisaient descendre des maisons des enfants ensommeillés, leur piécette à la main. Le lait me réconforta, et la gentillesse de la femme. De mes doigts gourds j'ouvris le sac de tapisserie.

Je trouvai un éventail, une étole blanche très abîmée, plusieurs cahiers retenus par un ruban et enveloppés dans un tissu, et une aumônière en perles. Si elle avait contenu de l'argent ou des bijoux, la patronne du taudis les avait volés. Restaient, notés sur un morceau de papier plié en quatre, un nom et une adresse : « Arnaud de Terville, rue des Quatre-Vents, foire Saint-Germain ». Je me sentis frappée d'un souffle d'absolue terreur ou de joie folle. Je lus et relus ce nom, incrédule.

Je n'osais pas demander mon chemin. Il y avait surtout des hommes dehors, ils marchaient vite, sans un regard pour moi. Deux ou trois que j'interrogeais ne me comprirent pas. Et moi de même. Paris était l'Enfer *et* la tour de Babel ! Chacun fonçait dans sa direction, enfermé dans son patois. Je glissais sur les pavés, dérapais dans les ruisseaux médians, débordant d'ordures. J'hésitais partout. Je marchais trop lentement, ne savais comment me garer des voitures. On ne cessait de me bousculer, de m'insulter. Les gens jetaient leurs immondices par les fenêtres. Çà et là d'énormes chargements de paille ou de foin, hissés jusqu'au grenier, se décrochaient. Le vent vint s'ajouter au froid. Au-dessus des immeubles, dans un vacarme de métal effrayant, une forêt de cheminées se mit à vaciller… Le même vacarme, dans la rue, se retrouva amplifié par d'énormes enseignes de fer s'entrechoquant. Et, comme je me murmurais, mes deux sacs contre moi, « Le ciel et la terre se sont donc unis pour me détruire ? », un cocher ivre me prit en chasse. Sa bouche éructait des injures, son fouet cinglait l'air…

Je me réfugiai sous un pont. On remua près de moi. J'aperçus un sourire – un sourire de pure bonté.

C'était une vieille femme enveloppée dans des chiffons. Une pauvresse à l'allure de mon père, une errante de l'inconsistance d'un ange. Elle m'a prise par la main et m'a conduite à la rivière. Je me suis lavée. J'ai baigné mes blessures. Je lui ai montré mon papier. Elle a secoué la tête, mais quand j'ai demandé la rue des Quatre-Vents, foire Saint-Germain, elle m'a dit : « Guide-toi au son. Les cloches de Saint-Sulpice font la plus belle musique, laisse-toi conduire les yeux fermés. » Et je les ai remerciés, elle ou mon père, car c'était ainsi, à Bordeaux, qu'il nous indiquait la cathédrale Saint-André : sa cloche faisait un son à nul autre pareil.

Et voilà. J'y étais. Des cloches, toutes proches, se déchaînaient dans un ébranlement puissant et cristallin. À l'adresse même, le portier étant invisible, j'ai crié d'une voix tremblante : « Le cordon ! » La porte s'est ouverte, le gardien m'a montré l'entrée des appartements de M. de Terville. Dans la cour, dans l'escalier, dans l'antichambre, la plus belle musique ne cessait pas. On me conduisit dans la chambre d'Arnaud. Elle était chaude, confortable. De belles tentures brillantes déroulaient d'étranges paysages de montagne et de mer, qui achevèrent de me désorienter. Je sentis qu'on s'approchait de moi et qu'on me faisait asseoir. Je respirais un parfum inconnu, une senteur amère, violente, profonde. Sur un plateau d'argent étaient posées deux tasses, l'une était pleine d'un liquide noir. Je m'entendis demander si je buvais du café. J'éclatai en sanglots. Arnaud était devant moi. Il était devenu un jeune homme très grand, distingué. Il était plus brun que dans mon souvenir, mais il avait toujours la même fossette qui m'avait tant plu sur la joue de Mathilde et dont l'expression de malice contredisait celle, tragique, de ses yeux. C'était au physique l'équivalent de leur courage d'enfants : une insolence, une gaieté qu'ils avaient tous deux cultivées sur le terrain du chagrin. Arnaud s'est agenouillé devant moi. Il m'a bercée de mots tendres, puis il m'a accompagnée dans une chambre aux lambris blancs, élégante et démeublée, et là j'ai quitté le monde.

Je me suis enfouie dans le sommeil. J'ai glissé dans les profondeurs de la nuit. Je vivais comme on vit en convalescence. Par intermittences, avec des sentiments d'amélioration, qui se renversaient en leur contraire. C'était la fin de l'après-midi ou le milieu de la nuit. Je ne me levais plus. Je dormais-pleurais, recroquevillée dans l'îlot de tremblante lumière maintenu par quatre bougies gardées toujours allumées. Je vivais retranchée derrière volets, fenêtres et doubles rideaux, je ne savais plus où j'étais ni par la protection de qui j'échappais au sort d'une fille seule et pauvre, et complètement perdue. La vision d'Ursule mourante me hantait. Sa maigreur, son souffle douloureux, ses cheveux collés aux tempes, et cet instant où, par l'esquisse d'un sourire, elle fut de retour… À cause de ce sourire, de la présence qu'il me rendait, j'avais peur d'ouvrir les cahiers. Lâchement, je remettais à plus tard la découverte de la vérité. Je prononçais les mots « le naufrage de son existence », les ressassais, la couverture tirée sur le visage, jusqu'au moment où, par un glissement insidieux, c'était le mien, c'était le naufrage de mon existence qui s'inscrivait en toutes lettres dans ma bulle de fragile clarté. Et je nous voyais toutes les deux, Ursule et moi, dans la même jeunesse et le même dénuement, l'une morte, l'autre vivante, nous faisant face et nous adressant des appels muets de part et d'autre du fleuve que l'on ne traverse qu'une fois. Elle avait touché la rive d'où l'on ne revient pas. Je demeurais sur celle des vivants, mais pour combien de temps ? dans quelles conditions ? J'avais dix-sept ans. J'ignorais tout des choses utiles pour survivre, ne possédais rien. Sans l'abri qui m'était offert, je serais déjà passée du côté du malheur, malade de faim et de froid, ombre parmi les ombres qui s'empoignent aux portes des cuisines pour des épluchures, quelques os… Était-ce si grave ? Dieu ne nourrissait-il pas les oiseaux du ciel ? Et n'avait-il pas pris la peine, en sa sagesse infinie, de m'offrir ce miracle : retrouver, grâce à Ursule, le chemin d'Arnaud ?

Je quittai ma chambre de désolation. Je m'extirpai de cette langueur morbide, véritable insulte à la

Création, et décidai de ne pas céder aux tentations mortifères du renoncement. Arnaud eut l'air heureux de me voir debout. Il n'était pas souvent chez lui, mais chaque fois où nous nous croisions il se montrait affectueux, délicat. Et je fantasmais parfois que lui aussi, de son côté, m'avait élue la fiancée de ses pensées... Un jour où je me sentais mieux, il m'offrit de me montrer Paris.

« Un tissu de splendeurs et d'horreurs », me dit-il en m'installant dans son cabriolet. Il avait de beaux gestes, sûrs et rapides. Il était pâle, malgré un maquillage, léger, qui lui rosissait les pommettes. Il le devint encore plus quand, en arrivant à proximité du Pont-Neuf, quai de la Vallée, nous avons vu un petit groupe rassemblé sur la rive, penché sur quelque chose ou quelqu'un qu'on ne percevait pas. Je voulus descendre de voiture. La brise du fleuve m'avait fait du bien. Nous sommes passés entre les bateaux. Les femmes qui lavaient avaient abandonné leur linge. Elles aussi voulaient voir. C'était une noyée. « Une coquine qui s'est jetée du pont », dit quelqu'un. Arnaud fit s'écarter les gens. Il observa le cadavre plusieurs minutes. « Faites quelque chose ! » supplia une femme. C'était trop tard, il n'y avait plus rien à faire... Il s'éloigna. « Qu'il pleuve des tombereaux de cadavres ! » cria un homme sur notre passage. Il courait, hurlant son vœu sinistre. Ses cheveux plats flottaient au vent. Arnaud fit le geste de me protéger. « Il faut se méfier de la folie. Elle est plus contagieuse que la petite vérole », me dit-il. En direction de l'arche Marion, puis du Louvre, nous avons traversé le Pont-Neuf, tout bordé de boutiques dont la continuité bouche absolument l'horizon, et j'en fus oppressée comme du signe qu'il n'était pas d'autre évasion à Paris que dans la mort. À la fontaine de la Samaritaine se bousculaient les marchands d'eau.

« La meilleure eau, paraît-il. Personnellement, je ne suis guère qualifié pour en juger. Ce n'est pas un lieu à fréquenter la nuit. On s'y fait voler et trancher la gorge comme un rien. D'ailleurs tous les ponts ici sont dangereux...

– Je crois que j'en ai assez vu pour aujourd'hui. Ne m'en veuillez pas, j'aimerais rentrer. »

L'angoisse m'avait reprise et cette ombre de mort qui, depuis que j'avais posé un pied dans Paris, s'étendait sur tout ce qui m'advenait.

« Déjà ?... Mais vous avez raison... rentrons. Ce triste accident n'a pu que vous assombrir davantage... Je vais quand même faire un tour par les quartiers du Marais. Vous vous croirez en pleine campagne. »

Et, en effet, quelques minutes plus tard nous allions à travers des potagers, l'air sentait bon la terre fraîchement labourée. Des charrettes chargées de choux encombraient le chemin. Arnaud ralentit de justesse. Il conduisait trop vite, comme son père. Ses mains tremblaient. Il avait sur le visage la même expression crispée et fascinée avec laquelle il avait regardé la noyée...

« Je vous montrerai une autre fois la fameuse promenade de Longchamp. Elle va depuis la place Louis XV jusqu'à la porte Maillot. Mais il ne faut pas trop voir en même temps. Les images se mêlent. On se souvient mal. »

Il se passa la main sur les yeux, comme si lui-même, assailli d'images involontaires, était menacé d'incohérence. Nos cinq ans d'écart m'avaient semblé de peu d'importance à notre première rencontre. Maintenant j'avais l'impression qu'il avait vécu des années et des années de plus que moi, tandis que je passais, sans rien apprendre du monde et de sa cruauté, de Notre-Dame-de-la-Miséricorde à Semoule.

Au retour nous avons pris le thé dans un petit salon octogonal aux panneaux alternant miroirs et paysages d'Italie. Une pièce qui m'enchanta aussitôt. Je me laissais captiver par les eaux vertes de Venise.

« J'ai aimé votre sœur, me dit Arnaud. Aimé, je ne sais pas… Mais je peux dire que pendant plusieurs mois j'en fus obsédé.

– Ma sœur… Mais comment l'avez-vous connue ?

– Dès qu'on entre dans certains milieux, les parcours sont plus balisés qu'on ne pense. La perdition, elle aussi, est une voie étroite.

– La perdition ?

– La perdition, ou l'aventure… Olympe était singulière. Ce mélange d'innocence et de froideur… Elle était très belle, toujours habillée de teintes pastel, des cheveux blonds magnifiques, un teint d'une blancheur parfaite, des mains d'une finesse exquise, des doigts faits pour porter des bagues... Et dans cette blondeur de toute sa personne des yeux noirs, aigus. Même masquée, Olympe était reconnaissable entre mille. Mais je ne vous apprends rien. Il est ridicule que ce soit moi qui vous décrive votre sœur, moi qui fus si peu pour elle.

– C'est avec Ursule que j'ai grandi, pas avec Olympe.

– Olympe était admirable. Elle avait du génie. On disait qu'elle chantait, qu'elle serait la prochaine révélation de l'Opéra... Mais ce n'est pas à ce genre de génie que je pense. Quand je la rencontrai, elle était au sommet de sa renommée, au comble de sa beauté. Tout, dans son luxe, dans ses attitudes, dans sa cambrure, dans son rire, le disait. Les soirs où elle venait à la Comédie-Française ou aux Italiens, le public se massait juste pour la voir arriver. Elle ne descendait jamais pareil de son carrosse. Tantôt avec lenteur et dignité, une vraie reine. D'autres fois, à l'étourdie, la main dans la main d'une amie. D'autre fois, avec brusquerie et en rendant manifeste qu'il y avait de la colère dans l'air. Les sautes d'humeur d'Olympe étaient légendaires. Elles pouvaient coûter cher. C'est un jour de grande mauvaise humeur qu'elle s'éprit de moi. Ou voulut me le faire croire. Bien sûr, pas question pour elle d'abandonner son amant en titre – cela, je l'acceptais… C'était pendant l'été 1759, comme toujours à cette saison la bonne société avait quitté Paris, et cet été-là avec encore plus d'empressement. Les nobles étaient dans leurs châteaux à digérer nos défaites. Ne restait à Paris que ce qui travaille ou mendie, et quelques originaux. J'étais en permission, entre deux massacres. Elle aussi, elle donnait la sensation d'être en permission. Elle attirait de toutes ses forces, de toute sa beauté, mais il y avait de sa part un retrait qui éloignait. Comme si elle se gardait pour elle-même, pour un secret ou une folie qui lui appartenait, peut-être l'envie d'être libre, qui sait ?…

– Et ensuite, après cet été, vous ne l'avez jamais revue ?

– Ensuite, je n'ai pas cherché à la retrouver. Elle ne m'aimait pas. Elle n'aimait personne, je crois, mais ça ne suffit pas pour vous consoler… Ensuite, surtout, je suis retourné au front. J'ai traversé d'autres massacres, j'ai conduit d'autres opérations aussi absurdes que meurtrières… Je me rappelle notre maréchal, la veille d'une bataille, me convoquant à trois heures du matin, il était sous sa tente, en chemise, en train d'essayer de déchiffrer une carte de la région. Quelques heures plus tard, dans la brume, première tuerie : plusieurs bataillons sont décimés au bord d'une rivière, laquelle n'apparaissait pas sur la carte… Un peu plus tard, en plein midi, sous un soleil de plomb, je suis à la tête de mon bataillon, un petit détachement ennemi surgit dans un nuage de poussière, je fais confiance à l'avantage du nombre, donne le signal de l'attaque... Le rideau de poussière dissimulait une colonne de fantassins. Je dus me rendre à la Cour et remettre moi-même au roi la lettre qui l'informait du désastre. La Cour de Versailles, après un champ de bataille, c'est comme de débarquer sur la lune ! C'était un dimanche. On me fit pénétrer dans les grands appartements. Le roi sortait d'un Conseil d'en-haut. Il me remercia avec beaucoup de courtoisie. "M. de Terville est chargé de porter le détail des blessés et de la défaite que les troupes de Sa Majesté viennent de subir, quatre mille hommes tués..." Je quittai la Cour avant la nuit. La liste des officiers morts ne serait affichée que le lendemain. On croit être rescapé de la guerre. Elle ne vous lâche pas... »

Arnaud sembla confus de ses aveux, comme s'il ouvrait les yeux au sortir d'un cauchemar. À partir de cette conversation, il fut encore plus souvent absent. J'aurais voulu l'aider, mais ne savais comment. De l'avoir tellement rêvé me rendait impossible de lui parler vraiment. Mon élan de confiance était retombé. Une sinistre léthargie m'avait à nouveau envahie. Je regardais avec tristesse les façades des maisons, les fenêtres obscures. Sous la diversité de leurs noms, les rues n'en avaient qu'un. Elles s'appelaient toutes *rue du Désert-de-la-Joie*. Une fois que l'on avait pris logement dans l'une d'elles, ça ne servait à rien de déménager. Je pensais que j'oublierais ces façades, ces fontaines, ces églises, ces enseignes, ces cafés, ces tavernes, ces échoppes, ces allées, ces marchés, ces quais, ces portes cochères, mais que je me souviendrais toujours de son visage à lui, Arnaud. De ce voile de fatigue qui flottait sur ces traits. De sa pâleur. De sa nervosité… Dans mon désarroi, j'en vins à lui déclarer que je ne pouvais pas rester plus longtemps à sa charge, que je devais travailler, que je lui demandais de m'aider car j'étais sans relations, ni à Paris, ni à Bordeaux, ni ailleurs. Il parut tristement surpris et tenta de me dissuader. Je devins véhémente sur les vertus du travail, alors que j'étais bien convaincue du contraire. Désormais, je ne voyais presque plus Arnaud. Il était toujours pressé et prenait seulement le temps de me tranquilliser : « Ne vous inquiétez pas, je fais des démarches, je m'occupe de votre avenir. » Le mot « avenir » me donnait envie de pleurer. J'essayais de sourire et d'avoir l'air rassuré. Je faisais semblant d'être impatiente de trouver une occupation rémunérée, mais en mon cœur je redoutais l'effet de ses bons procédés. En moi-même, et à l'avance, je disais non. Dans mes moments les plus désespérés je m'étais promis, lorsqu'il m'annoncerait la « bonne nouvelle », d'accepter et de courir me jeter dans la Seine. De m'être fixé une ligne de conduite, si noire fût-elle, m'avait rendue plus sereine.

La bibliothèque d'Arnaud était riche, mais mal rangée. Il me remercia de vouloir bien y mettre un peu d'ordre. Cette activité, quoique mince, me fit grand bien. Lui-même semblait avoir moins d'intérêt à sortir. Un soir il me rejoignit dans la bibliothèque. J'étais montée sur un escabeau, je tenais à la main *Gil Blas de Santillane*.

« L'avez-vous lu ? me dit-il. C'est un roman merveilleux.

– Lire des romans est un péché. Et pour le merveilleux j'attends tout de la Providence, non des romanciers. »

Il éclata de rire, et tendit ses bras pour que je saute de l'escabeau. C'était délicieux d'être contre lui. De sentir sa respiration. Je me détachai avec peine.

Il était joyeux. Et avait envie de se moquer.

« La Providence, chère Apolline, je n'ai pas eu besoin du tremblement de terre de Lisbonne, ni de la guerre de Sept Ans pour nourrir de sérieux doutes à son égard.

– Mon père…, ai-je commencé.

– Votre père n'était pas le mien. M. de Terville, que vous n'avez qu'entrevu, suffisait à saper toute croyance en une Sagesse suprême et en un projet de Bonté supérieure qui expliquerait notre situation. Il était entièrement et constamment odieux. Mathilde a dû vous en parler. Il a fait de notre enfance un supplice et je ne vois pas selon quel dessein impénétrable les punitions et les coups dont il nous accablait seraient justifiés. »

J'aperçus un exemplaire des sermons de Bossuet et je lui lus : « Quelque étrange confusion, quelque désordre même ou quelque injustice qui paraisse dans les affaires humaines, quoique tout y semble emporté par l'aveugle rapidité de la fortune, mettons bien avant dans notre esprit que tout s'y conduit par ordre, que tout s'y gouverne par maximes, et qu'un conseil éternel et immuable se cache parmi tous ces événements que le temps semble déployer avec une si étrange incertitude… »

Arnaud s'empara de l'escabeau, dénicha un volume de Swift : *Méditation sur un manche à balai.* « Ce simple bâton que vous voyez maintenant gisant sans gloire en ce coin négligé, je le connus un jour en un état florissant dans une forêt ; il était plein de sève, plein de feuilles et plein de rameaux, mais aujourd'hui c'est en vain que l'art affairé de l'homme prétend rivaliser avec la nature en attachant ce fagot desséché de brindilles à un tronc sans sève ; il n'est maintenant, au mieux, que l'image à rebours de ce qu'il était… finalement usé jusqu'au trognon au service des chambrières, il se voit jeté à la porte ou condamné au dernier des usages, celui d'allumer le feu. À ce spectacle, je me pris à soupirer et me dis à moi-même : À n'en point douter l'homme est un manche à balai !… »

Je répondis avec des vers de Racine, il me rétorqua par Marivaux. Lui en partisan du hasard, moi en servante de la Providence, nous avons continué de nous lancer des phrases qui nous donnaient raison. La bibliothèque était comme une volière de mots. Nous montions et descendions l'escabeau, allions d'un livre à l'autre, choisissions n'importe quel passage, nous interrompions en riant…

« Vous ne me convaincrez jamais, lui dis-je.

– Et pourquoi cela ?

– Parce que les arguments glissent sur moi comme l'eau sur les ailes des canards. Et parce que… »

Mais je me tus. D'être avec lui constituait à mes yeux la preuve la plus éclatante de la Providence. Au moment de nous quitter nos mains sont restées jointes au-delà de la bienséance, mais pas assez pour ma réjouissance. Arnaud n'avait plus son expression tragique, son visage avait rajeuni. Mon réveil eut un goût de bonheur. Par la fenêtre grande ouverte entrait le printemps. L'air était vif et bleu. Un vent rapide faisait tournoyer les pétales.

C'est pourquoi lorsque Arnaud, quelques jours plus tard, est venu me parler d'une possibilité de travail, je fus désespérée. Mon destin m'apparut aussi net que dans une boule de cristal… Un de ses amis en poste d'ambassadeur à Moscou avait besoin d'une dame de compagnie pour son épouse, une femme maladive. Ainsi mon avenir ne ferait que reproduire le pire épisode de mon existence. En Russie de surcroît. Je me vis prise dans les glaces de la Moskova et dans les larmes de cette nouvelle Mme de V., avec pour tâche de toujours consoler. Pleurant sans larmes, minée d'une douleur qui me serait devenue naturelle. Je me vis surtout arrachée à Arnaud, et j'ai perdu la tête…

Dans le petit salon octogonal les miroirs me renvoyaient à l'infini l'ovale clair de son visage et, entre les flammes mouvantes des chandelles, ses yeux ne me quittaient pas. « Je vous aime, Apolline. Mais vous, êtes-vous bien sûre de m'aimer ? » Je l'étais. Absolument. Sûre de moi comme de lui. Je n'éprouvais ni crainte ni hésitation… Il s'est penché pour m'embrasser. Ses lèvres avaient un goût de fruit. Et quand il m'a proposé de partir vivre avec lui en Angleterre, j'ai dit oui comme à la chose la plus attendue, au voyage le plus désiré.

J'avais dérobé à ma vue le sac de tapisserie. Cette même nuit, me sentant assez riche d'amour pour aimer comme moi-même l'étrangère qu'avait pu devenir ma sœur, j'osai l'affronter. Tremblante, je défis le tissu entourant plusieurs cahiers cousus à la main et aux feuilles noircies d'une écriture serrée.

J'ai connu des prisons dorées...

J'ai connu des prisons dorées, je peux le dire. Des cages hors du commun. La chambre où j'essaie de guérir aujourd'hui, en tout cas où je refuse de finir, n'a rien de doré. Elle est aussi sinistre que le type qui m'en fait profiter. Sapin, il s'appelle, un être maigre et tordu. Un homme bon. Sapin tire sa force de son soutien aux faibles. Je suis sortie moribonde de la Salpêtrière. Mais j'en suis sortie. Quand quelque chose de ma vitalité me revient, je me dis que ce Sapin ait choisi de m'héberger, dans l'état où je suis, est la preuve que j'ai une chance de guérir. Personne, sauf un maniaque, ne prendrait chez lui une femme juste pour la regarder mourir. Je suis passée au grand remède, section de la Force, salle de la Miséricorde. Le grand remède commence par le fouet. Il se termine par la mort. J'allais être transportée à Bicêtre, un homme m'a prise chez lui. Il a eu envie de ce squelette seulement pour lui.

À la Salpêtrière, la « grande maison » comme on dit, les officières nous frappent, nous volent la nourriture. Les pires garces sont d'anciens « bijoux », des petites filles nées ou emmenées là et qui se sont attiré les faveurs d'une officière. Elles sont gâtées, bien élevées, et héritent plus tard du poste et des richesses de l'officière. Les anciens « bijoux » humilient avec un savoir-faire particulier. Elles pétillent à nous observer quand on « passe à la casserole », qu'on nous mesure les livres de salive que nous crachons dans un bocal. La Pompadour, qui elle aussi a du plaisir à regarder les gens saliver, n'est qu'une novice en comparaison. Pourquoi est-ce que je pense à cette morue au lieu de garder toutes mes forces pour aller mieux, pour arriver à me lever ? Elle est peut-être morte pendant qu'on me passait au grand remède. À Bordeaux, dans les rues de mauvaise fréquentation où je me fourvoyais en cachette de ma famille, on chantait :

La marquise a bien des appas,
Ses traits sont vifs, ses grâces franches ;
Et les fleurs naissent sous ses pas ;
Mais hélas ! ce sont des fleurs blanches…

Dans ma famille, qui ne fréquentait personne bien qu'elle fût d'excellentes mœurs, les fleurs blanches se cueillaient dans le mois de Marie. Mes sœurs riaient en couvrant de roses blanches l'autel de la Vierge. Et ma mère, qui m'a toujours paru si vieille, inclinait la tête pour remercier. Comme les statuettes à l'église qui bougent du chef quand on y glisse une pièce. Mes parents, père et mère, ne m'ont jamais communiqué qu'une idée : les fuir. C'est ce qui m'a poussée à marcher bien avant l'âge ordinaire, les autres marmots en étaient à se traîner, j'étais déjà dressée sur mes petites jambes, je ne marchais pas, je courais. Je n'apprenais qu'avec la ferme résolution de m'enfuir. Je grandissais comme on prépare son évasion. Il y a les enfants qui apprennent pour être aimés, et ceux qui apprennent pour se faire oublier. J'avais besoin de savoir lire, écrire, afin de ne pas être perdue dans les villes étrangères, de savoir chanter et perfectionner ce talent afin de gagner ma vie sur les places publiques et, qui sait, sur les scènes des théâtres de Paris, Milan, Londres, Vienne... Je rêvais comme une folle en me rongeant les ongles jusqu'au sang. Lorsque je ne pouvais plus avec les doigts de la main, je continuais avec les gros orteils. Je dansais bien aussi. Je dansais partout. L'été, pendant les soirs de grosse chaleur, les voisins sortaient des chaises et s'installaient devant leurs masures, je dansais pour eux. Après, je faisais la quête. C'est la danse, au fond, qui a accéléré les choses. Le bal chez la baronne du Boumet, et la robe verte, au tissu que je prenais pour de la soie : il me suffisait de le toucher pour sentir des fourmillements au creux des reins. On voulait me sauter le tour de robe, sous prétexte que j'avais été malade, et quand j'ai été guérie, la figure un peu brouillée par le mélange des taches de rousseur et des marques de la piquote, mais ce n'était pas grave, ça pouvait s'arranger, j'aurais dû patienter jusqu'à la fin du mois de mars. Je me suis vue ces longs soirs interdite de bal, coincée dans notre maison, entre les enfants qui pleuraient et les parents qui priaient.

Je suis née de deux plaies – les convulsionnaires, côté mère ; la misère, côté père. Il était tombé amoureux de ma mère pendant son premier et unique voyage à Paris. Tout jeune homme, provincial en mal d'émotions, il avait suivi une foule qui se dirigeait vers le cimetière Saint-Médard, était entré par curiosité, au milieu d'un attroupement une fille dénudée s'assommait à coups de bûche, elle réclamait à grands cris une épée pour se la passer au travers du corps. Mon père, hypnotisé, avait tendu la sienne, la fille se l'était enfoncée dans le ventre. Lui s'était précipité croyant recevoir un cadavre dans les bras, mais c'était une fille bien vivante qui était venue s'y lover et n'en avait plus bougé. Une convulsionnaire repentie côté mère, une pauvreté résolue côté père. Résolution qui se trouva fortement consolidée par ce mariage avec une fille aussi compromise religieusement que l'était ma mère. Toutes ses anciennes connaissances, des gens hostiles au cirque des convulsionnaires et de leurs folies, ont dû lui tourner le dos. On peut d'ailleurs se demander s'il s'en aperçut… Père ne me légua pas son goût du carême, mais Mère me transmit son tempérament convulsif. Sans aucune disposition mystique. Je suis seulement colérique. Mère, son pieux chuchotis, la figure dans les mains, et ces spasmes qui la prenaient et lui faisaient rouler des yeux, il n'y avait plus que du blanc à la place des pupilles, elle était comme aveugle, elle l'était peut-être la durée de sa crise, pourtant elle ne demandait pas à être secourue, au contraire, c'est elle qui proposait d'intercéder auprès du Seigneur, je la revois, renversée sur son prie-Dieu, les yeux blancs, elle restait comme ça, oscillante, arquée de béatitude, les petits réclamaient à manger, Père la contemplait d'un même air d'adoration qu'une statue de la Vierge, et toi aussi, Apolline, tu regardais Mère, tu la fixais avec un sérieux extraordinaire, comme s'il y allait de ta vie de percer à jour ce qui se produisait en elle. Le Paradis est barré pour moi. Je m'en réjouis. Je ne supporterais pas de retrouver Mère, ses yeux blancs tout près de moi, pendant qu'elle me tâte de ses mains molles, Mère, multipliée par des centaines d'autres élues, tout aussi cotonneuses. Non, je ne me réjouis pas. Je ne me réjouis de rien. Il faut un minimum de bonne santé pour garder l'esprit frondeur. Don Juan est riche et vigoureux. Pourquoi tremblerait-il devant le Commandeur ? Mère n'a jamais pris un enfant dans ses bras. Elle priait. Elle ne desserrait pas ses deux mains jointes. Elle priait pour nous, pour le salut de nos âmes. Apolline, tu l'avais très douce, l'âme ; moi, je l'avais rebelle. L'âme rebelle, les pieds qui dansent, une voix prometteuse. Je me rongeais les ongles des mains, je me rongeais les ongles des orteils, et puis après ? Aux ongles de qui m'attaquer ? Même toi, Apolline, malgré ton âme gentille, tu ne m'aurais pas prêté tes ongles à ronger.

Je ne me sentais pas, mais pas du tout, de manquer mon tour de bal, je n'avais aucune raison d'être punie toute une saison simplement parce que j'avais attrapé la piquote. Au premier soir de bal, j'ai à nouveau exigé mon tour, on m'a à nouveau refusé, tu as été malade, tu n'as pas utilisé ton tour, il reviendra, tu n'as que trois mois à attendre, il n'y a pas de quoi retomber malade. Si, il y avait de quoi. Mais si furieuse soit-on, on ne peut pas indéfiniment être en colère. On hurle. On se roule par terre. On casse tout ce qu'on peut. Chez nous, il n'y avait presque rien à casser. Un pauvre en colère, c'est pathétique. Ce pour quoi ils font des émeutes, les pauvres, ils se groupent, pour pouvoir casser ensemble et s'attaquer à des choses que, seuls, ils n'auraient pas la force de détruire. Ils n'ont pas de petites choses à se mettre sous la main, ils s'attaquent donc à de grandes choses, mais pour ça il leur faut être nombreux. Du jour où j'ai possédé des objets, j'ai eu beaucoup de plaisir à les casser. Ma rage passée, une servante ramassait les dégâts. J'aime spécialement casser les théières. Qui a inventé de boire du thé ?

À force d'être en colère sans avoir rien à casser, je me suis calmée. J'ai cherché une ruse pour me rendre malgré tout au bal de la baronne du Boumet. J'ai eu l'idée de remplacer la robe vert laitue par des fougères. Je me suis confectionné une jupe de fougères, comme nous savions les faire, de larges jupes, en plusieurs épaisseurs et qui bougeaient bien, je me suis maquillée comme d'habitude de plâtre et de brique râpés, j'avais mon élégance. À mon entrée, la baronne a eu l'air choqué, *idem* pour les pauvresses invitées, mes consœurs, mais c'était surtout Toussine, celle dont c'était soi-disant le tour de robe, qui était furieuse. Je lui ai envoyé une paire de claques, elle a riposté en tirant sur mes fougères, et je me suis retrouvée nue du bas, alors là des cris, des insultes ! Seuls les musiciens étaient contents. Ils riaient et continuaient de jouer. Pour me donner une contenance je me suis réfugiée dans les bras du baron, un débris du meilleur ton. Il assistait à nos bals de miséreuses, vissé à son fauteuil. Il ne se manifestait que par un battement du talon. Sous l'effet de ma nudité du bas, il s'est mis à me couvrir de baisers, il y a eu un couac monstrueux, la musique s'est arrêtée, et puis tout s'est remis en mouvement, on m'a arrachée des bras de M. du Boumet, et, fagotée dans un bout de drap, j'ai été expulsée. Au milieu de la zizanie, j'ai aperçu la mine réjouie de Toussine, épanouie dans sa robe corolle. Dehors, j'ai sonné de toutes mes forces pour rentrer lui administrer une trempe, je l'aurais mise en pièces. Il ne me restait qu'à regagner notre logis.

Je marchais en tenant mon drap à la taille. Après le quartier des hôtels où habitait la baronne, je me suis égarée dans des ruelles grouillant de marins et de forbans, on criait et dansait, on jouait dans des tripots sur des fonds de barriques, je me faufilais, ma nudité du bas, bien que cachée par le drap, me semblait rayonnante comme un soleil, comme si ma fente était capable d'éclairer le quartier. Tu connais cette sensation, Apolline, l'impression d'avoir un lampion à la place du sexe ? C'est un peu gênant, mais tonique. J'en profitai pour marcher de plus en plus vite. J'en ai parlé plus tard à un homme de sciences qui avait étudié avec M. de Buffon et collaboré à son ouvrage sur l'aimant, cette lumière brûlante au creux de soi, à nous les femmes. « C'est précisément parce que vous êtes un trou, vous tentez de compenser », a répondu le professeur, un taré brodé d'estime et de diplômes, un membre de toutes les académies. Pauvre homme ! J'insistais avec ma sensation de feu, il a fini par me dire qu'il étudiait désormais les animaux, en particulier les marmottes, je ferais mieux d'aller consulter un vulcanologue, un spécialiste des volcans, a-t-il traduit pour me mettre à l'aise. L'idiot ! J'avais l'âme rebelle, la voix chaude. Le feu qui m'habitait allait et venait, il n'avait pas de lieu précis, j'avais dit le sexe comme ça, j'aurais pu dire aussi bien la nuque ou les oreilles.

Je ne m'étais jamais trouvée dans Bordeaux la nuit. C'était comme un autre pays. Pour donner le change et parce qu'il soufflait un vent d'océan, je marchais à toute allure, sans hésiter, de l'air de quelqu'un qui sait où il va. Un cabriolet, modèle pot de chambre, a ralenti à mon niveau. Malgré l'obscurité j'avais reconnu la livrée rouge du maréchal-duc de Richelieu, le gouverneur d'Aquitaine. Mon cœur bondit. Par la portière est apparu un visage jeune, très coquet, boucles blondes, lèvres peintes.

« Eh bien, belle Grecque, on est toute seule ? On a perdu son chemin ?

– Vous faites erreur, on n'est point grecque, madame, on est née à Bordeaux.

– Et moi, mignonne, je ne suis point femme, mais de l'espèce mâle, ce dont je me porte à merveille.

– Iriez-vous moins bien si vous étiez femme ?

– Que sais-tu des femmes, petit oiseau tombé du nid ? Laisse-moi te raccompagner à ton nid. Et qu'est-il arrivé à tes vêtements ? Tu n'as pas de robe ? »

Ce langage fleuri m'éberluait, mais je me souciai d'abord de saisir l'offre au vol et de monter dans la voiture.

En chemin, il chantait :

La bouteille et la tendresse
Sans rien ôter de nos jours,
Dans l'admirable ivresse,

Nous les font paraître courts,
Ne faisons qu'aimer et boire.

Il m'offrit à boire.

« Elle te plaît, ma chanson ? Reprends avec moi. »

Je chantai de bon cœur, tout en m'étonnant que le maréchal-duc de Richelieu, que j'avais déjà entrevu, fût si jeune. Mais c'était sa livrée, aucun doute, et cela suffisait pour me donner envie de chanter. La personne blonde voulut aussi emplir mon verre. Je refusai.

« Tu préfères la tendresse ? Moi aussi, à choisir, je préfère m'étourdir à la tendresse plutôt qu'à la bouteille, mais on n'a pas toujours le choix. »

Je me foutais de la tendresse et j'étais convaincue qu'on avait toujours le choix. La voiture était étroite. J'étais assez mince pour me glisser contre mon sauveteur. Malgré les ténèbres du quartier, le cocher a réussi à dénicher notre bicoque. J'échangeai un rapide au revoir avec mon sauveteur et le pot de chambre disparut avec son occupant... Non, cette personne ne pouvait pas être le maréchal de Richelieu, mais elle était de sa maison ! Je n'eus plus qu'un désir : rencontrer à nouveau mon inconnu.

Au nid, tout le monde dormait, sauf mère plongée dans son coma habituel, j'ai renversé une pile des tuiles accumulées depuis des années pour des travaux à venir, une fuite dans le toit par où nous étions régulièrement inondés, elle a sursauté, et – ça tenait du miracle – m'a dévisagée. « Comme vous voilà mise, ma fille ! Étiez-vous en ville ? » Je dis oui, prête au défi, mais elle, un large sourire, ses yeux absents : « Sortir en son suaire... Ma foi, un tel esprit de mortification à votre âge mérite des louanges. La société que vous venez de quitter a-t-elle, comme je le souhaite, bénéficié de la leçon ? » Je ne répondis pas. Je m'endormis d'un coup, sans défaire mon suaire.

Que ce pot de chambre soit mon pot aux roses, me disais-je, en voyant mes sœurs se livrer à leur éternelle tâche de raccommodage et rapiéçage de vêtements dont nous héritions déjà usés.

Dans le jardin, les jours de lessive, flottaient nos hardes suspendues à un fil. Et les chemises de nuit de mère, tu te rappelles, en lin épais, manches longues, col fermé, une fente verticale au milieu ? Avec le vent, elle bougeait, en même temps que l'inscription brodée au dessus : « Dieu le veut. » Nous n'avions pas de savon, nous utilisions de la cendre de bois.

Je vais crever ici, dans cette pièce sordide, moi qui étais douée pour le luxe. Mon bienfaiteur est venu m'observer ce matin. Je faisais semblant de dormir. Il commence à douter. Il aimerait que ça en finisse. Il ne voit pas quelle récompense tirer d'une femme aussi abîmée. Il a posé le papier et l'encre sur la table de nuit. Il ne me rationne ni l'un ni l'autre. Il voit bien qu'écrire m'épuise et n'en est pas mécontent. Ce qu'il ne voit pas, c'est qu'écrire m'épuise *et* me donne des forces en même temps.

L'homme qui parlait en musique et transformait tout en poésie, mon sauveteur d'un soir, m'avait oubliée. Moi pas. Il était le bout de corde qui, si j'arrivais à m'y accrocher, me tirerait du marais. J'avais subodoré, à sa rapidité à déguerpir, que l'odeur de merde n'était pas son chez lui. J'avais eu aussi l'intuition qu'il n'était qu'un maillon dans la chaîne des importants. Pas loin du sommet peut-être, mais pas tout en haut. C'est comme ça qu'il avait pu me ramasser. Et d'abord me distinguer dans le noir. Preuve qu'il avait les yeux qui traînaient à hauteur de caniveau, ce qu'un Grand, du moins d'après les notions que j'en avais alors, n'aurait pas fait. Les Grands, avais-je entendu dire chez la baronne du Boumet, sont éduqués à ne pas abaisser leurs regards ni sur un domestique ni sur un chien. Je ne pouvais pas, dans la situation et dans la tenue où il m'avait découverte, m'estimer davantage.

J'avais beau m'éterniser dans la proximité de l'hôtel de la rue de la Porte-Dijeaux, et même, carrément, à l'entrée de sa porte, monumentale, lieu d'une circulation chaotique et brouillonne de voitures, fournisseurs, quémandeurs, petits marchands, je n'apercevais ni le poète ni le maréchal. Seulement parfois l'attelage de la comtesse d'Egmont. Je dus la fixer avec une insistance particulière parce qu'elle, qui ne sortait qu'enrobée de son monde, comme d'une forteresse invisible, me rendit mon regard. Ses sourcils trop courts lui donnaient un air de désapprobation, mais elle avait des yeux merveilleux. Celle qu'on appelait à Bordeaux « la Belle des belles » l'était vraiment. Ses yeux passèrent sur moi.

Il a fallu le hasard d'une seconde rencontre pour qu'il s'« intéressât » à moi. J'étais fossés du Chapeau-Rouge, parmi les badauds qui venaient regarder les travaux du Grand-Théâtre, espérant quelques miettes du côté de ces richards de la maison Daurade. Je l'ai aperçu, ses boucles blondes, ses joues et sa bouche rouges, j'ai fait signe de la main. Aucune réponse. Alors j'ai été saisie d'un élan sauvage. Je me suis mise à hurler, j'ai fendu un troupeau de chèvres et me suis aggripée à la porte de la voiture. J'étais mieux mise que la dernière fois, une misère plus digne. J'ai eu l'impression que je lui plaisais davantage en suaire. Trop tard, j'étais déjà montée. Je mimais l'évanouissement. Il n'eut pas le cœur de me rejeter. J'ai pensé : S'il (ou si elle, car je continuais d'être indécise) me garde une première nuit, je suis sauvée. En fait, *il* avait dit vrai. À la faveur de ma fausse faiblesse, je tâtai un endroit qui ne me permit plus de doute. « Oh, merci, monsieur », dis-je en reprenant vie, après avoir entendu que se refermait derrière nous une lourde porte. Dans la suite il fit quelques tentatives pour me convaincre de rentrer chez moi, mais je sus lui décrire notre indigence en des termes si criants qu'il accepta *provisoirement* de m'héberger. Face à ma résolution les prudences du provisoire seraient vite balayées...

Que j'eusse un bienfaiteur plutôt qu'une bienfaitrice n'influa pas sur ma situation. Il me traita en sœur. Ou en petit chien. Il avait trois épagneuls, le poil comme de la soie à force d'être lavés, brossés, bichonnés. Je me glissais parmi eux et il prit l'habitude de moi, comme il s'était affectionné d'eux. Ils s'appelaient Désir, Magloire et Pomme de pin.

« Et toi, comment t'appelles-tu ? » m'avait-il interrogée, observant mes ongles rongés et l'agitation perpétuelle dont j'étais dévorée. Il était prudent de ma part de changer de nom, mon père ne manquerait pas de se rendre à la police déclarer ma fugue, demander un ordre du roi qui me ramènerait à la raison.

Comment je m'appelle ? Guillaumette ? Radegonde ? Morgane ? Tout sauf Ursule... Diane ?... Olympe ?... Oui. Je m'appelle Olympe. « Tu en as le calme », a-t-il souri.

Le calme ! Il fallait n'avoir jamais vu la prison du fort du Hâ, ses gardes, ses murailles, la désolation qui l'entoure pour ne pas se racornir de peur à la menace d'y être expédié. Mais j'étais sauvée. Ursule pouvait être conduite au fort du Hâ, sous escorte, les mains dans le dos ; Olympe, à l'hôtel du gouverneur d'Aquitaine, s'en moquait.

Et mon sauveteur comment s'appelait-il ? Claude Carloman de Rulhière ! C'était son vrai nom, même lui n'aurait pu inventer mieux ! Claude Carloman de Rulhière était poète et secrétaire du maréchal-duc de Richelieu. Celui-ci se trouvait alors à Versailles auprès du roi. Son absence renforçait l'importance de Claude Carloman et le rendait plus libre dans ses initiatives. Ce qui me servit…

Je me tenais debout dans un bain, en train d'être récurée par une fille que je mettais plus bas que terre, me plaignant, moi qui jusque-là avais vécu dans une bauge – ce dont la couleur du bain, chaud à délices, témoignait amplement –, d'un travail mal fait, et qu'il fallait qu'elle recommençât, de la tête aux pieds. Elle a repris l'éponge et le savon, l'air battu. Moi, sous l'effet de ces douceurs extraordinaires, je m'ébrouais, je l'aspergeais. Plus elle croulait d'humilité, mieux je me sentais. Même sans le plaisir de maltraiter, être récurée à l'eau chaude eut pour moi la force d'une révélation. Ma vie commençait avec ce bain chaud ! Je sortis de la baignoire et envoyai une dernière giclette à la servante. Claude Carloman en reçut quelques gouttes sur un costume d'intérieur de style asiatique. Il avait troqué sa perruque de boucles blondes contre une perruque plus stricte coiffée en catogan. C'était sa tenue de lettré. Penché sur son écritoire il nota :

Alors je vous ai baignée dans l'eau
Pour vous laver du sang
Dont vous étiez couverte
Et j'ai répandu sur vous
Une huile de parfum.

« Ce n'était pas du sang », dis-je.

La servante me caressa le corps d'une crème d'une douceur incroyable.

Sur une coiffeuse étaient exposés plusieurs rangs de flacons d'essences, eau de rose, de jasmin, de violette... Je mis un peu de chaque. Au comble du bien-être, enveloppée dans une robe de chambre de satin blanc, j'étais tous les jardins réunis, un creuset d'odeurs florales. Claude Carloman m'a humée. Il me tapota gentiment la nuque. Je lui donnai un baiser sur la main. Je sentis un gros diamant et me retins d'emporter le morceau. Il me dit quelque chose en langage de messe.

Claude Carloman parlait latin comme je respire (bien que de petite noblesse, il avait reçu chez les jésuites une excellente formation, pas comme le maréchal-duc, aimait-il à souligner, qui ne comptait comme temps d'études sérieuses que les mois qu'il avait passés à la Bastille ! les lacunes dans l'éducation du maréchal étaient inimaginables, un homme de cette naissance, le petit-neveu du grand cardinal...) et versifiait à volonté. La poésie coulait de lui comme la morve du nez de l'enrhumé… Il revenait d'un voyage à Hendaye et était passé par les Landes, ça donnait :

Nous traversâmes :
Des sables, de vastes déserts,
Des forêts de pins toujours verts,
Sans oiseaux, même sans ombrages ;
Le dépouillement des hivers
Est moins triste que leurs feuillages…

Une femme avait le malheur de tomber, à peine était-elle relevée que le poète déjà colportait :

Tandis qu'elle fendait la presse
Et s'avançait le nez au vent,
Un faux pas fit choir la déesse,
Jambes en l'air et le front en avant…

Une de ses amies se faisait inoculer de la petite vérole. Encore dolente, elle recevait ce billet :

Et vainement, aux dévots de Paris
A-t-on prôné dans de mauvais écrits
Qu'inoculer, c'est faire un sacrilège…
Sous la main de Chaumont,
Par ses soins éclairés,
Vos jours vont être délivrés
D'une cruauté toujours présente…

Et ainsi de suite, comme sous l'effet d'une baguette magique...

J'ai découvert en même temps les bains et la poésie. Je me passe plus facilement de poésie que de bains. Tout de suite, je paierais une fortune pour un bain chaud, et je cracherais à la gueule du poète qui viendrait avec sa lyre chanter la détresse d'une jeune femme qui se meurt...

Je traitais Claude Carloman en seigneur, comme cela se faisait dans son entourage. Compliments, courbettes, menton rentré dans la poitrine, Son Excellence, Cher Maître, Cher Grand Poète, et lui, sa perruque de lettré bien enfoncée sur le front, ses lèvres luisantes, recevait les hommages avec le naturel de qui, malgré sa jeunesse, se sait voué aux honneurs de la postérité.

Je passais beaucoup de temps à prendre des bains. J'avais aussi pour occupation d'écouter Claude Carloman me lire ses poèmes. Je jouais avec les chiens. Je ne sortais pas. Je redoutais la ville, je redoutais de rencontrer des gens de ma connaissance, et surtout vous, bien sûr, la famille, toi. Tu m'aurais devinée sous n'importe quel déguisement. Ma métamorphose en Olympe, une jeune fille de la bonne société, était loin de suffire à me protéger. Il est vrai qu'elle m'occupait beaucoup. L'apprentissage de l'éventail me prit un moment, pour l'usage des gants je m'y fis sans difficulté. J'en portais tout le temps. Je ne touchais plus rien de mes doigts nus. D'ailleurs je cessai de me servir de mes mains : tout ce que je demandais m'était aussitôt tendu. Le pauvre ploie sous les fardeaux. Le riche ne porte rien, ni ne touche rien. Sa légèreté est d'abord une chose physique. On se sent grand de vivre dans de grands espaces et léger de n'avoir jamais rien à porter.

Les moments cruciaux pour Claude Carloman étaient les récitals qu'il donnait à des amis. Les mains vacantes et l'esprit allumé, tandis qu'à pas feutrés des domestiques faisaient circuler liqueurs, vins de Bordeaux et de Porto, je prêtais l'oreille, comme la vingtaine d'invités réunis dans son cabinet, à la musique des mots qui infatigablement s'écoulait des lèvres du récitant. Il aurait pu tenir éveillé un auditoire à longueur de nuit. Sa bonne éducation le lui interdisait, même si faire des coupes dans ses textes le rendait malade. Juste avant le récital, il avait mal au cœur, mauvaise mine, de vilains boutons aux commissures des lèvres, rouges du rouge de ses lèvres quoique moins appétissants. Le rebut des poèmes, ce qu'il s'était forcé à supprimer, il m'en avait fait lecture dans les heures précédant la réception. Il ne pouvait se résoudre à élaguer. Non, décidément, ce n'était pas mal du tout, bien même, en tout cas intéressant. Il m'interrogeait : retrancher ou ne pas retrancher ? Au début j'avais fait une bêtise (et je m'en étais voulu, alors que bien évidemment cela n'avait aucune importance, les insolences que je pouvais commettre à l'égard de quelqu'un qui n'était que secrétaire, mais j'étais trop neuve pour le comprendre). Il m'avait recommandé : « Sois dure, Olympe, montre-toi un censeur sans complaisance, je dois éliminer des passages, c'est trop long, ce n'est pas possible, je déborde littéralement… » À la première insinuation de sa part : « Pas fameux, enfin disons pas mauvais mauvais, mais pas absolument nécessaire, qu'en dis-tu ? », j'avais simplement répondu : « Cela est nul. » Sa muse en était restée sonnée.

Une fois les invités arrivés, avec les premiers poèmes, la guitare et les chansons il retrouvait son charme. Il redevenait le prince des poètes. Rarement, la comtesse d'Egmont faisait une visite. Claude Carloman était transfiguré. Il chantait pour elle :

> Lorsque Vénus pour un berger
> Descend du ciel dans un verger
> Sur des fleurs, sous un simple habit,
> Un air lui reste,
> Un rien céleste,
> Qui la trahit.

Je laissais dire. J'écoutais la musique. Je brûlais de voir apparaître le maréchal de Richelieu. Car j'étais, rue de la Porte-Dijeaux, dans *son* hôtel. J'étais chez le roi d'Aquitaine.

« Moi, j'arriverai très haut, je danserai au sommet de la pyramide », disais-je à mon père. Et celui-ci, avec sa douceur débile – cette débilité que tu prenais, toi, pour de la sainteté : « Croire s'élever est un leurre. Il n'y a pas de pyramide, ma fille. La vie n'est pas une escalade. Il n'y a qu'une plaine immense, quelques appelés, le reste qui erre. » Fadaises ! J'avais fait un bond, je m'étais propulsée hors du marécage. Du roi d'Aquitaine aux fastes de la capitale il n'y avait qu'un pas, guère aisé à franchir, certes, mais j'en étais capable. J'étais née pour danser, et pour escalader.

J'ai mis du temps à sortir des appartements de Claude Carloman. Une bibliothèque avec une grande chambre, un cabinet de travail, une salle de bains et un cagibi où dormaient Désir, Magloire, Pomme de pin et moi-même. Il avait fait poser pour moi un matelas à côté de ses chiens. Désir et Magloire avaient le sommeil lourd, mais Pomme de pin dans ses rêves poussait des petits cris et agitait les pattes.

En ses appartements Claude Carloman était un personnage, mais dès que j'osai découvrir l'immensité de l'hôtel, je sus quel était le héros, le véritable maître des lieux, ce à quoi d'ailleurs les monologues du secrétaire, jamais fatigué de s'interroger à haute voix sur les mérites et défauts de Richelieu, m'avaient préparée. Il y avait d'abord l'odeur – une violente odeur de musc. Elle annonçait les lieux du maréchal, marquait son territoire. Pour l'imposer plus encore, il faisait doubler ses culottes de peau d'Espagne. Un parfum si incroyablement puissant qu'à l'Opéra les gens étaient incommodés à deux loges de distance et que, lorsqu'il avait loué son appartement parisien, le nouvel occupant, trouvant insoutenable la puanteur de son logement, y avait fait parquer des moutons dans l'espoir que leurs relents réussissent à chasser ceux du maréchal-duc. Et la reine de France, qui, en sa piété haïssait les parfums, y décelant une émanation du Diable, refusait ses entrées au maréchal…

Richelieu régnait en Aquitaine. Un portrait par salle au moins le proclamait. De somptueux tableaux dans des cadres dorés qui, malgré les rideaux des fenêtres, attrapaient les rayons de soleil. Son regard aussi attirait la lumière. Il était impérieux et amusé. Une grande perruque bouclée lui descendait sur les épaules et dans le dos. Il avait un visage fin aux traits jolis, des jambes bien dessinées moulées dans des bas nacrés. Sur un habit court, tout en dentelles, il portait une cape rouge. Au-dessus des mollets étaient nouées des jarretières ornées d'une grosse fleur de satin. Cet homme me fit l'effet d'avoir depuis toujours plaisir à s'exposer. Sur le tableau de la salle du Conseil, le plus monumental, je remarquai la présence d'un valet, derrière lui, agenouillé. Il était en train de disposer un pan du tissu brodé tombant du canapé. Ce n'était pas clair : était-il occupé à peaufiner le décor ou bien à améliorer la cachette où se dissimulait une personne ? Je posai la question à Claude Carloman. Il eut un sourire sarcastique. Il était jeune, avait du charme, l'esprit vif et, dans sa tête, cette fontaine d'abondance qui, à jets continus, giclait de la poésie. Il se sentait doué, intelligent, riche de son présent et des promesses de l'avenir. Je répondis pour lui :

« Il y a une femme, bien sûr. Tout Bordeaux est au courant. Le maréchal de Richelieu est irrésistible…

– Que tu crois, fillette. Le tableau a été peint il y a plus de dix ans. C'est visible au vêtement. Quel homme aujourd'hui se promène en fraise ? en dentelles ? juché sur des talons rouges ? Mais pour un séducteur il y a plus grave que d'être démodé. Ça, c'est facile à réparer. Ce n'est que l'affaire de quelques heures avec une marchande de mode.

– Que voulez-vous dire ?

– Tu le constateras peut-être par toi-même, jeune fille… »

Il n'était pas de son intérêt de saper la réputation du maréchal de Richelieu. Le respect dont on entourait le secrétaire n'était que des restes de la servilité prodiguée au gouverneur. Mais c'était plus fort que lui. C'est une pulsion de subalterne dont je fus moi-même la proie.

Je prenais des bains, je me faisais coiffer, poudrer et parfumer, je buvais des chocolats, je me regardais dans un miroir. J'attendais l'occasion.

Je ne pouvais pas m'arracher au portrait de Richelieu. Je revenais plusieurs fois par jour le contempler. Un bel homme, c'était sûr, et chanceux avec ça ! Je l'examinais avec passion. Je devais le séduire. Je ne pouvais pas rester indéfiniment clandestine dans ma propre ville, avec la menace d'un avis de recherche. Ce que je savais du sexe, en dehors de ce trouble lumineux en haut des cuisses et d'une ardeur sans objet qui parfois m'envahissait, venait des racontars des femmes de mon quartier et de filles plus âgées que moi. J'avais saisi que ce n'était pas un avantage de naître fille mais qu'il y avait moyen d'en tirer parti. J'avais un savoir détaché de l'expérience. Le sexe pouvait rapporter. J'ignorais les gestes mais je connaissais les tarifs.

Je n'étais pas déflorée et étais déterminée à ne perdre mon pucelage qu'au prix fort. Mille louis pour la première nuit et mille écus par mois. À Paris, m'avait-on précisé.

Les séjours du maréchal de Richelieu dans sa capitale étaient programmés à l'avance. Ils duraient à chaque fois six mois et coïncidaient avec ses vacances aux fonctions de gentilhomme de la chambre du roi. Bien à l'avance, rue de la Porte-Dijeaux, c'était un incroyable remue-ménage. On lavait, frottait, astiquait, faisait et refaisait les carreaux des fenêtres. Le poète-secrétaire cessait ses récitals. L'œuvre continuait de fructifier dans le secret. Elle n'éructait plus parmi nous. Je pouvais tranquillement verser à boire à

Claude Carloman sans que se déclenche : « Verse, Olympe, verse encore,/ Le nectar coule de ta main,/ La soif qui brûle dans mon sein/ Naît de l'amour qui me dévore. » Le poète disait merci comme tout le monde et avalait son breuvage.

Enfin arriva le matin où débarqua Richelieu, le héros tant attendu. Était-ce l'effet de ce surmenage maniaque ou quelque chose d'autre qui le minait, mais à l'heure où le maréchal de Richelieu sortit de son carrosse-lit, frais et reposé, son secrétaire avait une mine de déterré, il ne fut pas même capable d'un quatrain pour l'accueillir. Richelieu, lui, était radieux : « Je me couche à Paris et ne me lève qu'à trois cents lieues, quel plaisir ! » Je vis bien, à ce second coup d'œil, que Richelieu n'était plus un jeune homme, je ne l'en trouvai que plus désirable et me promis de faire de ma beauté une arme imparable. Il était encore tôt dans la matinée, Richelieu gagna sa chambre et décida d'improviser un « grand lever ». Tout ce que Bordeaux comptait de notables fut supposé venir lui apporter ses hommages au pied de son lit. Le temps qu'ils accourent, c'était déjà l'après-midi, et Richelieu, quand même sensible à la supériorité d'un matelas de plumes sur une couche de voyage, était complètement endormi. Pas question de le réveiller. Cette puissance du sommeil, il la revendiquait. Il l'avait découverte du temps de sa jeunesse, lorsque, à quinze ans, très jeune marié

– à son mariage quelqu'un avait plaisanté : « Est-ce un mariage ou un baptême ? » –, il avait été mis à la Bastille par son père et sa belle-mère, furieux de son obstination à refuser de consommer le mariage avec sa femme. (Le jeune garçon avait tenu bon. Il s'était promis de faire l'amour à toutes les femmes sauf à la sienne.) Depuis, il cultivait le sommeil avec assiduité. Dormir beaucoup participait de son projet hautement affirmé de vivre vieux, très vieux. Une voyante le lui avait prédit, et constamment il allait se faire lire l'avenir afin de s'entendre à nouveau répéter : « N'ayez crainte, monseigneur, votre ligne de vie est impressionnante. »

Dormir tout son saoul et quand on se réveille avoir quelqu'un qui ouvre les rideaux du lit, s'empresse de placer des oreillers dans votre dos, apporte le café… faire quelques pas sur des tapis, regarder par une fenêtre le parc, les jardiniers en train de tailler les rosiers, s'asseoir dans un fauteuil, près d'une cheminée de marbre, soupirer d'aise, lever les yeux et croiser les têtes rieuses de cupidons joufflus, bleu de ciel et soleil couchant entre des empilements de nuages blancs. Là-haut, très haut, les plafonds prennent le relais de leurs amantes et les envoient à volonté au septième ciel… Richelieu pouvait toujours vieillir, se voûter, il ne rapetisserait pas. Il se sentait grand et il l'était. Grand de n'avoir jamais vécu que dans la beauté. Grand d'ignorer tout ce qui dans le besoin oblige à se courber, se rabaisser.

Dormir beaucoup, rêver bien, être servi, occuper partout la place d'honneur, passer d'un festin à l'autre, qui ne voudrait vivre toujours dans ces conditions ? Même quand l'Enfer est sur terre et qu'une suite de malheurs vous a forcé d'y prendre logis, il est dur de s'en aller. Ils ont tort, ceux qui pensent que l'on se sent petit dans un espace immense. Au contraire, c'est d'habiter de grandes chambres, avec de hauts plafonds, de traverser des halls gigantesques et de souper dans des salles aux dimensions de scènes d'opéra qui vous grandit. À l'instant où je posai un pied dans l'hôtel du gouverneur, je gagnai plusieurs centimètres. À mon fatal retour à Paris, je les perdis.

La présence de Richelieu dans les murs m'avait communiqué une fièvre. Je ne tenais plus en repos. Je rôdais dans les parages de son antichambre. J'espérais une rencontre et que mon sort bascule. Mais l'on n'approchait pas Richelieu comme ça, les hommes à qui appartiennent les palais ne s'y déplacent pas seuls. Avec l'arrivée du maréchal, Claude Carloman s'était effacé. Le secrétaire-poète n'était plus qu'un figurant dans un cérémonial à la gloire de Richelieu. Il était à peine mieux traité que ses chiens. J'étais à l'abandon. On oubliait de me nourrir. Les domestiques, que j'avais cru pouvoir maltraiter, prenaient leur revanche.

Il y eut la visite d'un navire, et à l'hôtel du gouverneur chacun se préparait pour cet événement dans la vie de Bordeaux. J'avais envie d'être de la partie, mais c'était trop risqué. Je restai donc derrière les lourds rideaux. Je me sentais en pénitence. Le secrétaire-poète était censé envoyer ses vers au *Mercure de France* le lendemain même. Il peina toute la nuit et au matin vint me lire ses pages. Je refusai et mis comme condition qu'il me trouvât à manger. Une fois satisfaite, je prêtai l'oreille. Au milieu de la lecture, je perçus un brouhaha. Il y avait eu un messager de Paris, Richelieu avait perdu une parente, il devait regagner la capitale. Ce fut ma chance. Le maréchal ne voulait pas revenir comme il était parti. Il avait l'habitude de ramener de ses provinces quantité de victuailles, du vin, des pâtés, des confits, des chapons, des huîtres, des noix, des bocaux d'anguilles, des brochettes d'ortolans et, pour compléter le bagage, quelques filles du terroir. Richelieu avait le goût du pillage. Il était sans doute un stratège et ses victoires le prouvaient, mais ce qu'il appréciait le plus dans la victoire, outre le bonheur qu'on lui érige des statues, c'était de mettre à sac le pays conquis. Il revenait d'Aquitaine comme d'un pays conquis.

Normalement, il mettait beaucoup de soin et de temps à choisir les filles, mais cette fois, dans la précipitation, il prit au plus rapide et au plus proche. J'avais imaginé beaucoup mieux comme première entrevue, mais je fis avec ce qui était possible. Je mis toute mon énergie à plaire. Au moment d'être présentée, je tremblais de réussir. Claude Carloman de Rulhière lui aussi était ému. Nous nous sommes avancés dans l'intimité de ses appartements. L'odeur de fauve me saisit à la gorge. Je manquai d'y succomber, mais au bord du malaise, dans un sursaut de désir ou d'énergie, je réussis à le surmonter et ne fus plus sensible qu'à la puissance extraordinaire d'un parfum, à son emprise excitante.

Richelieu nous reçut dans sa chambre d'apparat. Il était assis, en hauteur, dans un fauteuil aux allures de trône. Il portait un bonnet de soie, une robe de chambre rayée, des bas blancs, sa culotte était ouverte. Je fis une révérence, une femme de chambre sortit de l'ombre et se mit derrière moi.

« Olympe est vierge, dit le poète. J'en donne ma main à brûler.

– Donnez-la-moi plutôt à branler, Rulhière. Il est parfois ennuyeux de se mettre en train. Aujourd'hui, ça m'ennuie.

– Mais, monseigneur…

– Allons, ne faites pas la bégueule. Allez-y, branlez, vous en tirerez un joli quatrain. »

Il s'y mit, d'une main excitant Richelieu, de l'autre rythmant la cadence des mots qui lui venaient aux lèvres.

La femme de chambre commença de me déshabiller. Je m'aperçus dans un miroir, blanche et frissonnante. Les seins menus. Les cheveux me tombant jusqu'aux reins. La jeune fille avait la pratique. Elle guettait en professionnelle les réactions du vieux bouc, le vit dressé aux bons soins du versificateur. Je me fixais sur nos deux images. Moi, figée. Elle, ma déshabilleuse, délicate et minutieuse.

« Elle est malingre et a un teint de misère », jugea Richelieu d'une voix forte, faite pour commander une armée.

Le poète manquait de doigté, Richelieu s'impatientait. Il finit par s'énerver franchement contre Claude Carloman, la femme de chambre prit le relais. Après avoir joui, le maréchal, de meilleure humeur et désignant sa braguette, dit à son valet : « Blaise, remets tout ce que tu pourras où cela doit être. »

Puis il revint à moi : « Et sa voix ? Qu'elle chante ! »

Rien ne me passait par l'esprit. Je me vis perdue si je n'étais pas capable de pousser ma chansonnette, alors, sans l'avoir pensé une seconde, je chantai à pleine voix :

Que Pantin serait content
S'il avait l'art de vous plaire !
Que Pantin serait content
S'il vous plaisait en dansant !

C'est un garçon complaisant,
Gaillard et divertissant,
Et qui pour vous satisfaire
Se met tout en mouvement.

Richelieu éclata de rire. Était-ce gagné ? Je ne savais que penser. C'est au cours d'un souper qu'il donna à une dizaine de femmes et où il était le seul homme qu'il se décida en ma faveur. Comme on s'amuse à écouter babiller les petits enfants, il nous incitait à nous raconter, à lui dire des anecdotes de Bordeaux, des cancans, enfin il demanda à chacune quel était le présent dont elle rêvait. J'ai dit : « Je voudrais posséder un esclave, un de ces nègres qui s'activent si bien sur les quais avant qu'on les remette en cale. » Il me regarda avec attention et spécifia que je serais du voyage pour Paris.

À la veille du départ, tandis qu'il fallait refaire les malles à peine défaites, graisser les roues des voitures, assurer les relais, l'hôtel fut au bord de l'ébullition. Sans arrêt survenaient des fournisseurs. Ils se plaignaient de n'être pas payés, les gens de la maison réclamaient leurs gages. Claude Carloman, qui n'avait plus le sou et à qui Richelieu devait plusieurs mois de salaire, osa tendre un placet avec des chiffres bien précis. Il mit en avant l'excellence de sa famille, sa noblesse. Richelieu, plein d'ironie, le moquait : « Que, monsieur *de* Rulhière, vous tiriez avantage de votre naissance, on vous le permet, si vous en êtes content ! Quant à vouloir être payé, vous, monsieur le poète ! Quelle déception ! À quoi sert une poésie qui ne vous élève pas au-dessus des calculs de boutiquier ? » Le renvoi des fournisseurs était un de ses numéros. Il pratiquait avec brio l'art de ne pas payer ses dettes. Richelieu ne se reconnaissait aucune dette, ni morale, ni d'argent. Il se moquait des imbéciles qui avaient pu s'imaginer qu'il était homme à payer.

Claude Carloman sortit vaincu de la confrontation, et même s'il aurait été chagriné de devoir me garder plus longtemps dans ses appartements, ça ne l'empêchait pas d'être triste de me voir partir. Ma garde-robe était minimale. J'avais dépassé l'ère des feuilles de fougère, mais tout juste.

« On t'habillera à Paris, dit le poète. Sois prudente, Olympe. Si j'ai un conseil à te donner : ne reproduis pas mon exemple. Je vais te confier un secret : un homme qui est logé chez un autre n'est pas autre chose qu'un valet de chambre. C'est vrai pour moi comme pour les plus hauts seigneurs de la Cour. Malgré les raffinements et commodités dont on cherchera peut-être à adoucir ton état, ne te laisse pas acheter. Sois maîtresse chez toi. L'idéal serait que tu deviennes chanteuse ou actrice. Cela dépend de Richelieu. Mais il est imprévisible par nature et par système.

– Et s'il me refuse la Comédie-Française ou l'Opéra ? S'il ne m'est pas possible de vendre mon talent, que me restera-t-il à vendre sinon moi ?

– Tais-toi, Olympe. Ne dis pas des horreurs pareilles.

– Je me demande d'ailleurs si pour vendre son talent, il n'est pas nécessaire de se vendre d'abord soi-même.

– Ne joue pas la cynique. Paris va t'éblouir. C'est là que brille le talent. Profites-en bien. Fréquente les salons. Rencontre des femmes d'exception comme Mme du Deffand ou Mme Geoffrin. Tu peux recevoir d'elles la seule éducation qui compte : celle de l'esprit. Ne te perds pas en frivolités. Là non plus ne m'imite pas... »

Il avait l'air très sérieux soudain, et même tragique, comme lorsque la comtesse d'Egmont lui faisait la grâce d'une visite.

Je mendiai un peu d'argent, histoire de me mettre à couvert le temps que je sois introduite dans ces temples de l'esprit où, de surcroît (je m'étais renseignée), on tenait table ouverte. J'eus vingt louis.

J'avais honte de mon bagage. Je préférais ne rien prendre. Au moment du départ Richelieu était extrêmement impatient. Il rudoyait chacun. Les chevaux piaffaient dans la cour. Je dis au revoir à Claude Carloman de Rulhière. Je chavirai par mes baisers sa perruque blonde, étreignis les petits chiens et courus rejoindre le butin du maréchal. Je ne me retournai pas. Il était déjà pour moi un témoin indésirable. Celui qui m'avait connue pauvresse. Comme toi, Apolline, tu m'as connue Ursule.

La caravane de Richelieu était impressionnante. Elle débordait de beaucoup la cour d'honneur de son hôtel. J'eus du mal à trouver « ma » voiture. Je passais des voitures emplies d'habits, de tableaux, de statues, puis des voitures pleines de vins de Bordeaux, qu'il voulait faire goûter au roi, adepte des vins de Champagne et de Bourgogne, suivaient plusieurs voitures de victuailles, et, enfin, celle des filles. Entre les victuailles et nous : un carrosse particulièrement brillant et bien gardé contenait les échantillons de tissus qu'il se faisait récolter de toutes les villes et régions du royaume.

Dans la hâte de son départ, Richelieu n'avait pas soigné son équipage féminin. Il n'avait eu le temps que de prendre avec lui trois filles. Je ne dis pas de les choisir. Une, Bérangère, était d'une grande beauté et elle disparut aussitôt arrivée à Paris. L'autre, Zéphyrine, était une comédienne. Richelieu l'avait imposée au théâtre de Bordeaux. Elle était si mauvaise qu'il ne lui fallait que quelques répliques pour que se déchaînent les huées. Pour supporter, elle buvait. Elle veillait à ce que près d'elle il y ait toujours une bouteille de vin. Quant à moi, je me demandais quelle serait ma destinée. J'essayais de garder la tête froide, de maîtriser mon sentiment de triomphe, mais je ne pouvais m'empêcher de me dire : Tu as échappé à la police et aux recherches de ta famille. Tu roules avec la puissance. Tu es du bon côté de l'existence.

Je m'aperçus dans le reflet d'une vitre du carrosse et me souris. Richelieu me servirait de sésame. Je deviendrais riche et j'aurais tout Paris à mes pieds.

Nous ne croisions personne, à croire que le chevalier précédant la caravane du gouverneur et prévenant de sa distance par rapport au prochain relais vidait les chemins à son approche. Mais en plein bois, notre course a été ralentie par une colonne de jeunes gens, des paysans, une besace sur le dos, un bâton à la main. Ils allaient nu-pieds. Des recrues pour l'armée d'un noble en train de combattre dans le Nord.

« Ils recevront des armes et un uniforme une fois arrivés à Strasbourg, est venu expliquer un officier.

– Mais bien sûr, mais bien entendu ! a rétorqué Richelieu. Ne me racontez pas d'histoires ! D'ici là, ils seront tous morts de fatigue ou de maladie… »

Dans les relais, aux changements de chevaux, des attroupements se faisaient autour des équipages du maréchal-duc de Richelieu. Il avait été ordonné cent chevaux à chaque poste pour son passage. Les cercles de curieux se tenaient à distance, comme retenus par une barrière invisible. Une fois, nous ne devions pas être si loin de Paris, un idiot était venu s'écraser le nez contre la vitre de notre carrosse. Zéphyrine, mauvaise, la voix empâtée, l'avait menacé d'un coup de litron. Plus rapide qu'elle, un des gentilshommes du maréchal avait donné ordre à des valets de l'assommer. L'idiot beuglait, livré à ces garnements qui cognaient comme des fous. Le cercle des villageois s'était écarté de plusieurs pas. Je les sentais autour de nous, divisés entre la faible envie de venir en aide à leur pauvre crétin et le fort souci de s'en tirer indemnes. La bastonnade, les cris avaient réveillé Richelieu. Tout flageolant, rapetissé d'être sans ses souliers à talons hauts, il fit une sortie hors de son lit. Il regarda sans comprendre les huttes de terre, la volaille partout, des ânes, quatre ou cinq vaches efflanquées. Il acheva son tour d'horizon sur les paysans, noirs de faim et de peur, et dit seulement avant de retourner sous son édredon : « Ah, les fripons ! Je foutrai tout ça dans un cul-de-basse-fosse ! »

Le voyage reprit, l'effroyable cahotement de notre carrosse, une voiture qui avait fière allure de l'extérieur, mais à la suspension complètement déglinguée. Je citais le secrétaire-poète :

« M. le Maréchal traverse ces déserts dans sa dormeuse à huit chevaux, voiture singulière où, mollement couché, il court aux grands travaux...

– ... où, rudement checouée, je cours au caniveau... Ch'est de qui, chette foutaise ? s'enquit Zéphyrine.

– De Claude Carloman de Rulhière.

– Je ne connais que lui, le choupirant de la comtesse d'Egmont... Il meurt d'amour pour elle...

– Il *se* meurt, Zéphyrine... On dit : "il *se* meurt"

– On peut-être, moi j'echaye d'éviter les *che*.

– Les *che* ? »

Zéphyrine traça du doigt, dans l'air, la forme d'une espèce d'hameçon.

« Ah, les *s* !

– T'entends pas que je chuinte ?... Me chuis caché une dent en tombant chur chène...

– Claude Carloman aime la comtesse ?

– Et elle, le comte de Gisors. Mais le vieux lui interdit de l'épouser... Te moque pas ! Ch'est chérieux. La d'Egmont ch'évanouit rien qu'à entendre le nom de Gisors... J'ai beau réclamer pour ma dent, veut pas lâcher un chou, le grigou ! "Répare-la toi-même !" qu'il me rétorque... Quand j'ai chuté au théâtre, le public me bouffait des yeux, pas un mot ! Jamais vécu cha ! Un chilence !... Je peux quand même pas me payer une chute chaque choir juste pour faire tenir tranquille la galerie !... Quels projets il a pour toi, le vieux ? Il fait la pluie et le beau temps au Tripot.

– Où donc ?

– La Comédie-Franchaise, le Tripot... Moi, tout ch'que je demande, ch'est qu'il arrête de me bachiner avec mon avenir au Tripot ! J'en ai choupé !... Et puis qu'il m'épargne les grands rôles ! Je lui ai fait honte à Bordeaux, à ce qu'il dit ? N'a pas encore vu de quoi j'chuis capable à Paris !... Un rôle à la Comédie-Franchaise, j'dis pas, pourquoi pas ? À la condition qu'on me voie pas ! Confidente de la princhesse, echclave de la chultane, femme de chambre de l'echclave de la chultane, chienne de la femme de chambre de l'echclave de la chultane… Moins j'ai à dire, mieux je me porte ! Je ch'rai épatante dans le rôle du panier de Martine ou de la cachette d'Harpagon, mais faut qu'il inchiste, qu'il me tanne : “Tu manques d'ambition, Chéphyrine ! Je te fais la courte échelle, mais après tu dois voler de tes propres ailes !” “Voler” ! Michère de Dieu ! Avec un chicot chiqué sur le devant… »

Elle finit la bouteille, rota, puis conclut avec satisfaction :

« Le rogomme fait glouglou. »

Richelieu avait sans doute du mal à se rendormir. Il fit venir Zéphyrine, plutôt titubante.

« À propos de petit rôle… », ironisa la mijaurée.

À un arrêt en bordure de champs de vigne, devant une taverne, je sortis la tête pour savoir où nous étions.

« Passy, vous êtes à Passy », dit une voix de femme.

Et plus loin, du seuil de la taverne, j'entendis :

« Qui sont ces gueuses ?

– Elles appartiennent à Richelieu. »

Mon sang n'a fait qu'un tour. Je tirai le cordon qu'on s'arrête et sortis m'expliquer avec ces manants. J'exigeais des excuses. Zéphyrine couvrait les paysans d'injures. La femme qui nous avait répondu en premier nous traita de putains, je me jetai sur elle, la mis par terre, j'aurais pu l'étrangler.

L'intermède m'avait redonné de l'énergie. Je repris joyeusement la suite du voyage. Je me délectais de savoir que Richelieu était tout-puissant au Français et à la Comédie-Italienne. J'échafaudais des plans. Il me fallait avant tout entrer à la Comédie-Française – ce qui me soustrayait à l'autorité de mes parents. Mon père ne pourrait plus me faire arrêter, ni m'obliger à revenir à Bordeaux. Entrant à la Comédie-Française j'avais les droits d'une personne majeure, j'obtenais un salaire de quatre cents livres, ce n'était pas beaucoup, mais c'était la liberté.

Je m'affolais de ce mot, le répétais à haute voix, j'entendais dans le pas nerveux des chevaux le rythme des trois syllabes qui allaient changer ma vie, li-ber-té. Et puis, me disais-je, j'ai du talent. Ce serait absurde que Richelieu ait envie de faire entrer à la Comédie-Française Zéphyrine qui est mauvaise, pour me l'interdire à moi, qui suis douée.

L'approche de Paris, à la nuit, dans un désordre de voitures et de chariots, de marchands, de colporteurs, de forains, de troupeaux de bestiaux, de maraîchers, de voyageurs à pied qui essayaient de discuter parce qu'ils n'avaient pas de passeport ni assez d'argent pour payer la taxe d'entrée, me fit écarquiller les yeux. Le long des barrières de bois, des gardes armés se chauffaient à des feux. Leurs ombres étaient immenses. J'eus l'impression de pénétrer dans un théâtre. Paris était entouré d'une barrière. J'eus une minute de terreur à l'idée qu'on me demande des papiers. Olympe, il fallait me croire sur parole. « Olympe comment ? » demanda le garde. J'inventai : « Aubain, Olympe Aubain. » Parfait. Nous appartenions à Richelieu. On ne pouvait lui faire l'offense de suspecter sa compagnie ni de fouiller ses malles. Le trajet avait duré dix jours. Une partie de plaisir pour le maréchal-duc. Un peu moins pour nous. Nous voyagions à sa rapidité avec la différence que notre voiture ne faisait pas lit, elle ne comprenait aucun système de fourneau comme il en avait fait installer sous son carrosse. Mais qu'importait ! À notre arrivée, passé minuit, Richelieu s'est éclipsé. Il a rejoint son hôtel de la rue d'Antin. La princesse fut aussitôt enlevée dans une chaise à porteurs. Zéphyrine et moi, nous nous interrogions sur notre sort. Toutes les deux bien secouées, meurtries et affamées, mais elle, en plus, boudeuse et chiffonnée après son passage dans la dormeuse du maréchal. Et assoiffée.

« J'aime boire à tire-larigot, et avec lui, le grippechou... Ah ! il est pas généreux, cha non, pas plus chur le gobelet que chur le reste ! Quand je penche que les autres, au théâtre de Bordeaux, ils m'envient mon moncheigneur, un chi haut protecteur, un quasi-dieu ! Et maintenant, où qu'on va ? J'ai pas demandé à monter à Paris, et toi ?

– Moi je préfère mourir que de retourner d'où je viens. On nous emmène chez nous, calme-toi.

– Cha peut aussi bien être un cul-de-bache-foche. Il en est capable, la charogne. Il adore envoyer les gens en prison. Cha le démange. T'as pas vu comme il joue avec ches lettres de cachet ? Chur la demande de ches parents, de chon mari, de ches frères, de chon fianché, des parents de chon fianché, du curé de cha paroisse, de cha logeuse, de chon employeur, la femme X chera conduite au fort du Hâ, à la Bachtille, à Bichêtre, à la Chalpêtrière...

– Mais pourquoi le ferait-il ?

– Pour rire. »

Richelieu nous a logées dans la même maison, Zéphyrine et moi. Rue Saint-Thomas-du-Louvre, une venelle qui relie les Tuileries à la rue Saint-Honoré. Le lendemain je suis sortie à la découverte de Paris. Je me suis trouvée devant de hautes façades tendues de noir. Les rues à l'entour étaient recouvertes de paille. Qu'est-ce que ça voulait dire, ce noir fastueux et cet assourdissement du bruit des voitures ? Paris me parut encore plus luxueux que tout ce que j'avais imaginé. On m'expliqua. C'était du luxe, oui, mais du luxe pour célébrer une morte. Louise Henriette de Bourbon-Conti, duchesse de Chartres, puis duchesse d'Orléans, venait de trépasser. Elle avait vingt-trois ans. On avait porté son cœur au Val-de-Grâce. Nous débarquions dans une ville en deuil. La Cour l'avait pris pour huit jours. Ce deuil redoublait celui pour la fille du roi,

Élisabeth, Infante de Parme, morte à Versailles. J'entrais dans le pays du deuil. Mais quel chic ! Dans Paris il n'y avait pas de spectacles. La paille sur les pavés avait été étendue lorsque Louise Henriette était encore vivante, dans le temps de sa maladie. Comment ? Tout ce travail, tout ce déploiement, pour une femme qui se mourait ?

« Pas simplement pour une femme, me dit-on comme s'il s'agissait d'une évidence, mais pour la duchesse d'Orléans. »

Sur la façade de notre maison haute, étroite, la dissymétrie des fenêtres donnait l'impression d'une grimace. Je distinguais sur les murs, écrites au charbon, des insultes contre Richelieu. Le dernier étage, le quatrième, semblait fermé. Quand j'observais notre maison, je me représentais l'une au-dessus de l'autre nos deux appartements, nos deux chambres. (Elle était logée à un meilleur étage que moi ! Un peu plus et j'étais reléguée dans une mansarde.) Il commencera par Zéphyrine au deuxième, continuera avec moi, au-dessus. Pratique. L'identité de nos sorts m'exaspérait. « Elles appartiennent à Richelieu. » Je brûlais de rage. J'avais fait ce trajet pour devenir la comparse d'une grognasse qui serait bientôt la risée de Paris, comme elle avait été celle de Bordeaux. Et il y avait un prix à payer. Chaque jour je me préparais à la chose. Ce n'était pas une idée complètement agréable. Car les rumeurs sur le maréchal-duc ne permettaient pas de s'illusionner. Il prenait d'après son caprice. Et son caprice le portait aussi bien à préférer une Zéphyrine à une Olympe. En fait, je me préparais inutilement... Ça m'était incompréhensible qu'il ne veuille pas de moi, j'en étais blessée. J'avais cru que Richelieu, sans me loger chez lui, ne résisterait pas à mes charmes. Or, il n'en était rien. J'attendais en vain un message ou qu'il se décidât à venir me voir. Je guettais les bruits. Il montait au deuxième pour Zéphyrine et j'entendais des éclats de voix. (Elle suppliait. Il s'obstinait à vouloir faire d'elle une grande comédienne. Elle résista un peu. Pas longtemps. C'était la Comédie-Française ou un cul-de-basse-fosse ! Mais avant de la lancer sur la scène parisienne, il accepta de lui faire réparer sa dent.) Puis les cris se changeaient en gémissements de plaisir. Et il s'en retournait sans même daigner me saluer. Savait-il encore que j'existais ? Mais alors pourquoi m'avait-il choisie ? Je me perdais en suppositions. Allais-je être renvoyée à Bordeaux, ensevelie au fort du Hâ, abandonnée dans la rue ? Je me regardais dans un miroir, m'observais sous toutes les coutures, scrutais un défaut possible, irréparable...

Enfin, tandis que, mi-rêveuse, mi-soucieuse, j'écoutais de loin la musique de chanteurs de rue, il me fit une visite. Il était dans un habit brodé couleur pêche et les plumes de son chapeau avaient des teintes d'arc-en-ciel. Il regarda l'appartement avec dégoût, mais me détailla, moi, avec volupté. Il me redemanda mon nom.

Me fit parler sur Bordeaux (je fis attention à lui cacher mon origine), sur mon séjour à l'hôtel de la Porte-Dijeaux, mon lien avec Claude Carloman de Rulhière.

« Il se languit pour la comtesse d'Egmont, ma fille. Sous ses airs évaporés et ses bouts rimés, ce pauvre Rulhière est consumé par la passion. Malgré sa jeunesse, pas certain que son physique y résiste… »

Je m'esclaffais.

« Mourir d'amour, quelle bêtise !

– Cela te fait rire ! Tu ne rêves pas amour, billets doux, serments au clair de lune ?

– Nullement ! Aimer rend faible et ridicule. Une fille amoureuse n'est qu'une loque.

– Quelle âme sympathique ! Olympe, j'ai du plaisir à t'écouter. Tes déclarations me changent des habituelles fadaises de ton sexe. »

Et il s'en alla, non sans me saluer de la plus gracieuse révérence, en faisant voler bien bas ses plumes arc-en-ciel.

Le lendemain, des ouvriers se montrèrent. Mon appartement fut tapissé et meublé avec délicatesse. Les sièges se recouvrirent de soie, les murs d'estampes légères. Une bibliothèque, des dessertes et des tables de jeu, des lits de repos furent installés. Ma garde-robe commença de se monter. Alors je n'eus plus de doute. J'allais devenir la maîtresse de Richelieu. J'avais le projet d'y mettre deux conditions : le renvoi de Zéphyrine, mon entrée à la Comédie-Française. Mais l'affaire n'avançait pas vraiment... Il y eut une première soirée particulièrement prometteuse : Richelieu venait de fêter les Rois à Versailles et il poursuivait chez moi. Nouvelle galette, autre couronne, il était le roi, comment aurait-il pu en être autrement. Et à Versailles ?

« À Versailles le roi fut le roi. Nous étions environ quarante à table, au Grand Trianon, à la fin du repas on a tiré les Rois, et précisément la fève fut pour lui. Le roi cria et fit beaucoup crier : "Le roi boit !" Son contentement si vif et si sincère a embarrassé quelques-uns. Pas moi, c'était bonheur de le voir debout, son verre tendu, une couronne de papier sur la tête, clamer : "Le roi boit !"

– Le roi boit ! » dis-je, buvant à la santé de Richelieu.

Il reprit en écho et posa sa couronne sur mes cheveux.

Après cela, j'étais toute impatience. Ma déception n'en fut que plus dure. Richelieu, toujours allègre et sémillant, passait entre deux rendez-vous. Il plaisantait, me contait sa dernière intrigue, plus exactement les derniers épisodes d'une de ses nombreuses intrigues... Des histoires qui l'avaient occupé et qui le divertissaient encore, si elles continuaient de lui présenter des obstacles, des complications, le piquant d'une situation. Ainsi d'une liaison avec une Mme Michelin, l'épouse d'un miroitier de la rue Saint-Antoine. « Mais oui,

Olympe, il faut tâter aussi de la bourgeoise. Les bourgeoises ont une réalité, pas énorme certes, en tout cas sans rapport avec leur manière de se prendre au sérieux, mais pas absolument nulle. »

Cette Mme Michelin, une blonde ravissante, avait tout juste dix-huit ans. Elle était mariée à un homme plus vieux qu'elle, gentil, qu'elle n'aimait pas. Richelieu l'avait vue pour la première fois sur les marches de l'église Saint-Paul. Elle allait à la messe tous les jours. Il s'était donc mis à son régime. Elle aimait Dieu, disait-il, avec une « effervescence » qui lui avait donné le désir de détourner pareille énergie en sa faveur. Il s'était jeté dans l'histoire avec ardeur, ne pensant plus qu'à sa céleste dévote, ne faisant plus rien d'autre que tisser le piège où elle devait se prendre. Plus d'une semaine pour se rapprocher d'elle à la messe, encore une dizaine de jours pour qu'elle prête l'oreille à ses déclarations, un long mois pour qu'elle capitule intérieurement, un mois encore plus long pour qu'elle accepte de le reconnaître. Alors, fou d'excitation, il l'avait emmenée dans un appartement loué exprès pour elle, près de l'église Saint-Paul, et avait tout obtenu. Déchirée entre l'exaltation du plaisir et le remords de la faute, elle s'était mise à aimer Richelieu avec passion, juste quand Richelieu se détachait d'elle. Il avait tout obtenu, que désirer de plus ? Pour faire durer l'intrigue, il avait exigé de la prendre dans le lit conjugal pendant un voyage de l'époux en province. Après quoi

Mme Michelin, hantée par l'Enfer, avait cessé de dormir, se nourrissait à peine. Décidément, elle ne l'amusait plus. Mais alors qu'il s'apprêtait à s'en défaire, il était tombé amoureux d'une duchesse. Il avait continué à voir la bourgeoise pour calmer auprès d'elle les désirs que l'inflexible duchesse allumait en lui…

J'étais agenouillée en train de lui enlever ses bottes (je me prêtais à jouer tantôt la confidente, tantôt la femme de chambre, ou les deux à la fois) :

« Et votre Mme Michelin ?

– Elle est morte. »

Je me suis redressée. Ses yeux étaient plissés d'une hilarité contenue. Il avait appris la mort de sa maîtresse en croisant la voiture de l'époux. Il avait aperçu celui-ci tout habillé de noir. Sans réfléchir, il avait fait signe à l'homme en deuil et sonné pour faire arrêter son carrosse. L'homme l'avait rejoint et là, contre lui, n'avait pu retenir ses larmes. Il sanglotait avec bruit. Il lui tenait les mains et répétait : « Vous seul auriez pu la sauver. Elle avait confiance en vous, même au plus profond de sa mélancolie elle allait toujours mieux lorsqu'elle vous avait vu. C'est une chose qui n'échappe pas à un mari aimant. »

« Du Molière ! Si les gens savaient à quel point ils sont comiques quand ils se laissent aller à leur douleur… En descendant de mon carrosse, Michelin m'a seulement dit : "À l'heure qu'il est j'ai tout perdu, monsieur le duc." Son "monsieur le duc" m'a achevé, j'ai cru éclater de rire... Quand la Michelin jouissait, elle soupirait : "Mais monsieur le duc ! Mais monsieur le duc !..." Les bourgeoises ! Rien n'agit sur elles comme un titre de noblesse. Même si je n'avais ni l'esprit ni l'allure que les plus malveillants m'accordent, je séduirais n'importe quelle bourgeoise. Il me suffit d'être annoncé. Une pensée qui décourage. Pour un peu, j'en viendrais à être de l'avis du duc de Choiseul. Pour lui il y a deux catégories de femmes : celles qu'on épouse et les filles. Il faut exclure les bourgeoises, elles exigent du temps, de la considération, font des crises, elles ont des vapeurs quand elles sont fidèles à leurs maris, se sentent coupables de les tromper, se suicident si leur amant les quitte. Cette femme, qui vient de mourir et qui m'adorait, était pétrie de préjugés. Cela n'est bon que pour le sentiment et, par conséquent, cela ne tarde pas à ennuyer. Elle m'écrivait des lettres d'un style et d'une écriture si pitoyables que je ne me donnais même pas la peine de les lire. Des variations sur "Ma santé se détruit, je succombe au chagrin que j'éprouve..."

– Elle est morte de remords, dis-je. Comme elle l'avait pressenti.

– De remords et de honte. La voir pour me consoler des refus de la duchesse ne m'excitait pas assez. N'importe quelle maquerelle, la Brissault, la Baudoin, la Gourdan, vous procure dans sa maison des filles bien plus douées pour ce genre de tâches. Il me fallait un rebondissement. Ce fut Mme Renaud. Une veuve gironde. Voisine et amie de la Michelin. La séduire fut un jeu d'enfant. Plus drôle fut l'organisation de mes nuits en deux tableaux : le premier dans le lit des Michelin, le second dans celui de la Renaud. Tout se déroulait à merveille, jusqu'au matin où Mme Michelin est entrée à l'improviste. La Renaud a très vite repris ses esprits, moi je luttais contre le fou rire en ramassant mes vêtements.

– Et Mme Michelin ?

– Ma dévote ? Elle est restée interdite sur le seuil de la chambre. Comme vidée de son sang. Et puis elle a eu une convulsion. Inutile de te dire que je n'ai pas traîné. "Mais monsieur le duc ! Mais monsieur le duc !…" Les bourgeois ont ce travers, Olympe, ils se prennent pour quelque chose. Ils croient qu'il s'agit de vouloir, de faire des efforts, de fournir des preuves. Pas du tout. La vérité est simple. La langue parle d'elle-même. Vous êtes *né* ou vous ne l'êtes pas. Personnellement, physiologiquement plutôt, je suis né prématuré, je n'avais aucune chance de vivre. À peine mes parents m'ont-ils vu qu'ils ont préféré m'oublier. Mais il y eut cette jeune nourrice qui, par pitié, ou bien par défi, ou bien parce qu'elle était d'un tempérament optimiste, n'a pas renoncé, elle m'a enveloppé dans de l'ouate et m'a laissé quasi inanimé au fond d'un panier. De temps en temps, elle venait voir où j'en étais, et, à la grande surprise de mon père et de ma mère qui m'avaient déjà enterré, la vie m'a saisi. »

Sur l'imbécile vanité des bourgeois Richelieu pouvait tenir des discours interminables. Ce qu'il y avait d'humiliant à mon égard dans ces considérations qui renvoyaient au néant ceux qui n'étaient pas de la noblesse lui échappait totalement. D'ailleurs pour lui se moquer, vexer, blesser, humilier était une manière de bonne humeur. Et la plupart du temps, indifférente à l'humiliation, je ne sentais que la gaieté. Mais, bizarrement, à ce récit je fus indignée. Bouillant de l'envie de tout casser et de le basculer dans la cheminée, lui, ses jambes maigres, ses flots de dentelles et ses bajoues de dindon, j'allais prendre la défense de la Michelin. Il me devina, posa sa main sur ma nuque et la serra avec la dureté d'un étau. Il pouvait me briser. Quand il me libéra, je n'étais que sourire. Je persiflais avec lui le grotesque de cette petite sotte morte d'avoir découvert sa meilleure amie au lit avec son amant, et nous avons fait une partie de trictrac.

Richelieu me formait à l'école du mépris. Lui-même méprisait tout le monde, le peuple, les bourgeois, les nobles. Il n'était le courtisan de personne, sauf du roi. Et même courtisan du roi, l'était-il vraiment ? J'ai d'abord cru que non. Certaines libertés de sa part me l'avaient fait penser, comme lorsque le roi lui avait proposé, sur la prière de sa « putain » de Pompadour, que son fils, le duc de Fronsac, épouse Alexandrine d'Étioles, la fille de la favorite. Richelieu, sans se départir d'une extrême politesse, avait fait dire à la marquise qu'elle lui faisait beaucoup d'honneur, mais que son fils ayant celui d'appartenir, par sa mère née de Guise, à l'empereur d'Autriche, il croyait devoir lui faire part de cette alliance. Qu'un duc de Fronsac s'allie avec la fille d'une femme née Poisson !... La Pompadour avait été ulcérée par la réponse. Richelieu ne lui avait pas pardonné son arrogance. Depuis c'était la haine entre eux. C'est ce que je percevais alors, ne voyant que le mépris du grand seigneur, sans déceler la part de dépit amoureux par rapport au roi, et encore moins l'authentique atrocité de cette femme.

Négativement, par les petites victoires qu'il remportait contre elle, la Pompadour pouvait lui causer du plaisir. Rentrant d'une chasse à Fontainebleau, il vint me saluer. Il était fort joyeux, son séjour était des plus réussis. Il avait obtenu un appartement au-dessus de celui de la marquise. Y avait fait des fêtes enragées, avait dansé, trépigné sur sa tête. Au matin, se réjouit-il, malgré ses couches de maquillage, elle avait l'air d'un cadavre. Cette douceur de faire passer des nuits blanches à la marquise lui rappela la présence au-dessous de lui de Zéphyrine. Il tapa du pied pour lui indiquer qu'il allait descendre la voir. J'entendis Zéphyrine brailler : « Vouais... »

« Elle a de la voix, elle a de l'organe. Tout ce qu'elle doit apprendre, commenta Richelieu, c'est à le maîtriser.

Et puis il faut qu'elle arrête de boire : le laquais caché derrière le rideau une bouteille à la main, le public le voit. »

À mon étage, il ne s'attardait pas. Du moins dans les premiers temps de notre complicité. Ensuite, il lui arriva de passer la nuit auprès de moi, mais ce n'était pas pour le plaisir, ou bien si, c'était pour le plaisir, puisqu'il n'avait pas d'autre occupation, mais ma fonction n'était pas celle que l'on aurait pu croire. Décidément, je ne l'excitais pas. Pour consoler ma vanité, je m'expliquais son indifférence ainsi : Rulhière m'avait choisie à sa place et comme, dans une femme, Richelieu ne s'intéressait qu'aux circonstances de la rencontre et aux obstacles à vaincre, je n'étais d'aucune valeur. Zéphyrine non plus n'avait signifié aucun exploit particulier, mais il l'avait d'abord aperçue sur une scène, dans l'éclairage du théâtre, et il avait été pris d'appétit pour l'abondance de sa chair, pour ses seins énormes, entre lesquels ondulaient, tels des serpents, de longs colliers de verroterie, et cette grosse voix, avec laquelle elle éructait des cochonneries avant de dire d'un ton bourru : « Bon, maintenant j'ai envie de dormir, arrêtez de me toucher, monseigneur, j'ai plus le goût », ça aussi il aimait.

Richelieu débarquait chez moi après un spectacle, un bal, un souper. Nous buvions ensemble plusieurs coupes de champagne, il s'endormait brusquement sur le sofa, puis en somnambule faisait quelques pas vers le lit. Une femme de chambre lui caressait le visage d'un linge imprégné de parfum, elle lui retirait ses culottes musquées, l'embrassait un peu partout tandis qu'elle lui demandait de tendre les bras pour qu'elle lui mît sa chemise, et il s'endormait. Auparavant, il avait lui-même enlevé sa perruque et s'était couvert la tête d'un gros bonnet de coton. La femme de chambre fermait les rideaux, le maréchal-duc n'existait plus que par sa bruyante respiration. Ses coucheries chez moi étaient chastes et elles se faisaient dans la plus grande discrétion. Il utilisait un carrosse de louage, qui disparaissait aussitôt. Au réveil, il échangeait à peine quelques mots et s'enfuyait, ni vu ni connu. Ces manigances de cachotteries, quand il n'y avait rien à cacher, m'intriguaient. Elles étaient le contraire du grand style, du flamboiement avec lequel il était coutumier de manifester sa présence.

Il gardait Zéphyrine comme pratique de jour. Le soir, elle jouait. Après les représentations, elle n'était pas à prendre avec des pincettes. Elle rentrait ivre, se cognait dans l'escalier, faisait un boucan d'enfer. Alors me disais-je, insomniaque, anxieuse, prise dans la soufflerie du dormeur sous mon toit, pourquoi vient-il dormir ici, qu'est-ce qui l'attire, puisque ce n'est ni moi ni Zéphyrine ?

« Je panique de plus en plus tôt », se désola Zéphyrine un matin. Elle était montée en quête de quelques sucreries pour adoucir l'amère perspective du jour. « Maintenant j'ai le trac juste après déjeuner. Mon cœur fait des bonds. Il me remonte jusqu'à la gorge. C'est facile pour digérer ! »

J'étais assise à côté d'elle. Par son peignoir entrouvert elle avait glissé une main qui allait entre caresse et grattage.

« Attention, tu vas t'écorcher.

– J'en peux plus. Olympe, viens avec moi. Tu voudrais la Comédie-Française, tu l'auras jamais. Je veux la quitter, il me l'interdit. Ça l'amuse de nous contrarier. Ses séances de plaisir sont un cauchemar, un cauchemar qui n'en finit pas… Et il a cette manie de me mordre la langue jusqu'au sang ! Retournons à Bordeaux. Seule, ça m'est impossible ; avec toi, j'y arriverai, nous y arriverons. Tu nous vois nous pointer chez la mère Léone, comme ça, sans prévenir, et Albert, Josie, Anselme, Bertrand, Lulu, Michou, Luco qui sont là… et Mauricette ?

– Je ne connais pas ces gens. Et j'ai Bordeaux en horreur. Ce que j'étais à Bordeaux.

– Et ici tu es contente ?… Ce vieux est une torture », articula-t-elle pour elle-même.

Richelieu entra dans la pièce à cet instant. Il reçut la déclaration de Zéphyrine et sa gerbe de postillons en pleine face. En eut l'air ravi. Le maréchal-duc était certain de n'avoir jamais bougé du chérubin qu'il avait été, du garçon dont le rire et les frasques avaient réussi à charmer l'austère Mme de Maintenon. Le traiter de décati, lui ! Il ne pouvait tout simplement pas établir le moindre rapport entre un vieillard et sa personne. Un étranger de passage, exaspéré par sa superbe et, sans doute, pour le provoquer en duel, avait interrogé tout haut devant lui : « Quelle est cette vieille machine à galanterie ? » Sans faire bouger Richelieu de sa souveraine satisfaction.

Le maréchal-duc était foutrement satisfait. Il faut l'avouer.

L'insulter même le rendait content, parce qu'il était toujours heureux d'être l'objet d'une attention. À la guerre, le seul fait d'être visé par l'ennemi lui était agréable. D'ailleurs, il le répétait, et l'avait amplement prouvé, il adorait la guerre. Rien de tel que de chanter un air d'opéra en pleine bataille, disait-il souvent. À la Bastille aussi il avait beaucoup chanté, ils se répondaient en duo, lui et une prisonnière. La voix de cette fille le rendait fou, c'était l'époque, il avait à peine seize ans, où on lui amenait sa femme dans sa cellule pour qu'il se décidât enfin à lui faire l'amour. « Je n'ai pas cédé, disait-il. Je m'étais promis de baiser la terre entière sauf elle, et je le fis. Ce serait trop facile : pour l'unique prétexte que vos parents ont voulu vous marier avec une demoiselle, il faudrait l'honorer ! »

Il avait laissé Catherine… vierge, la bonne blague !

« Je t'emmène au Tripot ce soir, me dit-il.

– Ah non, gémit Zéphyrine, je ne veux pas qu'Olympe assiste à mon massacre par ce public de veaux… »

Les supplications de Zéphyrine n'y purent rien changer.

« Elle te connaît, bêtasse, la coupa Richelieu. Elle t'a déjà appréciée – comme tout le beau monde. » Il lui prit le menton entre les mains et l'attira à lui pour lui coller un baiser. « Tiens, veux-tu savoir ce que pense la critique ? »

Il sortit un journal : « Mlle Zéphyrine, nouvelle actrice qui n'avait encore paru sur aucun théâtre parisien, a débuté par le rôle de Camille dans *Horace*. Sa taille est impressionnante. Sa figure, sans être belle, est pleine de vivacité. La Nature a fait beaucoup pour elle. Mais il est bon qu'elle sache dès à présent que l'acteur qui cadence les vers en automate tombe dans la monotonie et lasse son public, et que, d'autre part, hurler doit être évité. Le cri de la douleur qu'on appelle la voix des entrailles a chez Mlle Zéphyrine des sons qui portent à la fuite… » Zéphyrine poussa un couinement douloureux.

« La Clairon avait une voix de stentor au départ. Regarde maintenant comme elle est célèbre. Le public en est fou.

– Elle a réussi parce qu'elle avait un protecteur assez généreux pour lui payer une claque. Sans claque, pas de triomphe.

– Tu l'auras, ta claque, Zéphyrine, tu l'auras. »

Je fus coiffée et maquillée avec soin. Un fond opaque me faisait la peau d'une blancheur parfaite. On m'avait dessiné au crayon bleu de fines veines. Plusieurs mouches de taffetas en forme d'étoiles, par contraste, renforçaient ma blancheur. Je tenais à la main un éventail de dentelle blanc ivoire, de la couleur de ma robe, mes cheveux magnifiques avaient été longuement peignés. Dans les lieux éclairés leur teinte se renforçait du roux fauve des flambeaux. Mon aigrette de diamants étincelait. En entrant dans le hall, au frémissement de la foule, aux mines gourmandes des hommes, aux regards durs des femmes, je sentis combien j'étais jolie. Je n'avais pas besoin du miroir pour me le confirmer. « Petite masque », me souffla Richelieu, fier de mon effet. Et il me quitta pour passer sur scène.

On me guida vers sa loge. La représentation, toutes chandelles allumées, commença par un discours de Richelieu. Une annonce sur les prochains spectacles. Les spectateurs privilégiés, assis dans des fauteuils disposés sur la scène, applaudirent avant même qu'il eût fini de parler. Ça tombait bien, parce que, comme souvent quand il prenait la parole en public, il s'arrêta net au milieu d'une phrase, et la suite, malgré ses efforts, ne vint pas. Il ne semblait pas désemparé, seulement interrogatif et un peu contrarié. Par son attitude, il semblait s'adresser à un souffleur fautif. Mais, très vite, sous les applaudissements de ses amis, il oublia le bout manquant – qu'est-ce que ça changeait, un spectacle de plus ou de moins ? – et fit un joli salut. C'est alors que, dans ce brouhaha, s'éleva la revendication d'un homme, un spectateur du parterre, là où les applaudissements avaient été le plus mous. L'homme brandissait un manuscrit : « Ma pièce a été refusée par les comédiens du Français, je demande justice. Qu'elle soit lue ce soir en public, c'est au public de juger si une pièce est bonne ou mauvaise. Les comédiens ont expédié la lecture. C'est un scandale. Je suis un grand écrivain et je meurs de faim ! Il ne me reste que le suicide ! »

Richelieu lui intima l'ordre de se taire. Mais l'autre poursuivit : « Écoutez-moi, c'est pour moi une question de vie ou de mort... » Et il débuta. Le parterre applaudit à tout rompre. Il y eut un mouvement pour que l'on porte en triomphe l'auteur refusé. Richelieu avait pris des initiatives. Plusieurs gardes étaient entrés en action, ils bousculaient les agités du parterre et s'emparaient de l'auteur. Traîné dehors, il ne s'avouait pas vaincu. Il s'égosillait encore dans les escaliers, des lambeaux de phrase nous parvenaient. Oh là là ! Zéphyrine, me disais-je, comment va-t-elle amorcer son monologue ?

Elle fut géniale. Elle surgit, hagarde. Avec ce bizarre mouvement des bras imitant une volaille incapable de prendre son vol (c'était sa façon de s'aider à entrer en scène), mais au lieu de se lancer dans sa tirade, elle prit le parti de l'auteur expulsé et promit en son nom propre et au nom de ses camarades de lui donner une nouvelle chance de lecture – une *vraie* chance, souligna-t-elle en reculant vers les coulisses, où un gentil préposé au gobelet se tenait en attente. Ensuite, bougeant le moins possible du fond de la scène – elle avait trop peur de s'éloigner de sa source de vie –, Zéphyrine fut égale à elle-même. Elle débita son baratin à pleine voix, sans intonation, sans aucune compréhension du texte, mais avec une vaillance inhabituelle, car son intervention lui avait conquis le public du parterre. Ce soir-là, Zéphyrine sentit germer en elle une vocation de porte-voix. Elle eut confusément conscience qu'elle avait un avenir dans le clan des opprimés. Ce soir-là aussi, Richelieu la fit raccompagner par deux laquais chargés de lui mettre une raclée. En fait, ils avaient ordre de la rouer de coups et de la jeter par la fenêtre. Par paresse, ils la laissèrent sur le parquet.

Moi, je restai dans la compagnie du maréchal-duc. Nous sommes allés souper dans une société très éméchée, une sorte de château perdu dans des bois. À notre arrivée, une jeune fille nue, les yeux bandés, allait d'une personne à l'autre. Aux caresses qu'on lui faisait elle devait identifier son amant. Richelieu fut félicité pour sa dernière aventure. Depuis une semaine, chaque nuit, son équipage était garé devant l'hôtel de la marquise de *, une belle femme dont l'époux était à combattre en Prusse. L'équipage se retirait aux aurores. Les compliments, les rires fêtaient l'éternel Don Juan. Et lui, jouant d'une main avec les seins de la fille nue, de l'autre avec mes cheveux, faisait le modeste. Comment cet athlète du plaisir était-il encore capable, passant ses nuits à cocufier un homme de guerre, de séduire la jeune fille que j'étais ? L'assistance bourdonnait de louanges. Je souriais tandis que je comprenais enfin mon utilité et pourquoi le maréchal-duc de Richelieu se rendait chez moi avec tant de discrétion. L'éclat, les signes de sa présence, était ailleurs – où lui n'était pas. Toute cette semaine justement il était venu dormir près de moi… Richelieu faisait exactement le contraire des seigneurs de ses amis qui, lorsqu'ils allaient en partie de débauche, prenaient un carrosse de louage et exigeaient de leurs laquais qu'ils laissent leur livrée à la maison. Il exposait son équipage et ses laquais pour la montre, comme preuves…

Richelieu avait entrepris la fille aux yeux bandés et elle, peut-être afin d'en finir plus vite, chuchota assez haut pour être entendue des autres : « Cher Armand, c'est vous ! » Elle ne s'en tirait pas à si bon compte. Richelieu l'empoigna et s'enferma avec elle dans un boudoir – le foutoir à miroirs, comme l'appelait la compagnie. La fille émit des cris affreux. Affolée de se voir ainsi multipliée et découpée, elle se cognait contre les glaces. Son nez pissait le sang. Elle s'était à moitié assommée. Plusieurs messieurs en profitèrent. La fête tournait à l'orgie. L'atmosphère devenait brutale. Richelieu m'avait présentée comme sa dernière conquête. Était-ce un titre pour que ces libertins m'épargnent ? ou l'inverse ? Ils parlaient de faire venir de chez la Fillon des filles à partie et de les mettre à courir nues dans le parc... Je n'étais tentée ni par le foutoir à miroirs ni par une partie de chasse où je serais la proie... Richelieu, discrètement, donna l'ordre de me reconduire avant l'arrivée des bougresses.

Lorsqu'il revint auprès de moi, je connaissais mon rôle. Je n'étais pas vouée à une carrière publique. Je n'étais qu'un rouage dans sa stratégie. Mais qui sait ? J'obtiendrais peut-être plus par là que je l'aurais fait sur scène. Je ne m'illusionnais pas sur les difficultés, mais elles me fouettaient l'imagination. Il avait plu, j'étais à la fenêtre. Je le vis descendre, lentement, de la chaise à porteurs. Il se faufila dans la maison, un vieil homme fourbu, il se fit préparer un bain de spiritueux et prit de l'opium. Cette nuit-là, pendant qu'il dormirait, innocent comme un enfant, une femme serait en train d'être assassinée. À son réveil elle serait la risée de Paris. L'objet des pires commérages. Son mari n'aurait d'autre ressource que de l'ensevelir dans un couvent. Derrière la désinvolture affichée de ses liaisons, le vrai but de Richelieu était de perdre les femmes. De les ruiner de réputation. Il trouvait toujours une manière nouvelle d'agir. Il avait plus d'un tour dans son sac. Comme de faire donner la sérénade, par vengeance contre une femme qui avait repoussé ses avances. Les musiciens se plantaient sous les fenêtres de la victime. Ils étaient éclairés par une vingtaine de flambeaux que portaient des gens de sa livrée. Ils jouaient des airs d'amour, chantaient. Les voisins se mettaient aux fenêtres. Les lumières, le bruit de l'attroupement couronnaient le scandale.

Elle avait raison, Zéphyrine, ça ne rigolait pas avec « le vieux ». Lui, il s'amusait. Et même énormément. C'était celles qu'un mauvais hasard avait placées sur son chemin qui ne s'amusaient pas.

D'autres fois, je dois être juste, il n'avait rien à inventer. Les femmes se perdaient toutes seules. Elles étaient dévorées de passion pour quelqu'un qui, aussitôt extrait du lit, les oubliait. Il avait ce charme : alors qu'il n'éprouvait rien, il donnait follement envie de l'aimer. Ou bien était-ce parce qu'il n'éprouvait rien qu'il donnait envie de l'aimer ?

Richelieu s'éloigna un peu de nos existences. Sans doute, avec la belle saison, ne tenait-il pas à rester à Paris. Il allait souvent dans sa petite maison à Clichy. Il m'y emmenait quelquefois. Elle était immense, entourée d'un parc à l'anglaise. Lorsqu'on se trouvait à l'intérieur, on pouvait se croire dans une campagne isolée. Tout pouvait s'y faire. Il était aussi beaucoup à

Versailles, auprès du roi qui souffrait d'une maladie de peau. Une espèce de dartre sur tout le corps et en particulier sur les parties génitales. « Je reste à ses côtés, je l'empêche de se gratter », riait Richelieu. Le roi était soigné par des bains. On lui avait interdit l'alcool, le café, les filles. On voulut aussi le priver de chasse, mais c'était impossible. Quoi qu'il arrive, le roi chassait tous les jours sauf le dimanche, et durant toute l'année sauf par temps de grand gel. Et il ne se contentait pas comme Louis XIV d'un cerf par chasse, il lui en fallait deux ou trois. « Sais-tu combien il en a tué l'année passée ? » Je n'étais pas intéressée, mais il avait envie de le dire. Il aimait parler du roi. Il aimait montrer que rien de la vie du roi ne lui était étranger. Et cela aurait été vrai s'il n'y avait eu, s'interposant si souvent entre le maître et lui, l'obstacle de la Pompadour. Richelieu existait dans une proximité de cœur et de corps avec le roi. Selon sa conviction la plus intime : « Le grand seigneur est un des chaînons qui touchent au trône et qui descendent imperceptiblement vers le peuple. » Il lui fallait *toucher* au trône. Par ses récits, ses anecdotes, d'apparence anodine, il dirigeait mes regards en direction du trône, il m'amenait à considérer comme grave le fait que le roi ne lui donne qu'un salut de la tête au lieu d'une brève révérence, et comme une grâce dont on ne se lasse jamais de recevoir le bougeoir à son coucher. Il m'en parlait les yeux brillants, aussi ému et fier que la première fois.

Mais à Paris, qui avait tenu le bougeoir au coucher du roi laissait froid. C'était la guerre qui enflammait les conversations et mettait de la désolation sur les visages. Et la guerre n'était pas la chasse. Les succès du roi chasseur, lequel avec sa grande ou sa petite meute dévastait les cultures à l'entour, contrastaient avec les malheurs du roi en guerre. Sur les champs de bataille les armées françaises accumulaient les revers. Les nouvelles dans l'ensemble étaient mauvaises, mais avec les défaites de l'été 1759, le royaume s'enfonça dans la catastrophe. Le roi, paraît-il, en avait été totalement stupéfait. « La marine, quelle marine ? je ne connais d'autres marines que celles de Vernet », disait-il avant pour s'amuser. Mais c'était fini pour l'humour. Le roi était atterré. Il avait fait renvoyer la musique de ses appartements, dînait seul, se couchait aussitôt après. Il répétait : « Un désastre pareil ! J'en étais à plus de cent lieues. » Il ne voulait plus sortir de sa chambre. Richelieu et les courtisans se présentaient inutilement à l'œil-de-bœuf. De retour de Versailles, il venait quand même rire avec Zéphyrine. Je vis qu'il n'était pas vraiment accablé par les défaites françaises. Il en éprouvait une mauvaise joie. Cette débandade le confirmait dans la conviction que depuis son départ de l'armée rien de bon ne pouvait se produire. Sa vanité meurtrie l'amenait à se réjouir en secret de tout ce qui démoralisait le reste du pays. Or la démoralisation allait bon train.

À la fin de l'été on apprit que les armées françaises étaient vaincues par les Anglais au siège de Québec. Le Canada était perdu. Le Canada ? Un nom qui ne m'évoquait rien, sinon, à Bordeaux, le vague souvenir de navires qui en venaient après des semaines et des semaines de navigation. Le Canada, Zéphyrine croyait que c'était le nom d'une maladie. Même si les gens n'avaient pas une idée claire de ce que voulait dire « Canada », la consternation fut générale. Le roi eut recours à des mesures extrêmes. Il fit porter à l'hôtel de la Monnaie sa vaisselle d'argent et ordonna à la noblesse de suivre son exemple. Le soir, il se faisait lire les noms de ceux qui avaient sacrifié leur vaisselle (« Ça le change d'autres lectures moins chastes », ricanait Richelieu). À Paris, voir passer les trésors des Grands créait de l'excitation. Comme tout le monde, nous échafaudions des plans pour nous les approprier, mais les riches prenaient leurs précautions. Le duc de Chartres, qui envoya sa vaisselle dans un chariot, le fit accompagner d'une dizaine de gardes armés. Restait l'espoir que quelques plats, deux ou trois petites cuillères, glissent des chargements.

Richelieu, à Versailles, prenait une mine désolée de circonstance. Ça n'allait pas plus loin. Il ne pouvait se résoudre à se démettre de son argenterie. Sa cupidité l'emportait sur son envie de plaire au roi, pourtant considérable. Un jour le roi lui dit : « Duc, je sais de bonne part que vous avez des réparations importantes à faire à votre château de Richelieu, et je vous engage en ami d'y aller passer quelque temps pour les faire diriger sous vos yeux. »

Richelieu accorda le maximum de relief au mot « ami » et obéit au roi. Il partit deux mois en son domaine familial, puis en Aquitaine. Le savoir à Bordeaux me faisait un étrange effet, que je chassais aussitôt. De jour, en tout cas. De nuit, des rêves m'y ramenaient. Mais les rêves aussi, je réussis à les effacer. Ce temps où, à la fois, je bénéficiais de l'aura de Richelieu et où il n'était pas là fut idéal. Je pouvais évoluer dans le monde sans que l'odeur du musc me désignât comme sa propriété. Ensuite, quoique avaricieux, Richelieu, avant de partir, m'avait jeté une bourse. Ce n'était pas une somme énorme, mais j'avais assez pour vivre à ma guise. Je dois dire que c'est le moment où je pris le plus grand plaisir à aller au spectacle. Je m'enthousiasmai pour la tragédie *Briséis*, et fus flattée que son auteur, M. Poinsinet de Sivry, me fît la cour. Je m'enchantais au moins autant des spectacles que du théâtre de mon arrivée à ces spectacles. À la sortie, quand l'aboyeur criait mon nom pour faire approcher mon carrosse, j'en avais des palpitations. « Allez ! » disais-je au laquais sur le ton impatient de Richelieu, « Allez ! » répétait le laquais au cocher, et les chevaux s'élançaient à la vitesse du vent.

Mon étoile montait, et sur mon visage de nacre des mouches de velours en forme de lune, ou d'étoile, se multipliaient avec art. Il devenait à la mode de me courtiser. Beaucoup cherchaient à me plaire pour faire passer un placet à Richelieu. Les comédiens, en particulier, étaient empressés à me couvrir de cadeaux, ceux de la Comédie-Française comme ceux de la Comédie-Italienne puisque Richelieu avait la haute main sur les deux. Surtout ceux ou celles qui rêvaient de monter sur la scène de l'un de ces prestigieux théâtres. La situation ne manquait pas d'ironie : on me priait d'intervenir pour obtenir un avantage que j'étais incapable de me faire accorder. Mais l'ironie ne gâche rien au sentiment de puissance. D'autres hommes me recherchaient pour moi-même. J'ai oublié leurs noms, à tous, à presque tous, je me souviens de regards, de certaines pressions de mains, d'ébauches de baisers, de présents offerts dans des boîtes aussi belles que les bijoux qu'elles contenaient. Les filles autour de moi avaient un protecteur pour la finance et un greluchon pour le cœur. Surtout ne fais pas la bêtise de prendre le greluchon avant le protecteur, me disais-je. Je m'appliquais à ne pas tomber amoureuse. Je n'avais aucun effort à faire. Aimer me déplaisait et personne ne m'intéressait ; personne ne réussissait à se détacher du lot des admirateurs. Mon prix commença de se monnayer en valeurs solides, rentes, diamants, etc. Je me disais : Celui qui me propose mille louis pour la première nuit, mille écus par mois, un carrosse, une petite maison superbement décorée et meublée, avec un salon de musique, son temple d'amour et une salle de théâtre, je suis à lui. Il y avait des candidats, je menais une enquête pour distinguer les offres sérieuses des promesses vides. Le sujet parfait est l'homme qui jouit de se ruiner pour une femme qui lui refuse tout. Ce type d'imbécile, hélas, est toujours déjà pris en main. Je me renseignais avec prudence. Mais qui dit prudence dit lenteur. De sorte que Richelieu revint avant que j'aie pu lui choisir un remplaçant. Un matin, j'étais encore au lit, j'entendis de la rue sa voix rauque et impérieuse. Je lui fis bon accueil. J'étais relativement sincère. Il exigeait peu. Il me protégeait d'autres liaisons avec des hommes qui, eux, ne viendraient pas dormir avec moi pour seulement me raconter leurs exploits ou s'en laisser prêter. Et de cela je n'avais pas envie. Aussi longtemps que je demeurais vierge, rien n'avait encore commencé. J'étais intacte. Mon prix restait au plus haut.

Régulièrement Richelieu allait se faire prédire qu'il serait ministre comme son grand-oncle le cardinal et qu'il mourrait très vieux, très riche, couvert d'amour et de gloire. Il avait sa voyante attitrée, chez qui je l'accompagnais parfois. Elle demeurait rue des Cinq-Diamants, près du port au Blé, un quartier de recoins, d'ombres et de hautes barques. Des voyantes, il en avait une partout où il séjournait, à Paris, à Versailles, à Bordeaux, à Richelieu... Celle de la rue des Cinq-Diamants était minuscule, bossue, noiraude, avec des yeux verts, de grosses lèvres sur lesquelles passait sans arrêt sa langue dans les instants délicats de ses exercices de prémonition. De la volaille se promenait sur les meubles, c'est tout juste si elle ne chiait pas sur la boule de cristal. La voyante chassait poules et canards en agitant ses poignets chargés de bracelets. Richelieu entrait chez elle en grand seigneur. Avec la bossue sa morgue tombait aussitôt. Et quand il s'asseyait à la table où elle trônait, il se ratatinait et rejoignait la taille de la naine. Pris dans l'œil vert de la devineresse, il devenait timide, se fondait dans le capharnaüm ambiant. Il ressortait triomphant. Il avait obtenu la réponse désirée. Il mourrait, certainement, peut-être, mais dans des dizaines et des dizaines d'années. La gloire et l'amour seraient toujours au rendez-vous. À un retour d'une maladie de peau, une espèce de lèpre qui l'avait envahi un an plus tôt, il fut pris de doutes. Il eut l'impression de visites de routine et que la voyante n'osait pas lui dire la vérité.

Il se risqua chez une autre, laquelle lui avait été recommandée par le maréchal de Belle-Isle. Il fut saisi par son malaise habituel. Se laissa choir auprès d'une vieille femme au nez busqué, surmonté de petites lunettes. Elle prit sa main, déchiffra longuement les lignes et articula :

« Son Excellence vivra fort longtemps et en bons termes avec elle-même.

– Et cette lèpre dont je suis couvert ?

– Elle va passer, comme la dernière fois.

– Et la gloire ?

– Vous avez obtenu votre comptant.

– Comment ! Je ne connaîtrai pas de nouvelles victoires ?

– Les guerres se feront sans vous. »

Richelieu était pâle. Il porta la main à son cœur.

« Et l'amour ? chuchota-t-il.

– Je ne vois pas d'amour dans votre vie. Ni dans le passé, ni au présent. » Elle toucha de son nez la paume du maréchal. « Et… pour l'avenir… la même chose : rien. Aucun amour. »

Richelieu secoua la femme et se mit à crier :

« Vieille sorcière, tu ignores que tout Paris, toute la France ne parlent que de mes amours. Je rends fou ! J'ai toujours rendu fou ! J'avais à peine treize ans, on se mourait d'amour pour moi. La duchesse de Bourgogne se traînait à mes pieds. Deux femmes, et de la meilleure naissance, se sont battues en duel pour moi. Pauvre malade ! Je te foutrai dans un cul-de-basse-fosse, ça te donnera le loisir de réfléchir à ton avenir ! On m'appelait Chérubin, imbécile, et aujourd'hui il y a des moments où je n'ose plus sortir tellement je suis traqué par des créatures qui m'adorent. Je suis l'homme le plus célèbre de mon siècle. Et pourquoi ? Pour mes amours.

– C'est possible, monseigneur. Mais je ne colporte pas de rumeurs, je lis ce qui est écrit. »

Bien sûr que l'amour n'occupait aucune place dans le cœur de Richelieu. Dans son emploi du temps beaucoup, dans ses émotions rien. « On peut aimer les autres, mais il est bien juste de se préférer à tout » était une de ses phrases favorites. Ce n'est pas moi qui l'aurais discutée. Il avait banni le chagrin. Pas seulement parce que souffrir était désagréable, mais surtout parce que c'était mauvais pour la santé. Souffrir abrégeait les jours. « Les gens qui s'affectent souvent durent peu », disait-il aussi. Par conséquent il avait éliminé la peine. Il ne s'autorisait pas de sentiments sombres. Sauf côté haine et esprit de revanche. Il ne supportait pas qu'une femme se moque de lui et, encore pire – ce que je devais découvrir plus tard –, qu'à cause d'elle ses plans échouent. La vérité, il ne la supportait qu'à la dose qui lui convenait, selon l'angle de son choix.

Ne pas souffrir, dormir beaucoup, vivre toujours.

Ne pas souffrir…

Richelieu, sa colère passée, était incapable de réagir. C'est peut-être pour se donner le temps de retrouver sa présence d'esprit qu'il fit signe à la voyante de me prédire l'avenir. Je me glissai sur un tabouret, tendis ma main. Le visage de la femme prit une expression d'intense excitation, quelque chose entre effroi et humilité. Elle ne parla pas tout de suite. Et c'est presque en prières qu'elle me dit :

« Vous approcherez la grandeur et serez capable de la perpétuer. »

Elle laissa sa main posée sur la mienne. Il me sembla sentir contre moi la peau morte, depuis longtemps desséchée, d'un parchemin.

Après cet épisode « déplaisant » avec la voyante, comme il le qualifia quand il eut repris un peu de sa superbe, il espaça de plusieurs semaines ses visites. Il avait probablement couru chez ses voyantes habituelles se faire rassurer. Pour moi, je retournai à cet état de pseudo-indépendance très commode. Zéphyrine et moi fîmes davantage, comme si nous étions maîtresses des lieux. Il y eut des fêtes. Richelieu ne fut pas invité. Au cas où il aurait surgi, nous avions une excuse : sa présence était si évidente qu'il eût été grossier de lui envoyer une invitation à se rendre *chez lui*. Zéphyrine était en vacances. Le plancher du Tripot s'était effondré. « Je vous assure, ce n'est pas ma faute. » Elle avait pleurniché devant Richelieu, qui, pour se moquer, accusait son poids. Maintenant nous voguions en pleine satisfaction. Notre activité se bornait à commander des bouteilles de vin, faire installer les tables de jeu, décider de la société avec laquelle brûler le temps. Nous vivions aux bougies, confondions le jour et la nuit. Je jouais avec des cartes parfumées, trichais, n'arrêtais pas de gagner, les perdants riaient très fort, se jetaient avec nous dans des expéditions nocturnes, nous cassions des lanternes, attaquions les soldats du guet, sautions sur des chargements de bois qui flottaient à la dérive sur la Seine et nous emportaient comme sur un radeau. Nous commandions à n'importe quelle heure des bavaroises, des mousses de fraises et de framboises, des crèmes frites au coulis d'abricot.

Approcher la grandeur et être capable de la perpétuer. Qu'est-ce que ça voulait dire ? J'eus envie de retourner chez la voyante, mais je craignais d'être désagréable à Richelieu. Je me mettais à rêver en plein jour. La grandeur ? Je n'osais la désigner de son nom. Je m'étais approchée de Versailles par l'imagination, à travers les récits de Richelieu. Et je le voyais bien en observant ses états d'âme, les hauts et les bas par lesquels il n'arrêtait pas de passer, l'intimité avec le roi était un privilège inouï, un bien toujours remis en question… Je mis de côté la prédiction. Elle me faisait tourner la tête. Et je tenais à la garder froide.

Richelieu réapparut. Très tard, une nuit pluvieuse et venteuse. Il était méconnaissable. J'eus l'impression de découvrir un autre homme. C'était bien un inconnu qui m'était révélé : la face cachée du grand seigneur traitant la terre entière comme des jouets offerts à son divertissement, le point où son insolence, sa gaieté pouvaient s'effondrer d'une seconde à l'autre car elles dépendaient d'un autre. Elles tenaient à un fil : le bon plaisir du roi. Richelieu est arrivé trempé, les habits crottés. Il avait des frissons. Il s'est allongé sur le sofa, les pieds sur un accoudoir. D'une main il a couvert son visage. Il avait pris froid, mais ce n'était pas ce qui le tourmentait le plus. Ce qui le torturait, c'était l'humiliation. Lui, Louis François Armand de Vignerot du Plessis, duc de Fronsac, puis duc de Richelieu, prince de Mortague, marquis du Pont-Courlay, comte de Cosnac, baron de Barbezieux, baron de Saugeon…, avait été humilié. Et par qui ? Par le seul être qu'il aimait d'amour : son roi.

« Il m'a traité comme un porte-chaise. Si j'avais été vu, dans le noir, seul, en pleine bourrasque, en train d'attendre ! L'âme du roi est un labyrinthe… Ce qu'il dit et fait est impossible à déchiffrer. Je me pensais expert. Je suis dépassé. Sous sa courtoisie, cet homme est un monstre. Parce qu'il s'ennuie, paraît-il. Et alors ? Je ne m'ennuie pas ? Qui ne s'ennuie pas ? Ce n'est pas une raison pour se distraire à l'abaissement de son meilleur ami, de son seul ami, car ce n'est pas du côté des dévots qu'il a des amis ! »

Une femme enleva à Richelieu ses habits mouillés et lui mit une chemise chauffée devant la cheminée. Il geignait :

« Bon Dieu, je vais, moi aussi, partir de la poitrine comme sa putain de Poisson. Qu'on me prépare une infusion ! Je suis malade, je suis gravement malade, j'ai obéi au caprice de mon maître, en récompense je vais mourir d'une pneumonie… Voilà ce que vaut la fidélité à la Cour ! »

Il s'est assis sur le sofa, qu'on avait mis le plus près possible de la cheminée. Il était vraiment dolent, claquait des dents. Et cette peur d'avoir été vu par d'autres courtisans, dans la nuit, sans domestique, sous la pluie, le rendait comme fou. Il donnait des coups de canne autour de lui et signa deux-trois lettres de cachets sans les lire. Nullement soulagé, il fit monter Zéphirine pour la maltraiter, et moi, je descendis chez elle prendre un peu de repos.

Au lendemain, encore ulcéré, de très méchante humeur et résolu à quitter le service du roi, il me raconta son désastre :

« J'assistais au coucher du roi. Il avait donné le bougeoir au duc de Croÿ. Il vint vers moi et me conduisit dans une embrasure de croisée. "Trouvez-vous demain, me dit-il tout bas, avant dix heures du soir dans la cour de marbre. Mettez une mauvaise perruque et une redingote de cocher pour n'être pas connu. À dix heures précises vous verrez sortir une chaise à porteurs. Vous entendrez tousser et vous suivrez cette chaise sans mot dire." Le roi me quitte alors et me laisse fort occupé à réfléchir sur un ordre aussi singulier… Je fais chercher ce dont j'ai besoin pour mon déguisement et je me rends à dix heures moins le quart dans la cour de marbre. Auparavant j'ai défendu à mes gens de me suivre, et comme il leur arrive souvent de me voir sortir déguisé, on croit que c'est une femme de plus que je vais ajouter à ma liste... Et moi-même, c'est ce que j'ai envie de croire... Il pleut à verse, un vent glacé comme il n'en souffle qu'à Versailles... Le quart d'heure n'en finit pas. Enfin l'heure désirée se fait entendre. La chaise paraît, on tousse, et je suis sans un mot, selon l'ordre du roi, cette chaise mystérieuse. La course, quoique petite, est assez longue pour me faire bien mouiller. Les porteurs s'arrêtent à un petit escalier, et je vois sortir le roi enveloppé dans un grand manteau. Il se tourne vers moi et me fait signe de continuer de le suivre. Nous montons en silence dans l'appartement de M. de Vauréal, alors ambassadeur en Espagne. Le roi traverse l'antichambre qui était vide et referme la porte sur moi. Et je reste là deux bonnes heures à me geler et me morfondre – et à maudire l'emploi de confident. Je me représente le roi entre les bras d'une jolie femme, et je me regarde, moi, mouillé, crotté, et faisant l'office d'un serviteur subalterne... J'en viens même à me demander si le roi ne m'a pas oublié et s'il n'est pas sorti avec sa dulcinée par une autre porte... Enfin, je le vois rentrer dans la pièce, seul, sans être reconduit.

– Il ne vous avait donc pas oublié.

– Si, complètement ! Il est entré comme un homme qui ne se croit pas observé. L'air nettement moins nerveux qu'en début de soirée. Quand il m'a découvert dans mon accoutrement, il est parti d'un éclat de rire : “Ah ! quelle figure vous faites ! je donne le diable à vous reconnaître…” Je l'accompagnai jusqu'à sa chaise à porteurs. Il pouffait et essayait de modérer son hilarité… Il m'a seulement fait signe de me retirer. Comme ça. Sans un remerciement. Sans s'inquiéter de m'abandonner dans cet état… »

Au souvenir du rire du roi, la colère et le dépit le reprirent. Il jura à nouveau de ne plus remettre les pieds à la Cour.

Quelques jours plus tard, il ordonnait à la Jeunesse d'atteler pour Versailles. Il en revint glorieux. Des musiciens l'escortaient. On se précipita pour allumer les girandoles. On prépara du punch et apporta de larges verres. Quelqu'un a enflammé les boissons, une flamme bleue a couru sur la surface. Richelieu ne pouvait contenir sa joie.

« Je me suis présenté au lever du roi. J'essayais d'être aussi désinvolte que possible, mais sans arrêt je fixais les yeux sur lui, et les siens se détournaient de moi. Et je ne savais qu'imaginer du soin qu'il mettait à ne pas me regarder. Il chassait ce jour-là. J'ai décidé de le suivre à la chasse et de saisir toutes les occasions de me trouver seul avec lui. Il y en a eu beaucoup et le roi s'est amusé, chaque fois, à garder le silence. Enfin il me dit, comme il allait au trot sur un sentier qui longeait un ruisseau : "Savez-vous que vous êtes à merveille en cocher ? Je veux vous procurer encore le plaisir du déguisement ce soir à la même heure au même endroit", et il s'éloigna. J'étais dans la confusion. Je me demandais si je devais me réjouir ou m'affliger d'être encore acteur de cette mascarade.

« L'heure arrivée, même signal que la veille, même silence de ma part. Le roi me prescrit encore de l'attendre, et cet ordre m'afflige d'autant que, la pluie en moins, je suis persuadé que ça va être pour moi une aussi triste séance que la précédente… Et je me rassois, toujours dans mon habit de cocher, dans le même fauteuil. J'en aurais pleuré… Mais quelques minutes plus tard le roi revient et me dit avec le sourire le plus affectueux : "Il est juste de vous payer de vos peines et de vous faire voir la divinité que je cache à tous les regards. Soyez discret et suivez-moi." J'obéis avec grand empressement et le premier objet que j'aperçois est une jeune personne assise auprès du feu. Elle se lève au moment où nous entrons. Elle rougit, met une main devant ses yeux. "Ne craignez pas un de mes amis, lui dit le roi, je sais que nous pouvons compter sur lui." Alors, dans un élan d'amour et de sincérité, je fais une profonde révérence et déclare à Sa Majesté que je suis trop heureux de l'assurer de mon respect et de mon entière résignation à sa volonté.

« Ce fut délicieux ! Le roi m'a relevé avec douceur. Il dit à sa nouvelle maîtresse qu'elle était la première femme qui lui eût fait désirer un véritable attachement – formule qu'il utilise à chaque nouvelle intrigue... Il m'a fait un sourire riche de complicité. Ah ! quelle différence d'être avec son roi dans ces instants où il n'est plus qu'un homme aimable, où il devient un égal, et de se trouver ensuite en public auprès de lui, n'osant l'interroger, cherchant à fixer un de ses regards et à mériter qu'il vous adresse une parole !... »

Richelieu se délectait de son bonheur. Il était intarissable.

« Ainsi vous êtes le premier à avoir salué la nouvelle favorite.

– Il ne s'agit pas d'une nouvelle favorite. Cette petite Flavie ne durera pas. Elle n'entamera pas le pouvoir de sa catin. Le roi est incapable de trouver par lui-même ses objets de plaisir. Lebel, son valet de chambre, et moi-même y passons un temps fou... à dénicher la beauté qui va lui plaire... Cet emploi a changé mon regard à la longue. Il arrive, quand je regarde une fille, que je ne sache plus si c'est moi qui l'évalue ou le roi qui, à travers moi, jauge sa dernière conquête... »

Il reprit du punch, eut envie de trinquer avec moi. Et il est resté une seconde son verre levé. Il avait écarté ses cheveux gris-blanc qui ondulaient en mèches molles sur son front. Il m'observait. J'ai eu la sensation troublante que c'était le regard d'un autre en lui qui me fixait.

Zéphyrine remonta sur scène. Dans des dispositions encore plus désastreuses. Si auparavant elle donnait la réplique d'une voix de stentor mais dépourvue d'animosité, maintenant elle était furibonde. Ses partenaires filaient doux. Titus, Curiace, Néron n'insistaient pas. Aux entractes, Richelieu était encore une fois le héros du jour : il avait séduit une très jolie femme mariée à un jaloux. Pour la voir plus commodément, il avait loué la demeure voisine du couple et avait fait creuser un passage souterrain d'une maison à l'autre. Ils communiquaient par les caves. La femme soulevait une trappe et elle débouchait dans un boudoir où l'attendait Richelieu. Elle émergeait au milieu de statues de nymphes et de vasques de fleurs, de piles de coussins, de larges miroirs. L'affaire aurait pu durer longtemps si Richelieu s'était retenu de se vanter. Mais non, il avait fallu qu'il se confie à d'autres libertins, et aussitôt l'histoire s'était répandue. La femme avait disparu. Elle était sous clef, quelque part. Et Richelieu, désormais, n'existait que pour la retrouver. Mais le mari était un homme d'argent. Il était puissant. Il alla se plaindre au roi, qui, au lieu d'en rire avec Richelieu, fit montre de sévérité à son égard. Après quoi il fut souvent très désagréable envers Richelieu. Celui-ci s'épuisait en hypothèses.

Le roi qui pendant des années s'était montré disponible pour lui, le roi qui riait de ses plaisanteries, s'entretenait à tout moment en aparté avec lui devant les mines déconfites des courtisans, ce même roi qui venait lui offrir le privilège d'entrer dans le secret de ses amours était désormais inaccessible. Les rares moments où il daignait adresser un mot à Richelieu, ce n'était pas rassurant. Richelieu en revenait encore plus tourmenté. Par exemple, après avoir assisté à un lit de justice, le roi avait demandé :

« Combien de fois, duc de Richelieu, avez-vous été mis à la Bastille ?

– Trois fois, Majesté. »

Richelieu avait tenté de raconter avec verve les épisodes.

« Je n'ai pas réussi à être amusant. Même si je l'avais été, comme le roi n'a pas eu un sourire, personne ne m'eût trouvé drôle. Quand même, une bizarre question ! Il n'est pas bon qu'un roi prononce le mot de "Bastille" en votre présence.

– C'est encore pire en votre absence, non ? (Et cela me fit un effet bizarre que cet homme qui envoyait si facilement à la Bastille la craigne pour lui-même.)

– Que Sa Majesté parle mal de moi m'est une pensée intolérable. Je ne supporte pas qu'Elle médise de moi. J'en perdrais le sommeil. »

À la messe, Richelieu avait touché de son coussin l'accoudoir du fauteuil royal. Louis XV avait dit très haut, et ça avait sonné comme un reproche tombé du ciel :

« Ôtez votre coussin, Richelieu. »

Richelieu était miné par l'angoisse de la disgrâce (maître en indifférence, il cessait de l'être avec son maître, et cela lui était d'autant plus insupportable qu'il n'éprouvait jamais, par ailleurs, aucun tourment d'angoisse). Il avait aussi, moins grave, mais qui risquait de lui coûter cher, le souci du procès impossible et impopulaire qu'il avait intenté aux propriétaires d'une vingtaine d'immeubles dans le quartier du Palais-Royal, notre quartier. Ces immeubles étaient autrefois propriétés du cardinal de Richelieu. Le maréchal-duc prétendait les reprendre en vertu du droit de substitution au cardinal. Cela signifiait plus de trois cents familles mises à la rue. Les murs de la maison se couvraient de traits de haine. La fureur montait autour de nous. Richelieu venait nous voir à la sauvette, c'était nous qui recevions quolibets, insultes, cailloux.

Le maréchal-duc perdit son procès. Fit appel. Le lendemain, la Jeunesse était égorgé au pied de l'escalier de la maison.

Il était risqué pour les « gueuses de Richelieu » de mettre le nez dehors. Zéphyrine en prit prétexte pour manquer plusieurs représentations. Elle buvait sans arrêt. Nous étions au plein cœur de décembre, le froid était terrible, chaque matin on retrouvait gelés des vagabonds, des enfants. Même chez eux des gens mouraient de froid. C'était plus ou moins pareil chaque hiver. Mais cette année-là, l'extraordinaire, le jamais vu fut que le vin et l'encre gelèrent !

Une nuit, dans Paris totalement désert, je revenais d'un bal. Une voiture a frôlé la mienne. Un homme a sauté sur le siège avant, assommé le cocher, pris les rênes, un autre a bondi à côté de moi, m'a bâillonnée. J'ai dû m'évanouir.

J'étais dans une pièce éclairée par un feu de cheminée. Un feu immense. Il m'a semblé sortir d'un sommeil pesant. Tout était lourd en moi comme si j'avais nagé pendant des heures. J'étais toujours bâillonnée et les mains liées. Volets et rideaux étaient fermés. Il flottait un air de pourriture et de marais. M'avait-on reconduite à Bordeaux ?

La belle flambée s'est éteinte. Je ne voyais plus rien. J'ai cherché à bouger. Je me suis cognée contre des meubles. Les bruits de chutes, de vases cassés n'ont fait venir personne. J'ai réussi à me libérer les mains. Malgré le froid, j'ai fini par me rendormir. Une femme habillée d'une sorte d'uniforme gris s'est encadrée dans le plein jour d'une haute porte. Deux laquais la suivaient. Dès qu'elle fut à mon atteinte, je lui ai sauté au visage. J'eus tout juste le temps de la griffer, mais vraiment bien. Les laquais m'ont maîtrisée, la femme, sans même essuyer les gouttes de sang de son visage, a sorti un fouet. Je fus dévêtue en un quart de tour. Les deux hommes me maintenaient le ventre plaqué contre une table. La femme a pris tout son temps. Entre chaque coup j'entendais sa respiration. Elle me parla, son visage tout contre mon oreille :

« J'espère, mademoiselle, que je n'aurai pas à user de ce fouet à nouveau. Ce ne sont pas *normalement* les mœurs de cette maison. Une maison aux mœurs tranquilles. »

On prit grand soin de me guérir. On me logea dans un bel appartement. La chambre, aux lambris argentés, était tapissée de bleu. Elle se continuait par un salon avec plusieurs instruments de musique, et une vaste pièce meublée de deux bergères garnies, six fauteuils et une table en marbre. Une petite pièce séparée de la salle de bains par un couloir pouvait faire office de chapelle. Elle abritait, sous un grand crucifix, deux prie-Dieu de velours violet. La salle de bains était exactement selon mes souhaits. Il y avait un logement voisin pour la femme de chambre. Un laquais était à mon service, ainsi qu'une cuisinière. La fouetteuse venait constater les progrès de ma guérison. Son visage était inexpressif. Ses cheveux poudrés du même gris que sa robe la vieillissaient. Je prenais des bains qui s'éternisaient. Les premiers furent longs car il s'agissait de me débarrasser de la puanteur de musc. Je décidai qu'ils ne seraient jamais moins longs et imposai sans mal mon désir. Les bains devaient entrer dans le programme de m'assouplir. Je savourais des repas exquis, buvais dans des verres à pied de cristal de Bohême, devenais docile et somnolente.

« Et les promenades ? demandai-je un jour à la femme grise. Est-il prévu que je sorte ? »

Me laisser ainsi engraisser ne me semblait pas un projet mirobolant.

La femme cessa de venir. Ses visites furent remplacées par celles de plusieurs maîtres qui se succédaient. Un maître de danse, un maître de musique, un maître de dessin. Tous d'une laideur effarante.

J'eus aussi comme divertissement les légères secousses d'un tremblement de terre.

La maison était entourée d'un jardin touffu, planté de grands arbres. Il a neigé en abondance sur ce jardin. Était-il protégé de hauts murs ? Je réservais à plus tard d'explorer ma prison. Pour le moment j'acceptais ce temps suspendu. L'impression d'être en apprentissage, mais en vue de quoi ? Je n'étais certainement pas la seule dans la maison aux mœurs tranquilles. J'entendais des portes qui battaient. Des conversations à mi-voix. À l'heure des repas une circulation feutrée dans des couloirs. Des sons de musique aussi, et d'autres voix, assourdies, qui chantaient.

J'entendais aussi des cris. Et même une fois, en fin de matinée, un hurlement. Le maître de musique me tança : « Plus doux, la pédale, mademoiselle. »

La tapisserie de fleurs bleu pâle était apaisante. Mais il y avait l'alcôve. Elle me terrifiait. Profonde et sombre, elle faisait l'effet d'une grotte. La nuit, il me semblait que s'agitaient derrière les rideaux de mauvais esprits. Plutôt que de plonger dans cet antre, je dormais sur un sofa, enveloppée dans plusieurs couvertures. La présence funeste de l'alcôve me hantait. Ce trou de nuit. Tel un abîme prêt à m'absorber.

À force de ne pas sortir, je devenais débile.

Ces maîtres hideux supposés m'ouvrir aux beautés de l'art étaient d'un ennui mortel. Pour achever le tout, on s'avisa, quelque part, très loin ou très près, là d'où émanaient les ordres à mon sujet, de perfectionner mes talents de brodeuse. Elle se présenta : Anne-Pierrette Goulu de Tassec. Sa famille avait eu des revers de fortune. Elle s'est assise, bien douce, à mon côté, a sorti un tambour qu'elle m'a tendu, ainsi que des fils de soie de toutes les couleurs. Dans son sac, des modèles à reproduire.

« Je ne doute pas que vous soyez déjà expérimentée en broderie. Je vous sens capable de marquer vos débuts par un chef-d'œuvre. »

Elle a eu un rire aigrelet.

J'ai jeté le tambour à broder, envoyé un coup de pied dans la harpe, un chandelier voltigea dans la pièce. J'allais m'emparer des tisonniers. Goulu de Tassec appelait au secours, était saisie d'une crise de nerfs. À ma surprise, je ne fus pas punie. La femme au fouet ne se manifesta même pas. Mais plus aucun maître ne pointa son nez dans mon appartement. Pour que je ne devienne pas folle d'oisiveté, on me fit porter des livres et des gravures. Surtout des gravures de mode. On me dit de choisir des robes. Les maîtres furent remplacés par des couturières. Je m'amusais mieux avec elles.

Je ne suis jamais sortie, sauf une fois. On vint me prendre dans une chaise à porteurs aux vitres doublées de tissus vert sombre. Je fus déposée à l'entrée d'un appartement dans un pavillon élégant qui, à cause des colonnes, me fit penser à un temple. Un homme revêtu d'une livrée bleue galonnée d'or m'accueillit. Il me fit allonger sur une méridienne et me dit avec déférence :

« N'ayez crainte. Il ne vous sera fait aucun mal. Il s'agit seulement d'une légère formalité. »

À ces mots une femme est entrée par une porte fondue dans les motifs de la tapisserie. Elle s'est dirigée droit sur mon entrecuisse. Elle m'enleva ma culotte, se colla le nez sur mon intimité et, d'une main sûre, entra en moi. Elle eut vite fait d'explorer.

« Parfait », dit-elle en se redressant.

L'homme eut l'air soulagé. J'avais gardé mes gants et mon chapeau. J'étais déterminée à ne pas remettre moi-même ma culotte. La femme fit cela aisément. Elle était une déculotteuse et reculotteuse de premier ordre. On m'offrit un chocolat et me remit dans la chaise à porteurs.

« Elle s'appelle Olympe », a dit la femme grise en me désignant à un homme très grand, brun, les yeux sombres bordés de longs cils. Il avait un air de profonde tristesse. Un serviteur le débarrassait d'une pelisse de fourrure. Je crois que j'ai tout de suite deviné qui il était. Je crois aussi que je lui plus aussitôt. Une fraîcheur de neige s'est répandue dans la chambre. Avant de nous quitter, la femme a donné des ordres pour l'entretien du feu. Elle a fait apporter de la liqueur et des gâteaux aux noix. L'homme, qui maintenant apparaissait dans un costume de velours noir, a pris le livre que j'avais laissé entrouvert : « Les contes de M. de La Fontaine, voici une lecture bien immorale pour une petite fille. » Il n'avait quasiment pas de voix. Ce qu'il lui en restait était tout éraillé.

Il déplaça le livre. Se rapprocha de moi. Il me posa quelques questions sur mes autres lectures, mes leçons. Une tentation de rage me reprit en songeant à la broderie. Il était d'une beauté qui ne vous donnait qu'un désir : pouvoir indéfiniment le contempler. Il ouvrit le grand châle qui entourait son cou et ses épaules, et le passa autour de moi. De sorte que nous étions liés ensemble.

« Jouez quelque chose pour moi, voulez-vous ? »

Je fus mauvaise.

« Ce n'est pas grave, dit-il, il n'y a rien que je déteste comme la musique… si ce n'est le théâtre, la danse, la conversation… Ah ! la conversation, c'est peut-être le pire. »

Il se tut, suivit du bout d'un doigt le profil d'une statuette représentant une petite jardinière, son panier au bras.

« Une des choses qui ajoutent à mon plaisir quand je songe à cette maison, c'est de me souvenir qu'auparavant, sous le règne de Louis XIII, en son emplacement était une réserve de bêtes sauvages. Pas des humains. Des bêtes sauvages. J'aime vos longs cheveux, et votre peau… si douce. Quel âge avez-vous, Olympe ?

– Seize ans.

– Vous êtes très grande. C'est joli. Cela vous donne un air de gazelle. Êtes-vous farouche comme elles ?

– Encore plus », dis-je en minaudant.

Je me penchai afin qu'il entrevoie mon décolleté, ma poitrine mince mais bien formée.

Il y mit la main et releva ma robe. Elle était si vaste et tendue par un panier qu'elle se dressa en paravent entre lui et moi, et lorsque j'entendis, formulé de sa voix cassée : « Tout cela est bien avenant, puis-je goûter ? », il me sembla qu'il s'adressait à moi d'une pièce à côté. Il était déjà sous l'immense tente de ma robe. Il faisait mieux connaissance avec mes trésors.

Il revint le lendemain. À la nuit. Il était dans un costume de satin violet qui allait admirablement à son teint. Moi-même, j'étais parée d'une robe de moire blanche incrustée de diamants. Il mit longtemps à me déshabiller. Il le fit avec minutie. Il s'appliquait à contrôler l'excitation qui le gagnait. Lorsque ce fut à lui de se mettre nu, il me dit de sonner. Marguerite, ma femme de chambre, est venue. Elle était au courant de ce qu'elle avait à faire. Il ne garda que sa chemise. J'étais affolée. Mais contrebalançant ma peur, sa beauté me communiquait une ardeur brûlante. Je murmurai inutilement : « Pas dans l'alcôve, s'il vous plaît, je vous en prie… » Il me déposa dans la caverne. Les girandoles qui éclairaient la chambre ne pouvaient rien contre son obscurité. Il m'étendit dans ces ténèbres, se coucha sur moi. Je me concentrais de toutes mes forces pour conjurer la danse des esprits tourbillonnant au-dessus de nous et ne sentis rien d'autre. L'homme se laissa tomber à côté de moi, essoufflé, il m'embrassait. Il mit ses lunettes pour examiner des traces sur le drap, m'embrassa encore plus fort.

Avant de me quitter, il prit ma main et me glissa une bague à la pierre violette.

« Une améthyste », dit un peu plus tard Marguerite.

Jamais le roi ne fut plus heureux que dans l'acte de me déflorer. Pour moi, mon histoire commençait là, avec le roi pour amant. Je compris pourquoi Richelieu m'avait exemptée de gamahuchage. Il me voulait absolument pure. C'était l'amour de son maître qui parlait en lui et lui dictait de me préserver intacte. Je me suis demandé aussi, en jouant avec ma bague, comment il avait été payé : en argent ou par ce don qui les surpassait tous, l'entier retour de la faveur royale ?

Je ne m'ennuyais plus. Mon visiteur variait avec une élégance sans pareille ses costumes. Et il savait me surprendre avec de nouveaux cadeaux. Des *petits* cadeaux. Je m'exhortais à la patience. Je sentais bien qu'il ne fallait rien demander. Il était évident qu'il ne manquait pas de moyens. Il était même certain qu'il avait tous les moyens. Qu'il était le maître, l'homme que Richelieu n'évoquait jamais sans baisser la voix. Un rituel s'installa. Il était sage. J'ai craint au début qu'il menât mon amant à se dégoûter de moi. Ce fut l'inverse. Il était homme d'habitude. Plus tout se répétait pareil, plus grand était son plaisir. Peu à peu un rythme précis s'instaura : deux fois par semaine.

L'alcôve me fit moins peur. Et même j'avais plaisir à y aller à condition que ce fût avec lui. Seule, je continuais de l'éviter. Je percevais d'étranges remuements à hauteur de son ciel. Je ne remis pas la superbe robe blanche. Marguerite la serra dans une armoire à côté d'autres magnifiques toilettes. Je lui demandais de les sortir et de les étaler dans le salon. Je passais beaucoup de temps à les palper, les faire tourner, les essayer. Pour lui, en revanche, je ne devais mettre que des costumes enfantins. Je lui plaisais aussi en bergère. Des bas blancs et des sabots, une jupe rayée, un tablier rouge vif. En haut seulement un corset. Marguerite m'avait tressé les cheveux.

J'accueillais mon visiteur avec des révérences et lui tendais un bol de lait chaud.

« Cela vous amuserait, ma grande, de posséder une ferme ? »

Je faisais non de la tête. Ce qui m'intéressait était un hôtel particulier ou une petite maison, avec son théâtre, son temple d'amour. Était-il opportun de le dire ? J'hésitais. Il s'amusait à défaire tresses et corset, et m'emportait dans ses bras. Je perdais mes sabots.

« Ô mon Olympe, vous êtes si blanche, si jeune, si innocente. Ô ma source de jouvence ! »

Il m'étreignait, ses mains enfermant mes fesses. Il me pénétrait, se collait contre moi avec une sorte de désir éperdu, comme s'il cherchait à ce que ce fût tout son être qui entrât en moi. L'acte accompli, il plongeait ses doigts dans mon sexe, nous écoutions ensemble le « gentil clapotis ».

D'autres fois, après l'amour, il avait au contraire l'air malheureux. Il se rajustait à peine, partait en hâte. Mon laquais l'enveloppait dans sa pelisse de fourrure. Elle dissimulait le négligé de sa tenue. J'entrouvrais les rideaux de l'alcôve pour jouir de sa vue jusqu'à la dernière seconde.

La gaieté avec lui ne tenait pas. Il suffisait de rien pour la briser.

Une fois, à propos d'un quelconque désagrément, je m'étais exclamée : « Quel enfer ! » Il avait eu un soubresaut, s'était enfui.

Il pouvait se lasser des déguisements, mais si je l'attendais allongée, nue avec seulement autour du cou un collier de fourrure ou de pétales, cela, il ne s'en lassait pas.

Une nuit il me fit cette question :

« Avez-vous des sœurs, Olympe ?

– J'ai trois sœurs, dis-je.

– Sont-elles belles ?

– Marie-Jeanne et Adrienne sont laides.

– Et celle qui est moins laide, comment s'appelle-t-elle ?

– Apolline.

– M'en direz-vous davantage ?

– Ma sœur Apolline, petite pour son âge, est gracieuse et d'un joli visage, pas idiote, mais ne comprenant rien à rien, tant elle a été endoctrinée par l'imbécillité de nos parents.

– La voyez-vous toujours ? »

Je dis la vérité, Apolline. Que je n'avais aucune nouvelle de toi et que je ne cherchais pas à en avoir. Que ma vie se déroulait vers l'avant, sans attache avec le passé, sans regard en arrière. Que ma vie commençait avec lui.

Il sembla flatté. À plusieurs reprises, cependant, il a voulu savoir si vraiment j'ignorais où tu étais.

« Elle n'est peut-être plus si petite, disait-il. Certains enfants ont de soudaines poussées de croissance. »

Le roi était triste après le coït, mais je mentirais si je disais qu'avant il ne l'était pas au moins autant.

Dans ses moments de grande tristesse post-coïtale, il s'asseyait en rebord de lit et restait à contempler la cicatrice de la blessure due au régicide Damiens.

Un valet, un flambeau à la main, l'éclairait.

Mais il revenait me voir, il continuait de revenir, et c'est ça qui comptait.

De deux fois par semaine il passa à quatre.

Il s'était présenté comme un comte polonais, cousin de la reine. Un jour, je lui demandai :

« Comment dit-on "je vous aime" en polonais ?

– *Kocham Pana*, "je vous aime, Monsieur". »

Je répétai en riant :

« *Kocham Pana.* »

Il me mit une gifle.

Le polonais n'était pas un aphrodisiaque. Il essaya en vain de me faire l'amour. Il me frappa à nouveau. J'étais dans un habit angélique, un ensemble de dentelle rose, et des nœuds, des plumes, des fleurs de même couleur dans ma coiffure.

« C'est peut-être ainsi que l'on traite les femmes en Pologne, mais pas ici, monsieur le comte, pas en France ! Pas dans le pays de Descartes et de Voltaire. »

Je lui rendis ses coups. Nous nous sommes battus comme des chiffonniers. Sa colère avait disparu.

On a apporté des cartes.

« On joue de l'argent, juste un peu, dis-je, pour le sérieux de l'affaire ! »

Je trichai avec enthousiasme.

« Vous aurez l'argent demain, ma rusée. »

Il se pencha vers moi.

« Savez-vous qu'il est audacieux de ne pas laisser gagner son roi ?... Et encore un conseil : ne me parlez jamais philosophie. La France est la fille aînée de l'Église. Elle n'est le pays d'aucun philosophe. Pas plus de Descartes que de Voltaire. À tout prendre, j'accorderais ma préférence à Descartes. Parce qu'il est mort. Et que de son vivant il ne devait pas être l'effroyable trublion, le traître à la France, la sangsue de finances royales qu'est Voltaire. »

J'avais prononcé le nom de Voltaire au hasard, sans y penser. L'influence de Richelieu, sans doute, qui agissait à mon insu. Pour lui Voltaire était un grand homme, le plus grand philosophe du siècle. Et il n'y avait personne pour qui, lorsqu'il écrivait, il soignât davantage son orthographe.

« Voltaire réussit à soustraire à Frédéric de Prusse des sommes invraisemblables : il en est à réclamer cinq cent cinquante écus par journée à Berlin ! Enfin, je ne peux que m'en féliciter : c'est un fou de plus à la Cour de Prusse et un de moins à la mienne.

– Un fou qui sait compter, dis-je. Cinq cent cinquante écus…

– Un fou qui n'en est pas un. Ce qui me répugne le plus chez Voltaire, ce n'est pas le traître, ce n'est pas le philosophe athée – encore que les libres penseurs me fassent horreur –, c'est le vil courtisan, le flatteur. Si je pouvais lui retirer sa charge d'historiographe du royaume, pour laquelle je le paie deux mille livres par an, sans que mon geste provoque une affaire d'État, je le ferais… Mais toucher à Voltaire, c'est toucher à la liberté d'expression… *et* s'attaquer à une des plus grosses banques actuelles ! Je n'ai les moyens ni de l'un ni de l'autre. Je suis condamné à subir ses flatteries, ses odes, ses louanges. Son *Siècle de Louis XV* est aussi réjouissant pour moi qu'un discours funèbre ! Mais oublions Voltaire, oublions ce fléau de la France. Ne nous laissons pas gâcher les heures qui nous appartiennent. Une petite fille comme vous ne devrait même pas connaître le nom de ce mécréant. Tenez, venez sur mes genoux et récitez-moi votre catéchisme. »

Il interrompit mes prières pour commander des huîtres.

Après cet épisode, je me gardai bien de faire la moindre évocation de Voltaire et de la Pologne. Qu'il fût le roi resta dans le non-dit. Louis XV allait et venait incognito. On ne prononçait jamais le nom de *Majesté*. C'était à lui, s'il en avait envie, de le rappeler ou d'y faire allusion, comme quand il avait dit à la femme grise pour la remercier de la bonne tenue de la maison : « Au cas où je voudrais choisir un ministre, je vous choisirais, vous, madame Bertrand. Si la France était dans le même état d'ordre et de paix que le Parc-aux-Cerfs, je dormirais tranquille. »

Dormait-il tranquille ? Je ne crois pas. Pas seulement à cause des désordres de son royaume, plutôt à cause de ceux de son âme. Le roi était taraudé par l'idée du péché et la menace de l'Enfer. Il rêvait de s'amender, d'obtenir l'absolution. Les deux personnes qu'il craignait le plus étaient son confesseur et celui de la reine. S'il en avait eu la force, il se serait séparé de la Pompadour et j'aurais applaudi des deux mains pour qu'il aille dans ce sens-là, sauf que, dans le même élan de dévotion, il m'aurait, moi aussi, chassée : il ferait fermer le Parc-aux-Cerfs et retournerait mener auprès de la reine une vie chaste et pieuse. Marie Leszczynska, dans les années où le roi la traitait comme son épouse, serrait de toutes ses forces la main d'une femme de chambre assise à son chevet pendant qu'il lui faisait l'amour, acharné à obtenir enfin un dauphin. Après quoi le roi regagnait sa chambre. Il dormait tranquille en ce temps-là. Aujourd'hui, il tremblait pour son salut. Le moindre regain de vertu et j'étais renvoyée. Ma présence reposait sur sa faiblesse.

À Pâques, le roi, encore une fois, dut affronter l'humiliation de se voir refuser la communion. La reine, ses filles priaient. Mme Louise souffrait le martyre. Elle s'imposait jeûnes et cilice pour le pardon des fautes de son père. La mélancolie ordinaire de Louis XV virait au désespoir. Je m'attendais à être expulsée, sans même avoir la chance de le revoir une dernière fois. À la peur de l'alcôve se substituait peu à peu une autre peur, sourde, innommée, la peur du roi, la peur d'un bon plaisir pourri par le sens du péché. Il y avait danger à être sa prisonnière. Même s'il me traitait bien. Même s'il me traitait mieux que d'autres. Car je devais m'avouer clairement la vérité : je n'étais pas la seule. Il y avait d'autres filles dans la maison. Et pour elles, comme pour moi, il ne faisait pas bon perturber la tranquillité, il n'était pas indiqué de se faire remarquer en périodes de crise de conscience.

Je m'étais doutée de l'existence sous le même toit d'autres pensionnaires. J'en eus la preuve. Par un éclat, justement. Une scène qui n'aurait pas dû avoir lieu. Une fille s'est mise à crier : « Non, vous n'êtes pas le roi, un roi ne se conduit pas avec une pareille cruauté. Je ne partirai pas. Je vous aime ! Laissez-moi continuer de vous aimer, mon roi, prince adorable, sauvez-moi, protégez-moi ! » Elle pleurait. Elle devait se débattre. On la traînait dans le couloir, elle appelait au secours. Et puis il y eut le silence, un bruit de chevaux, une voiture qui s'en allait.

Le roi est alors entré chez moi. Il était de mauvaise humeur. Je l'aggravais en osant le questionner :

« Que se passe-t-il ? Une femme a crié.

– Une pauvre fille. Une folle qui prétendait m'avoir reconnu et clamait que j'étais le roi.

– Mais c'est la vérité !

– La vérité, j'en suis le maître. Je viens de faire enfermer une folle, je peux en faire enfermer deux. Elle ira à l'hôpital, on y soignera son délire. S'il est soignable. Mon diagnostic est plus sévère : elle y restera à vie. Et maintenant cela suffit. »

Sur son visage si régulièrement beau je ne voyais plus que le pli dur de sa bouche, ses yeux fuyants.

Et en même temps qu'ont commencé d'exister pour moi les rivales des chambres à côté s'est imposée à mon imagination l'omniprésence de Mme de Pompadour. Dans la maison je me pensais la favorite, et je l'étais certainement. Mais, au château, c'était elle.

Le roi me dit ce rêve qu'il venait de faire : quatre chats se battaient furieusement. Un maigre, un gras, un borgne, un aveugle. Il s'était réveillé perplexe. Il avait raconté le rêve à son valet, qui, sans hésiter, lui avait expliqué : « Le chat maigre est votre peuple, le chat gras représente les financiers, le chat borgne est votre Conseil. » Le roi s'était mis à rire.

« Et le chat aveugle, qui est-il ?

– Vous-même, Votre Majesté, qui ne voulez rien voir. »

J'avais une autre interprétation : le chat maigre était la reine, le chat gras la Pompadour, le chat borgne moi-même. Le roi ne riait pas.

« Et le chat aveugle, qui est-il ?

– Vous-même, Votre Majesté. Je n'ai pas de meilleure interprétation que votre valet.

– J'aime les chats et je rêve de chats. Il n'y a peut-être rien à interpréter là-dedans. »

Le roi adorait les chats. Cela le contrariait qu'à la réception des ambassadeurs l'Étiquette stipulât l'absence de ses chats favoris.

Chat maigre, chat gras, chat borgne : la reine n'obtenait rien, la Pompadour un maximum, et moi des miettes.

Le chat gras était une mauvaise image pourtant, car la Pompadour était d'une maigreur à faire peur. Il n'empêche, elle régnait sur le cœur du roi, elle avait tout.

C'est alors qu'a germé en moi l'idée obstinée, l'idée maladive et torturante de sa destruction afin de régner seule dans le cœur de mon roi. Sans répit j'hallucinais la proximité de la favorite. À peine m'avait-il quittée, elle le reprenait. L'embrassait de ses bras, de sa bouche, des mille attaches de sa dévorante passion. « Elle crache le sang, vomit, se tient à peine debout », répétait Richelieu pour se persuader qu'il allait enfin gagner son pari. Sans doute, mais ce presque cadavre possédait mon amant. Parce que j'étais belle, parce qu'il avait plaisir à me caresser, il lui était plus facile, à elle, de faire oublier l'épave physique qu'elle était et de le tenir au seul niveau auquel désormais elle pouvait prétendre : les sentiments. Mais je jouais la comédie, je jouais l'insouciance et la gaieté. Je me débrouillais pour obtenir en guise de consolation à la vie de recluse qui était la mienne des cadeaux de plus en plus onéreux, et même une cassette qui se remplissait assez vite.

« Je suis las que tout le monde me demande de l'argent. Si cela continue, quand la haine sera à son comble, que la foule des vampires dont je suis entouré aura fini de sucer le tout, je serai seul, complètement seul, sans appui ni abri. Je n'aurai plus assez pour entretenir Versailles et tout le monde m'aura quitté. Qui en ce bas monde est prêt à accueillir un roi mendiant ? Personne n'est donc capable d'un attachement désintéressé ? Nos amours, Olympe, sont coupables. Je vous paie du salut de mon âme, n'est-ce rien ?

– Je n'en tire aucun avantage. Ayez, je vous prie, l'honnêteté de le reconnaître. C'est le salaire du Diable. Pas le mien. »

Au mot de « Diable » il a fait le signe de croix. M'a fait agenouiller sur un prie-Dieu à son côté. Et nous avons récité des prières ensemble, jusque tard dans la nuit.

Soudain le roi a mis fin à la litanie des horreurs d'outre-tombe, il m'a fait en hâte quitter la chapelle, il était plein de désir.

Dans l'immédiat je ne savais pas ce que je souhaitais, m'enfuir avant d'avoir été moi-même, à la première incartade, envoyée chez les fous ou enterrée dans un couvent, ou bien rester, vaincre : aller au château, risquer l'affrontement, confondre la Pompadour devant la supériorité écrasante de ma jeunesse et de ma beauté, devant le spectacle insoutenable de l'amour du roi pour moi.

« Je vous emmènerai à Versailles, ma grande. Le mauvais temps seul m'en empêchait.

– Quand ?

– Demain, si vous le voulez. »

Je passai une nuit blanche. J'anticipais mon triomphe.

Il était très tôt, le jour se levait à peine. Pour la première fois je vis la maison. Elle était basse, au fond d'une impasse. Et, en façade, cachée par des rangées d'arbres. D'apparence modeste, elle était difficile à deviner. À l'entour, ce n'était que jardins. Pas d'autre habitation. Je m'attendais à un long trajet. En quelques minutes je fus dans des bois, puis dans une allée, la voiture s'arrêta tout contre un mur et un homme masqué me fit monter des escaliers étroits. Je traversai des couloirs, des cabinets, des petites chambres, et puis des jardins suspendus, des pièces où bruissaient des volières, dans certaines les oiseaux étaient en liberté.

Enfin une porte s'ouvrit. Dans un cabinet exigu, qui à peine pouvait contenir deux personnes, le roi m'attendait. L'un des murs était peint d'une scène de chasse, l'autre, à l'opposé, avait la particularité de représenter en relief une dizaine de têtes de chiens sculptées. Elles tenaient dans une seule main.

« Je ne possède rien de plus précieux », me dit-il.

Il prit chaque petite tête ronde et la caressa.

Nous avons déjeuné là, sur une table dressée juste au-dessous de la rangée des têtes de chiens. Le roi était toute tendresse.

« J'avais douze ans quand le Régent m'a fait quitter le château des Tuileries pour me ramener à Versailles. J'en garde le souvenir d'une journée de joie parfaite. Le long de l'avenue de Paris, ce n'était que des cris d'allégresse. J'ai couru, couru dans les jardins du château, et puis monté, toujours en courant, l'escalier des Ambassadeurs. Il faisait chaud et je les entendais derrière moi qui s'essoufflaient, le duc de Chartres, le duc de Bourbon, le maréchal de Villeroy… Dans la Grande

Galerie je me suis allongé, les bras ouverts. Les courtisans ont fait comme moi. Ils étaient là tous couchés sur le parquet. Le cardinal de Fleury, mon précepteur, était lui aussi allongé. Il m'expliquait les figures de mythologie peintes au plafond par Le Brun. Puis il m'a dit : "Sire, il y a une surprise pour vous." Cette fois le cardinal me devançait : il m'a conduit ici et m'a montré ce petit cabinet avec la tête de mes chiens préférés. Le cardinal était gentil. Quand j'avais bien récité mes leçons, j'avais le droit de jouer à saute-mouton avec lui. Et vous, chère Olympe, quelle est votre journée de joie parfaite ? »

Je cherchai et ne trouvai pas. J'aurais dû dire, si j'avais été vraie : « Je m'attendais à ce que ce fût celle d'aujourd'hui. »

J'étais flattée qu'il m'eût jugée digne de me montrer son jardin secret. Mais ça n'adoucissait pas ma déception. C'est la galerie des Glaces que j'espérais. À l'heure de mon départ il a tenu à me conduire lui-même. Nous avons pris une enfilade de couloirs obscurs, il m'a semblé que ce n'était pas les mêmes qu'à l'aller. À un moment il m'a fait signe de marcher doucement. Nous sommes entrés dans une pièce vide, il a tiré une fausse cloison dissimulant une fenêtre toute poussiéreuse. De là nous avions une vue plongeante sur une antichambre noire, et je découvris ce spectacle qui m'a paru d'abord faire partie d'une pièce de théâtre, mais à la gravité tragique des participants, à leur crispation au bord de l'horreur, je vis que c'était sérieux. Leurs lèvres bougeaient comme en prières. Ils avaient en face d'eux des têtes de mort parées de rubans et de cornettes, illuminées de lampions.

J'observais, fascinée. Le roi, lui aussi, fixait la scène.

Plus loin, alors que nous nous tenions dans un hall donnant sur le parc, il me dit :

« Maintenant vous connaissez le dauphin et deux de ses sœurs, Mme Adélaïde et Mme Victoire. Ils conversent avec des ombres. Ils n'ont rien trouvé de plus amusant pour passer le temps. Ils aiment aussi beaucoup jouer au quadrille à la lueur d'une bougie jaune, et ils se disent avec délices : "Nous sommes morts." La reine, elle aussi, est dans la dévotion funèbre. Mais elle s'y livre seule. Elle va régulièrement rendre visite à celle qu'elle appelle "la Belle Mignonne", c'est une tête de mort coiffée d'une perruque blonde bouclée. Elle est certaine qu'il s'agit de la tête de Ninon de Lenclos. Je me demande ce que la reine peut avoir à dire à Ninon de Lenclos. Secrets de femmes ! »

Il eut un rire qui ressemblait à un sanglot.

« Ils se pensent à l'abri de tout regard, surtout du mien.

– Qui était Ninon de Lenclos ?

– Une fameuse courtisane de l'époque de Louis XIV. Une extraordinaire séductrice, assez intelligente et sûre d'elle pour faire oublier les ravages des années.

– Auriez-vous aimé la connaître ?

– Il n'est pas trop tard, je peux demander à la reine de me la présenter ! »

Un château truffé d'escaliers dérobés, de soupiraux, de jeux d'écoute, de chambres secrètes. Un château où le roi pouvait introduire qui il désirait à l'insu de quiconque. Comme il venait de le faire. Il m'avait reçue en cachette. Je me sentais encore plus invisible au château qu'au Parc-aux-Cerfs. Non, ce n'était pas pour moi un jour de joie. Et cette étrange communion dans la mort, dont il m'avait rendue témoin, aggravait mon malaise.

Au retour, je notai que de nombreux espaces vides du quartier où j'étais logée étaient recouverts de linge à sécher. Je me demandais qui était cette Ninon dont l'art de l'amour avait entretenu la renommée au-delà de sa vie, et combien cet art lui avait permis d'amasser sur le dos de ses amants.

« Mon fils est affreux, n'est-ce pas ? Un bigot obèse, une outre pleine de graisse. Il a l'embonpoint de son grand-père le roi Stanislas et une goinfrerie qui n'est qu'à lui. Il se gave en cachette. Il s'isole dans son cabinet de lecture. On me dit que certaines pages de ses livres gardent les traces graisseuses de la dégustation d'une tranche de porcelet ou d'une escalope viennoise. Mon fils, le dauphin, bâfre en suicidaire. J'adore la chasse, il la déteste. Je ne suis pas insensible au beau sexe, il fait profession d'être fidèle à sa femme. Dans ses vertus je ne vois que l'envie de s'affirmer en toute chose comme l'ennemi de son père. Quand le dauphin ne mange pas, il prie. Mon fils mourra avant moi. Son estomac ne fonctionne plus. »

Le roi était pénétré de tristesse. J'ai pensé que ce n'était pas la mort prochaine de son fils qui l'attristait, mais sa mort à *elle*.

La jalousie me rendait malade. Certains jours je ne pouvais rien avaler. Je n'arrivais pas à m'endormir. J'avais ce fantasme, que je déroulais jusqu'à ce que le sommeil me prenne : comme d'autres comptent des moutons, moi je déshabillais la Pompadour, la ligotais à une colonne, et, armée d'une pince, lui épilais un à un les poils du pubis. Il y avait aussi des nuits où je ne dormais pas ; j'accueillais le roi en lavandière, en marin, en ange. Seule ma tenue était coquette. Moi, j'étais complètement languissante. J'essayais de donner le change. Je ne le pouvais pas toujours. J'avouais mon malaise. Il changeait de visage.

« Ah, mon Dieu, vous êtes empoisonnée ! »

Il faisait appeler un médecin. On me saignait, je me sentais encore plus faible. Le roi faisait éteindre les grands chandeliers muraux et le plafonnier, on ne gardait allumée à mon chevet qu'une bougie. Inquiet, il s'asseyait dans un fauteuil à côté du lit et s'abandonnait à ses noires visions. Ce n'était dans sa bouche que maladies et moribonds, plaies, spasmes et putréfaction. Ainsi que les sorcières ont des crapauds qui leur remontent dans la gorge, le roi vomissait la mort.

Je connaissais en détail le corps d'une de ses premières maîtresses, Mme de Vintimille, qui n'avait pas survécu à ses couches. Un corps couvert de pustules, tordu d'atroces convulsions. Il me répétait comment elle était morte, la bouche grande ouverte, sans recevoir l'extrême-onction – comme une bête. Il me parlait doucement, en me tenant la main. Il ne me regardait pas, il était happé par des scènes macabres. À toute allure et dans le désordre elles traversaient son imagination.

Mme de Vintimille, qu'il avait adorée pour l'odeur de sa sueur, était universellement haïe. Son cadavre avait été déposé dans l'entrée de son hôtel de Versailles. Les domestiques avaient reçu l'ordre de rester à ses côtés. Ils s'étaient enivrés, lui avaient arraché ses vêtements, avaient versé de l'alcool, craché dans sa bouche béante et introduit des pétards dans ses parties intimes. La disparition de Mme de Vintimille – cette femme dont la laideur et la méchanceté étaient célèbres – avait plongé le roi dans l'accablement. Il assistait à la messe dans sa chambre, ne parlait plus à personne, ne faisait que lire et relire ses lettres en pleurant sur son buste de cire.

À peine trois ans après Pauline de Vintimille, la jeune sœur de celle-ci, la duchesse de la Tournelle, devenue à son tour son amante, était passée elle aussi. Louis XV s'enfonça dans la mélancolie. Ses maîtresses, ses filles, tout le quittait… Il me faisait reparcourir avec lui le chemin de sa fille Henriette, qui avait succombé à une humeur de gale qu'elle avait depuis l'enfance. Le 7 février 1752. Elle avait vingt-cinq ans. Un carrosse l'avait transportée de Versailles à Saint-Denis. Il avait lui-même surveillé les embaumeurs. Il avait choisi le rouge pour colorer ses joues froides. Il avait veillé à sa coiffure, à son habillement. Pour aller de sa chambre au carrosse, elle avait été mise sur un matelas, dans ses draps. Elle était en manteau de lit, coiffée en négligé. Des boucles d'or brillaient à ses oreilles. Quatre gardes du corps l'avaient descendue. Ils l'avaient placée au fond d'un grand carrosse, on l'aurait crue assise. Pour l'empêcher de ballotter, elle était tenue par un suspensoir placé sous chaque bras, et qui était fixé à un anneau accroché au dossier du carrosse. Sur le devant de la voiture se tenaient deux de ses femmes de chambre. Henriette n'avait jamais été si belle que dans ce carrosse qui l'emmenait non au bal mais dans sa tombe.

« Voilà ce que c'est que d'offenser Dieu et de rendre son peuple misérable ! Dieu lui a retiré sa fille bien-aimée », disait-on dans Paris. Et ils avaient raison. « Dieu m'a enlevé ma fille préférée, la plus jolie, la plus spirituelle, celle qui m'aimait avec passion, celle qui aurait été la consolation de ma vieillesse, Dieu me l'a ravie en châtiment de ma vie de pécheur. » Le roi avait les yeux baignés de larmes.

Il avait fait arrêter les spectacles de Paris, depuis la Comédie-Française jusqu'à l'Opéra-Comique et à la

Foire. Il avait interdit de montrer des bêtes étranges, des tableaux vivants, des acrobaties. Il aurait voulu pouvoir décréter un deuil éternel, que plus jamais personne n'ait une seconde de bonheur dans son royaume. Il aurait voulu un peuple habillé de noir et qui ne s'assemblerait que pour pleurer... Le roi était inconsolable. S'était-il corrigé pour autant ? Nullement, il n'avait pas renoncé à sa vie de plaisir. Et Dieu, encore une fois, l'avait châtié. Il venait de lui prendre la sœur jumelle d'Henriette, Élisabeth, devenue par son mariage avec l'Infant don Philippe d'Espagne Mme Infante. Elle était morte le 6 décembre 1759 à Versailles. Une variole l'avait tuée en quatre jours. Il écrivit à son petit-fils orphelin, l'Infant de Parme : « Je suis bien aise que vous sentiez comme vous le devez la perte irréparable que vous venez de faire. » Et aussi : « Je suis votre grand-père et par une fille que j'aimais tendrement et que j'ai perdue... » Il avait pleuré en traçant ces mots, il pleurait en me les rapportant.

« L'hiver 1759... Je suis arrivée à Paris à cette époque », dis-je.

Il ne m'écoutait pas. Il continuait, hanté. Tandis qu'il parlait, je sentais la mort se rapprocher de moi.

Je défaillais.

Sa voix basse toujours un peu enrouée.

Le geste automatique qu'il avait, pendant qu'il laissait la mort délirer en lui, de me caresser les cheveux.

Est-ce alors, est-ce à cause de lui que la mort a commencé de faire attention à moi ? Je me débattais, la fièvre me prenait, on me saignait à nouveau. En tombant malade, j'étais davantage chérie. Me fallait-il mourir pour l'être exclusivement ? Le roi, de plus en plus tendre, de plus en plus aimant, me murmurait des horreurs. Mais je n'avais pas besoin d'être malade pour que surgissent ces visions. La mort, toutes les morts l'obsédaient, avec une prédilection pour celle qui vous prend soudainement. Mourir sans sacrement, en état de péché mortel, le terrorisait. Si je m'endormais près de lui, il me réveillait : « Vous n'êtes pas morte ? Rien en vous ne bougeait. Je ne vous entendais plus respirer. »

C'était comme si autour de lui, pour lui plaire, par soumission de courtisans, pour répondre à son obsession, les gens n'arrêtaient pas de mourir. Un soir il était arrivé, bouleversé : « Mon ami M. de Cély est mort. Il est mort pour moi, pour venir me rejoindre et être à Versailles au matin. Il n'a pas voulu écouter les conseils de prudence. Il a quitté Paris à minuit. Les chevaux ont glissé sur la glace. La voiture s'est renversée dans un fossé. M. de Cély, un des jeunes gens les plus beaux de mon royaume, a eu la gorge tranchée par un morceau de verre de la fenêtre. On l'a trouvé inondé de son sang. Le verre, effilé comme une lame de couteau, était resté planté dans sa gorge. »

Exceptionnellement, il n'avait pas interprété cette fin comme un signe du ciel destiné au coupable qu'il était. Il n'avait pas tenu à prier avec moi pour l'expiation de ses péchés, mais il avait beaucoup pleuré, et c'est pleurant qu'il m'avait prise. Il me baisait dans le sang encore tiède de son ami, contre la terre glacée. Il m'embrassait avec fureur, caressait mes joues, s'affolait d'étreindre une femme à la gorge tranchée.

La mort était le signe sous lequel il était né : il avait perdu à quelques jours d'intervalle, à l'âge de deux ans, son père et sa mère, la merveilleuse duchesse de Bourgogne.

Il était cet enfant minuscule, seul survivant, sur qui reposait la destinée de la France. Mais quand il me racontait cela, je sentais bien que ce n'était pas la conscience de cet avenir extraordinaire qui l'avait marqué, mais le charnier putride dont il était l'héritier.

Héritier et coupable.

Il était orphelin d'une mère dont il n'avait nul souvenir : « J'ai le malheur de n'avoir jamais su ce que c'est que de perdre une mère », disait-il. Cela semblait à ses yeux un motif de plus pour s'abandonner à la mélancolie. Au château, dans la chambre du roi, la chambre officielle qu'il eut la lubie de me montrer en pleine nuit, à un moment d'effusion (nous étions tous deux masqués d'un loup de velours noir et il riait de s'introduire en sa propre demeure incognito), étaient exposés deux tableaux presque identiques. Une femme à la coiffure baroque et à la robe couleur de feu s'avance sur une terrasse de verdure. Elle est suivie d'un serviteur nègre qui la protège d'une large ombrelle. La coiffure aux diamants, le grand habit de Cour, les fleurs, le dessin des arbres et de la source, l'azur, l'ombre claire de l'ombrelle, tout est pareil d'un tableau à l'autre, sauf le visage de la femme. Sur l'un des tableaux il est terne, prématurément vieilli, et rien n'émane de la silhouette enserrée dans une robe trop riche pour elle : c'est Marie Leszczynska, son épouse. Sur l'autre le visage est ravissant, et il semble qu'élégante, vive, primesautière, la jeune femme s'avance vers nous en dansant : c'est la duchesse de Bourgogne, sa mère.

Alors que j'aurais dû être impressionnée par les détails du luxe de cette chambre et par le rare bonheur d'être admise dans les lieux mêmes où le roi habitait, je ne me rappelle que ces deux tableaux.

J'étais joyeuse : j'avais choisi à mon lever une robe de soie bleu pâle avec des fraises mauves brodées en relief, et le roi, qui venait de s'inviter à dîner, m'avait offert un bracelet d'aventurine. Sur la table nous attendaient poupetons de pigeons, truffes à la cendre, plats de cailles à la braise, marinade de campines, brochet à la polonaise, pains de citron, buissons d'écrevisses… Je me pourléchais. Le roi m'enlaça.

« Avez-vous déjà croisé la mort, Olympe, dans votre courte vie ? »

Olympe avait peu vécu, et je m'apprêtais à dire non. Mais, à mon trouble, c'est Ursule, l'Ursule de l'enfance et de la misère, qui prit la parole à sa place. Et elle avait de l'expérience en la matière.

« La mort m'est familière, dit-elle. À Bordeaux, quand j'étais petite, les gens crevaient de faim. Les cadavres se ramassaient dans les rues, sur les quais. »

Il réprima un bâillement.

« Je voulais dire des gens qui comptent. »

Olympe restait silencieuse, mais Ursule tenait à continuer.

« J'ai perdu des frères et des sœurs. On mourait beaucoup dans notre maison. Elle était pleine de miasmes. Ces nouveau-nés avaient le sang corrompu d'humeur maligne. Moi seule les veillais, moi seule essayais de les sauver. J'aurais pu parcourir les yeux fermés le trajet entre la maison et le cimetière des enfants morts sans baptême. Une fois où je n'agissais pas assez vite, le bébé a été dévoré par les rats pendant la nuit. Cela arrive aussi à des enfants vivants. Bordeaux grouille de rats. Il n'y avait pas que les miasmes, il y avait aussi la petite vérole.

– Oh ! la petite vérole, qu'y faire ? Le dixième de la France en meurt. Elle n'épargne personne, pas plus les princesses que les indigents. »

Les larmes lui vinrent aux yeux à la pensée de l'Infante de Parme.

« Sans doute, mais on n'en meurt pas pareillement chez les riches et les pauvres. J'ai vu des enfants malades de la petite vérole couchés côte à côte. Ils étaient tellement recouverts de pustules que leurs peaux étaient collées ensemble. Et la mort rouge… Le sang qui, à la moindre pression, se met à couler de tous les orifices. Des malheureux transformés en fontaines de sang, vidés en quelques heures… »

J'allais faire taire la rebelle, le mauvais esprit. Mais Ursule s'effaça d'elle-même. Je constatai, soulagée, que le roi n'avait pas perçu l'insolence. Il avait son grand air d'ennui. Il s'était levé et regardait par une fenêtre ombrée d'un lourd feuillage.

Il soupira.

« La mort est toujours un événement. Même celle des gens de peu, semble-t-il, frappe l'imagination. »

Le roi cherchait le plaisir, mais le plaisir pour lui était un îlot cerné d'angoisses. Des brumes de mélancolie pouvaient à tout instant recouvrir l'horizon. J'étais dans une situation cent fois plus précaire qu'avec Richelieu. Plus gravement prisonnière. Et par l'isolement complet dans lequel on me tenait, et par cette calamité intérieure : m'être attachée à quelqu'un. Je ne voyais qu'une solution : devenir enceinte. Le lier à moi par un enfant. Chaque mois j'attendais mes règles avec des transes. Le moindre retard me mettait en joie. Enfin, je fus assez sûre pour me décider à annoncer à Louis XV sa paternité, mais j'étais tellement émue que je fus incapable de dire clairement la chose. Le lendemain il me fit porter un billet :

À Versailles, ce 23 février 1761

> Je me suis très bien aperçu, ma grande, que vous aviez quelque chose dans la tête lors de ma visite auprès de vous… J'ai cru deviner que vous étiez grosse. Je n'ose, dans ma joie, en faire une certitude, mais si tel était le cas, je veux qu'à la naissance il soit mis Louis Aimé, ou Louise Aimée, fils ou fille de Louis le Roi, ou de Louis de Bourbon, comme vous le voudrez. Je veux aussi que le parrain et la marraine soient des pauvres, ou des domestiques excluant tous autres.
>
> Je vous baise, et embrasse bien tendrement, ma grande amie.
>
> Louis.

Il prenait ses précautions bien tôt sur le choix du parrain et de la marraine. Je glissais sur cette pensée… son bonheur était manifeste… À sa visite suivante, il me fit confirmer la bonne nouvelle.

« Jurez-moi de reconnaître notre enfant.

– Je vous ai écrit comment le nommer, ce doit être suffisant.

– Pas pour moi. Je désire que vous reconnaissiez notre fils ou notre fille, et surtout, surtout, jurez-moi que vous chasserez Mme de Pompadour. »

Il s'est tu. J'allais faire une scène. Si j'avais une chance d'obtenir le renvoi de l'*autre*, c'était maintenant, mais il semblait si radieux, et c'était si exceptionnel que j'ai remis mes exigences à plus tard. Je me disais aussi qu'il serait plus habile de faire ma scène quand je serais mère, quand je lui aurais donné ce que la Sultane, malgré sa monstrueuse volonté et son intelligence ministérielle, n'avait jamais réussi à lui faire : un bébé.

Sa chienne préférée, qu'elle avait toujours dans les bras, était une petite barbette, offerte par le roi. Elle l'avait appelée Bébé.

Marguerite était presque aussi heureuse que moi. Elle se sentait embarquée dans une grande aventure. Elle me fit prendre des potions supposées favoriser la naissance d'un enfant mâle. Je les avalais – comme d'autres avalent les hosties – dans un état d'extrême concentration. Je *priais* de toutes mes forces, je demandais à mon ventre un fils de roi.

« Faites comme la reine, plaisantait Marguerite, allez à Notre-Dame de Paris et à l'abbaye de Sainte-Geneviève prier Dieu de vous octroyer la grâce d'un enfant mâle.

– Et elle a eu huit filles ! »

Marguerite ne m'amusait pas, l'enjeu était trop sérieux. J'aurais voulu aller à Paris, oui, mais pour retrouver la voyante qui avait énoncé la prédiction. J'étais immobilisée. Le roi m'avait interdit les déplacements en voiture. Il avait fait poser d'épais tapis au cas où je ferais une chute. Il me couvait. Sous son attention, sous son intérêt pour le moindre malaise, je ne sentais plus comme auparavant son excitation à détecter la maladie et la mort, mais quelque chose qui appartenait à la vie. Je me muais en un trésor. J'étais un personnage historique. J'étais celle par qui la France se perpétue. Ce n'était pas la virginité qui avait fait de moi un être hors de prix, c'était la grossesse. J'étais en train de me métamorphoser en la femme la plus puissante du royaume. Pour cela je n'avais qu'à laisser la nature jouer son rôle, en lui donnant, si possible, un coup de pouce.

Je renonçai à la voyante. D'ailleurs je soupçonnais Richelieu de l'avoir fait emprisonner pour la punir d'avoir prédit des insanités à un seigneur de son rang – à un homme *fortuné* dans tous les sens du terme. Mais Marguerite s'était renseignée. Elle avait découvert à Versailles, dans notre quartier même, un peu au-delà de la rue du Couvent et de la rue des Mauvaises-Paroles, une femme à la renommée sulfureuse. Nous y sommes allées en chaises à porteurs. À la tombée du jour. La chaumière se trouvait au pied de la colline de Satory, dans une combe peu profonde mais assez en contrebas pour que régulièrement, par grosses pluies, elle soit envahie de crapauds.

« Ils me tiennent compagnie », dit avec un sourire avenant la sorcière. Elle était rousse, elle avait un air malicieux, un côté jeune femme à la mode qui m'a surprise, mais je manquais de comparaisons. Avec le même sourire avenant elle nous pria de nous déshabiller. Elle nous expliqua que pour obtenir consultation du Diable *en personne* nous devions nous mettre nues. Comme nous nous récriions, elle est restée toujours aussi gracieuse. Tant pis, c'était dommage, mais le Diable boudait les dévotes, nous pouvions nous retirer. L'envie sauvage d'avoir un fils et de tenir le roi m'assaillit. Je sus convaincre Marguerite de se mettre nue elle aussi. Nous nous sommes donc déshabillées, nous avons laissé robes et bijoux sur place pour passer dans la pièce où nous devions rencontrer le Malin. Mais à peine y étions-nous, la sorcière nous a enfermées à clef, et s'est enfuie avec nos affaires…

Après cette expédition, le roi m'a fait surveiller de plus près. La femme grise a repris ses inspections. Une Mme Bertrand très différente : soumise, polie. L'onctuosité de ses nouvelles manières n'empêchait pas complètement sa méchanceté de percer.

Cet été-là, le roi me réserva la surprise de passer une nuit entière avec moi. À l'aube nous sommes allés observer une bataille de cerfs. Ils s'affrontaient avec un mélange de violence et de grâce. Leurs bois immenses et neufs se prenaient ensemble. Le roi enviait les cerfs, leur mode de vie entre mâles, n'approchant les biches que le temps de les féconder.

Le roi enviait leur brame, leur rut.

Il avalait en douce de l'extrait de leurs couilles.

Je demandai à quitter le Parc-aux-Cerfs, le *pavillon des petites maîtresses* ou, pire, *des maîtresses subalternes.* Je m'estimais, *j'étais* très au-dessus de cette catégorie. Mon souhait aussitôt exprimé fut réalisé. Je fus installée Grande Rue de Passy, dans un vaste appartement.

J'eus un carrosse, des chevaux rapides, une belle livrée, je marchais sur un parquet de bois d'amarante, m'endormais sur des lits de repos recouverts de soie couleur cannelle, on mit une chanteuse italienne à ma disposition, sa voix berçait mes somnolences. Sentant les douleurs, je me suis rendue au château et j'y ai accouché le 8 août à trois heures du matin. Dans les petits appartements. Je tenais à cela : à ce que mon enfant naisse à Versailles.

J'ai perdu les eaux dans un carrosse aux armes de France. Il ne faut pas croire : je n'en eus pas pour autant le droit de la cour de marbre. Les gardes étaient prévenus. Ils n'ont pas laissé entrer mon carrosse dans la cour. On m'a portée jusqu'au château.

L'accouchement fut long et difficile. Par précaution on me saigna cinq fois. J'étais totalement épuisée, quasi évanouie, mais les mots « C'est un garçon ! » m'atteignirent avec un éclat extraordinaire, je crus même entendre « Vive le roi ! ». Mon fils de roi était magnifique. J'avais hâte de le présenter à son père. Il était à Fontainebleau. Il me fit envoyer ce mot :

> À Fontainebleau, ce 8 août à 5 heures du soir
>
> À mon retour au château j'ai appris votre heureuse délivrance, je ne m'y attendais pas si tôt. Il faudra faire le baptême ce soir tard ou demain de grand matin. Vous ferez dire au curé sous le secret de la confession de qui est cet enfant, de n'en jamais parler, et de ne point montrer ni de donner d'extrait de ce baptême. Le parrain et la marraine : deux domestiques dont vous serez sûre du secret. Le nom : Louis Aimé, fils de Louis de Bourbon et de demoiselle Olympe… (votre nom).
>
> Louis.

Je fis comme il le voulut. Un jeune prêtre de l'église Saint-Louis a été quéri. Dans la chambre il garda les mains jointes et les yeux baissés. Il n'osait pas regarder où il se trouvait. Il baptisa le nouveau-né, puis il s'approcha de mon lit, fit un signe de croix au-dessus de ma tête et me bénit. Alors seulement ses yeux se sont animés. Il m'a fixée d'un long regard sombre.

Le roi est arrivé le 13 août, il avait fait le trajet en moins de cinq heures. J'étais mieux. Immobile dans mon lit, j'étais insatiable de contempler le petit être qui, par sa naissance, avait changé l'avenir en glorieuse certitude. Louis Aimé, bien que prématuré, était en bonne santé. Il était posé sur un coussin de velours rouge. Le roi s'est penché sur lui, il s'est émerveillé de voir comme l'enfant lui ressemblait. Il m'offrit un peigne de diamant et un nécessaire en vermeil. Il me demanda en m'embrassant si j'avais conservé le billet écrit de Fontainebleau. Je ne répondis pas.

On me fit quitter les petits appartements par des corridors. Des laquais marchaient devant pour nous éclairer. Moi, l'enfant, la nourrice et la remueuse. J'enrageais, mère d'un futur roi, de continuer d'être vouée aux couloirs obscurs et aux portes dérobées. Après mes couches, je retrouvai Passy. Dans la fatigue j'étais prête à m'y résigner. Marguerite me stimula : « Vous me rappelez, me dit-elle, la folle qui a transformé en cabane un de ces alvéoles de glace et de bois que les princes ont maintenant la manie de se faire construire contre le froid et les courants d'air et qu'on leur installe l'hiver dans la chapelle. Celui-ci devait avoir un défaut, ou ne pas convenir au goût du prince. La folle l'habite, y dort, y mange. Elle l'a empli de mousse et de chiffons. Elle s'y niche et entonne des bénédictions, convaincue qu'elle est, dans son délire, de se trouver au balcon de la chapelle royale, en train d'entendre la messe parmi les plus beaux seigneurs et les plus belles dames du royaume. »

Je pris en grippe la demeure de Passy. Je réclamais Versailles. Le roi venait souvent à Passy. Une nuit, il arriva très tard et pour s'excuser, comme s'il avait oublié à qui il s'adressait, il me raconta d'un ton gai que la soirée théâtrale organisée par Mme de Pompadour avait duré bien au-delà de ce qui était prévu. J'explosai. J'eus une colère terrible. J'en souffris même une syncope.

Quelques jours plus tard le roi m'avait préparé une surprise. On nous emmena à Versailles. Je déchantai cependant, je ne serais pas logée à l'intérieur du château, mais j'aurais dans le grand parc un pavillon de chasse délicieux, la maison de la Source. De l'extérieur elle semblait une simple maison, mais l'intérieur était meublé et décoré avec un raffinement exquis, encore plus voluptueux que l'appartement de Passy. Sur les murs des tableaux représentaient des dieux et des déesses dans des postures lascives. Mon lit était entouré de miroirs. La chambre de Louis Aimé était tendue de dentelle blanche. Des bouquets de fleurs fraîches étaient disposés dans toutes les pièces, et je découvris dans mon armoire une cassette contenant dix mille livres. À nouveau je crus que tous les espoirs m'étaient permis.

Au cours d'un souper tendre, comme le roi me redisait à quel point Louis Aimé était un bel enfant, je risquai :

« Il serait encore plus beau avec le cordon bleu du Saint-Esprit sur son maillot. »

Le roi se leva.

« Sire, ai-je eu le malheur de vous déplaire ?

– Craignez, Olympe, qu'à cause de vos importunités ce nourrisson ne soit par mon ordre décoré de l'ordre du Calvaire. À vingt-sept ans j'étais père d'une famille de dix enfants. Vous trouverez bon qu'à l'âge de cinquante et un ans, pour un énième rejeton, né de surcroît hors les liens sacrés du mariage, je n'entre pas en délire. J'ajoute qu'à l'âge de cinq ans déjà j'étais le père des vingt-deux ou vingt-trois millions d'âmes que compte mon royaume. Cela vous blase. »

Il s'apprêta à sortir. Je sanglotai, me roulai à ses pieds. Dans les larmes, les affres, nous avons fait l'amour avec fièvre.

Je devenais de plus en plus paresseuse. Je me faisais peindre. L'artiste était un disciple de Desportes, portraitiste de chiens. Moins célèbre qu'Oudry, devenu le peintre officiel des chasses de Louis XV, Desportes partageait quand même avec lui la spécialité de s'intéresser davantage aux animaux qu'aux humains. Et mon peintre de même. Quand je ne tenais pas bien la pose, il me disait : « Blonde ou Lise sont plus sages que vous. » Je devrais préciser que s'il avait le choix, il préférait les animaux morts. Il ne mettait rien plus haut que le canard et la bigarade de Chardin.

Mon portrait a été détruit. Ceux de Blonde ou Lise sont toujours en bonne place dans les appartements et l'affection du roi.

Je restais à rêver étendue sur mon lit, le peigne de diamant dans les cheveux, un manteau d'hermine sur les épaules, et nue sous la fourrure royale. Le roi avait plaisir à me surprendre.

Une fois je l'entendis qui parlait avec un autre homme. Des éclats de rire et puis des bruits de pas assourdis. La porte fut ouverte avec précaution. Derrière un valet se profilaient le roi et le duc de Richelieu, en habit de chasse comme son maître. Richelieu ébaucha une révérence, le roi l'arrêta :

« Vous pouvez l'embrasser, duc de Richelieu. Olympe est votre œuvre. »

J'affichai la modestie. Le roi, avec un air de sincère fierté, lui montra l'enfant. Richelieu rayonnait. Il n'avait rien à dire. Je savais quel avait été son plan, et quelles idées l'occupaient. Il avait gagné : mère d'un rejeton de sang royal, je serais la nouvelle favorite et il aurait enfin, à travers moi, tout pouvoir sur le roi.

La soirée fut merveilleuse. Richelieu fit bien attention à ne pas me tutoyer. Il me traita avec un immense respect. Il m'offrit des dentelles d'argent et un échantillon d'une toile extraordinairement fine. Elle avait été tissée par les bagnards de Marseille. Il venait de dédier au roi son *Recueil des rubans de notre temps pour servir de suite au Livre des anecdotes de notre temps*. Il jubilait de nouvelles histoires d'amour à raconter. Il le fit avec sa légèreté, sa désinvolture. Le roi riait à tout. Malgré la différence d'âge entre le roi et lui, et le fait qu'ils avaient tous deux passé la saison des fredaines, je crus voir des jeunes gens réunis dans le seul but de s'amuser. Des deux, c'était encore Richelieu qui paraissait le plus vert.

Le roi l'en félicita.

Richelieu se rengorgea :

« Ma recette est sûre. J'ai un grand nombre de bonnes fortunes. C'est par la variété que j'entretiens la vitalité où vous me voyez. Je ne me repose jamais. »

À part moi, je traduisis : onguents et massages, tisanes, opium, spiritueux, essences et bains de lait d'ânesse, cures thermales, longues, très longues nuits de sommeil, renforcées de bonnes siestes. Tous ces soins et ce régime juste pour se maintenir apte à lécher des cons. Richelieu, à plus de soixante ans, était bien sur la place de Paris, dans les bordels et petites maisons dont sa lubricité lui multipliait les asiles, un athlète du coït en bouche, un maître gamahucheur.

Richelieu avait cet avantage sur son roi. Il fréquentait ce que bon lui semblait. Les palais comme les bordels. Le roi n'osait pas les bordels.

Le roi était-il au courant ? Sans doute, puisqu'aux dires de Richelieu lui-même il se faisait lire les rapports que les maquerelles rédigeaient pour la police. Et Richelieu ne manquait pas d'y apparaître, parmi d'autres grands libertins, amis ou parents du roi, les Condé, Conti, Soubise, Laval, Clermont, Duras, marquis de Paulmy. Ils se débauchaient en bande. Ils venaient avec leurs fils, à qui ils apprenaient à se ruiner pour des filles et à raffiner leurs exigences en matière de crapulerie.

Malgré quelques arrière-pensées, qui n'étaient pas de pure bienveillance, j'inclinais à les considérer, le roi et son intendant des plaisirs, avec émotion. Je me sentais protégée en leur compagnie, et avec chacun de ces deux hommes dans une réelle familiarité. Il y avait celui avec qui j'avais dormi mais qui ne m'avait pas baisée, et celui qui me baisait mais ne restait pas dormir avec moi. Louis Aimé, me disais-je, n'est pas seulement fils du roi, il l'est aussi de Richelieu et des plans que son ambition lui enfante dans le sommeil : être écouté du roi par l'intermédiaire de la femme idéale qu'il aurait élue pour lui, et cette femme, c'était moi.

« Varier les conquêtes, changer d'amantes ! Voulez-vous dire que je devrais oublier ma chère Olympe ? Charger Lebel d'aller aux emplettes me chercher un nouvel objet ? "Dominique, s'il te plaît, fais-moi connaître une belle petite fille, innocente et naïve, pauvre bien sûr, lance tes limiers, achète les parents." Ce n'est pas la partie la plus difficile, Lebel est assailli de lettres de pères et mères qui proposent de vendre leur progéniture...

– Et moi, qu'est-ce que je deviens au milieu de ces petites filles ?

– Je pourrais vous réformer en tant que maîtresse et vous faire admettre dans le corps prestigieux des Cent Suisses, votre taille l'y autorise. »

Je n'appréciai pas la plaisanterie. Richelieu non plus. Il avait parlé trop vite et défendu l'infidélité par réflexe de libertin. Il était effrayé à l'idée que se casse pour rien le fil d'une intrigue si patiemment menée.

« Olympe est unique, irremplaçable.

– C'est vrai, dit le roi, et dans son sourire je lus tout l'amour qu'il continuait d'éprouver pour moi. Mais vous, Richelieu, vous serez damné. Votre conduite est par trop libertine. Qu'inventerez-vous en excuses ?

– Je suis sans excuses. Mais vous-même, sire, n'apparaissez pas au public comme un parangon de vertu !

– Ah, moi, c'est différent. Je suis l'oint du Seigneur, Richelieu, ne l'oubliez pas. Mon corps mortel est passager et anecdotique. Une gueuse de plus ou de moins ? Quelle importance en regard de l'éternité ?

– Et une chaude-pisse de plus ou de moins, Votre Majesté, quelle importance ? »

On mit sur la table multitude de hors-d'œuvre, de grandes et moyennes entrées, de rôtis, d'entremets chauds et froids, abondance de desserts et fruits confits. Le roi me regarda goûter de tout avec plaisir. Je m'efforçai de ne pas manger trop vite. Un travers qui datait de mes années de faim.

« L'oint du Seigneur et le bien-aimé, dit tendrement Richelieu.

– Plaise aux cieux que je le sois encore. Je suis le bien haï désormais. Le cordialement détesté. J'évite le plus possible de passer par Paris. Terminé le temps des foules criant à pleins poumons "Vive le roi !" et du pays entier en prières pour le rétablissement de ma santé. »

Un changement qui normalement l'affligeait. Ce soir-là il s'en moquait, de même qu'il était inaccessible au poison du remords.

« Dans mon cœur, n'en doutez pas, sire, vous restez et êtes chaque jour davantage mon bien-aimé », dis-je.

Le roi me fit enlever le manteau d'hermine et j'acceptai de danser nue pour lui et son ministre d'amour.

Bientôt j'aurais tout le temps pour remâcher ma douleur. Le maréchal et son roi, le racoleur et son client se révéleraient dans leur ignoble vérité. Le duc de Richelieu, l'inventeur des petites maisons, l'abus incarné, la vieille poupée : un bouffon comparé à son ancêtre le cardinal. Louis XV, le perdant de toutes les guerres, l'amant ridicule : un néant comparé à son bisaïeul Louis XIV – un déchet de royauté. Deux imposteurs, deux ratés conscients de l'être et, pour cela, d'effroyables malfrats, des brigands endurcis dans le vice et toutes les pratiques du crime.

Mais, pour l'instant, je flottais sur mon nuage.

J'étais assise au milieu d'eux, à la table ronde du salon. Le marbre rosé du foie gras suggérait à Richelieu des souvenirs italiens. Le roi cherchait mes lèvres.

Un joli secrétaire faisait face à une fenêtre. Un jour où je rêvais, songeant à écrire un mot d'amour au roi, hésitant entre plusieurs phrases dont aucune ne me plaisait, je soulevai un grand buvard mauve et j'aperçus un papier glissé dans une rainure sous un tiroir. C'était un mot plié plusieurs fois dans le sens de la longueur. Je m'empressai de lire :

> François est né le 19 novembre à 9 heures du matin. Il a eu l'eau sans être baptisé. Le chirurgien est demeuré ici trois jours. Je lui ai donné 25 louis. Le neveu de la prieure a demandé 50 louis pour fournir à tous les frais de son transport chez la nourrice, dont, sur votre ordre, j'ignorerai toujours le nom et l'adresse. La main m'en tremble.

Le billet n'était pas signé. Je l'ai replié et caché à nouveau dans un défaut du meuble. Je l'annulai de même dans mon esprit.

Il s'est ouvert pour moi un temps de bonheur. Et si, telles des lames de fond, revenait parfois le leitmotiv de l'infernale Putain, il n'était pas assez fort pour me faire chavirer. Je voguais en heureuses certitudes. J'allais vaincre ma rivale. Une sorcière avait prédit à la Pompadour qu'elle ne périrait que de chagrin. Louis Aimé, le chagrin que lui causait mon enfant par sa seule existence allaient la tuer.

Le roi avait fait quelques tentatives pour reprendre les deux billets signés par lui et qui le compromettaient, mais il n'insista pas. Il n'avait pas l'air de vouloir modifier mon statut de clandestine. Provisoirement, je m'en satisfaisais. J'allais à la messe aux premières heures du jour, je me glissais dans l'église de Saint-Louis à peine achevée, où des ouvriers continuaient de travailler, scier, taper, souder pendant l'office. J'assistais à l'opéra et à la comédie dans une loge grillagée. Je passais des soirées en tête-à-tête avec lui dans ses petits appartements.

Moi aussi, je fus promenée dans une carriole de damas cramoisi galonné d'or poussée par des Suisses.

Moi aussi, je fus spectatrice d'une des plus belles illuminations qui soient. Et je pus même, tandis qu'une voiture me reconduisait à la maison de la Source, apercevoir les fenêtres éclairées de la Grande Galerie et du salon de la Guerre sans en ressentir d'élancements rageurs. Allais-je réussir cette chose impossible : aimer de loin ?

Je suivais les chasses dans une voiture aux rideaux tirés, je me laissais gagner par la passion du roi, je sentis la beauté des chasses à courre, la fanfare, la splendeur des équipages, le rouge des habits, du sang.

Je fus invitée à un déjeuner de chasse. Je sortis de voiture. Fus présentée à quelques messieurs. J'exultais.

Le lendemain le roi me promit qu'il allait me faire donner des leçons d'équitation.

Ce fut une phase de sérénité. La maternité me réussissait. J'avais grossi. Ma beauté était imposante. Je croyais être devenue puissante et *haute*. Je réclamais des honneurs. Dans la maison de la Source les femmes appelaient mon fils *Monseigneur*. Il y avait de plus en plus de rumeurs parmi les courtisans, ils frémissaient d'être présentés à *l'enfant du roi*. Je répétais au roi que la maison de la Source, si charmante fût-elle, n'était pas en accord avec ma nouvelle importance. En plus elle fermait mal, si j'en jugeais par une perquisition violente qui s'y produisit. Pendant une de mes promenades, les pièces avaient été fouillées, les innombrables billets tendres écrits par le roi avaient disparu, les tiroirs étaient en l'air, la vaisselle avait été jetée au sol, mon tableau à l'hermine était lacéré. Quelqu'un avait dessiné au charbon en guise de couronne un entrelacs de bites tressées, une énorme m'entrait dans la bouche. L'Ordure, l'Immonde ! J'aurais dû me rendre immédiatement en ses appartements, les incendier, et poursuivre avec la même fureur dans son hôtel de la rue des Réservoirs. J'aurais dû me mettre à la tête de tous les ennemis de la Pompadour, c'est-à-dire la France entière, et la capturer, *elle*, et la réduire en cendres. Au lieu de ça, je sanglotais. La maison fut remise en état, je ne songeais plus à bouger, ni même à me venger. La sérénité implique l'oubli. Juchée sur mon nuage de naïveté, mon bébé contre moi, j'étais devenue oublieuse. Je ne me souvenais de rien sauf de l'amour de Louis le roi, et de Louis Aimé, son fils. Les passages du roi à la chasse, ses *taïaut* bizarrement gémissants, lancés de sa voix enrouée, me faisaient battre le cœur. Et quand, après un dîner ou une fête, sans escorte, il s'échappait jusqu'à la demeure sous les bois, c'était un bonheur si fort qu'en vérité je ne souhaitais qu'une chose : que rien ne bouge, que l'enfant ne grandisse pas, qu'il demeure la merveille qu'il était, que le roi ne se lasse jamais de mon corps, qu'il reste ainsi souriant et tendre à jouer avec mes longs cheveux.

Les billets doux, le roi m'en écrirait d'autres ! Mon tableau à l'hermine, on le recommencerait et j'y serais encore plus belle !

J'étais comme hébétée. Dans une confiance entière, autrement dit dans une imbécillité totale. Je passais des heures sur un sofa, mon fils dans son berceau à mes côtés. Je rêvais que, devant lui, à l'infini, des portes peintes d'or et d'argent s'ouvraient à deux battants, et des huissiers trop humbles pour oser lever les yeux sur lui répétaient en écho l'arrivée du fils du roi. Je rêvais des *Te Deum* dans les églises de France, l'*alléluia* des foules, le peuple à genoux. Je substituais dans mon imagination au si beau portrait de Louis XV sacré roi à cinq ans l'image de mon fils. Je le chaussais moi-même de ses petites bottes fleurdelisées, j'ornais ses chevilles des éperons d'or. L'image s'animait. Les deux enfants, Louis et Louis Aimé, se confondaient. Il n'y avait plus qu'un petit garçon qui descendait en courant les cent marches, passait par une entrée découpée dans la pierre et allait s'ébattre parmi les orangers en fleur. J'étais heureuse. Je ne comprenais pas ce qui m'arrivait. Sans pouvoir entrer au château, je parcourais de plus en plus librement le petit parc de Versailles. Le roi me choisit un cheval pour mes leçons d'équitation. Bientôt je galoperais dans les bois, je prendrais toutes les allées du grand parc.

Le monde vu de haut, le galop qui vous emporte, le vent qui vous siffle aux oreilles.

À chaque fois que le roi venait, je lui parlais de notre fils, de son avenir. Il lui faudrait à sept ans un gouverneur, quand il aurait quitté les femmes.

« Ne mêlez pas tout, l'éducation d'un roi et celle d'un bâtard. À propos de Louis Aimé et de son instruction, j'ai justement une proposition à vous transmettre. Mme de Pompadour, qui, vous le savez peut-être, a beaucoup souffert de la mort brutale et inexpliquée de sa fille Alexandrine, a la générosité de s'offrir comme gouvernante de Louis Aimé. Elle reproduirait en cela, et avec toutes les qualités requises d'intelligence et de savoir, l'exemple de Mme de Maintenon instruisant le duc de Maine, bâtard de Louis XIV. Mme de Pompadour est dotée en outre d'un sens artistique dont était dépourvue Mme de Maintenon. »

Je hurlai et mis en miettes le service en porcelaine de Chine, cadeau de mon enfantement. Mais c'est ma confiance qui était en miettes. Cet engourdissement de demeurée dans lequel m'avait plongée l'allégresse d'avoir donné la vie à un enfant de roi.

Je pris mon sort en horreur. J'exigeai de quitter la maison de la Source. J'exigeai un appartement au château. Le roi ne réagissait pas à mes scènes. Comme je m'exaspérais de sa passivité, il me répondit :

« J'ai, mieux que personne en France et dans toute l'Europe, l'habitude des protocoles. Il y a des protocoles religieux, des protocoles de Cour, des protocoles de la passion amoureuse. La scène de ménage, pardonnez-moi la vulgarité de l'expression, fait partie du protocole de la passion, surtout chez les femmes, et encore plus chez celles qui ne sont pas en ménage. »

L'automne était spécialement beau, les forêts giboyeuses. Le roi se donnait fougueusement à la chasse. Il galopait à travers bois, chantait en sautant les ruisseaux, tout signe de mélancolie aboli. Moi, au contraire, je n'eus plus envie de sortir. Je me rongeais toute la journée. Mes scènes tombaient on ne peut plus mal. Je tentais de me maîtriser. Comme des fervents d'opéra s'énervent des bruits de conversations et de rires, à la saison de la chasse le roi n'acceptait pas les perturbations extérieures (à l'exception des nouvelles de la guerre qu'il était forcé de subir). Je me raisonnais, m'alignais sur la bonne humeur royale. Je mis de côté mes griefs. Sensible à ma douceur retrouvée, le roi me fit deux présents. L'un en argent : la somme ravissante de quatre mille livres. L'autre de fantaisie : il m'invitait à le rejoindre à sa chasse de Compiègne.

Je fus sidérée par ce que je découvris : non le château même, où, bien entendu, je n'étais pas la bienvenue, mais un camp des *Mille et Une Nuits* que le roi avait fait édifier pour moi. Il était tout entouré d'une palissade crénelée à l'orientale au milieu d'une forêt, dans une clairière. On avait fait venir de Versailles deux tentes superbes, cadeaux des ambassadeurs du Grand Turc. Ces tentes de bois avaient des sols de parquet précieux et l'intérieur garni de velours. Un pavillon servait de réchauffoir pour les plats apportés de la cuisine du château. Accolé à la palissade et disposant de deux entrées, il permettait aux domestiques de faire leur service sans pénétrer dans cette minuscule cité interdite.

La tente principale était pour moi, la seconde pour mon fils. La tente où je logeais contenait une chambre à coucher, un cabinet de toilette et un boudoir. Il y avait là des poêles de cheminée tout en fonte, des porcelaines superbes, même pour les usages les plus vils (je chiais dans des vasques de Sèvres !), et une prodigalité de dentelles et de panneaux brodés de toutes sortes d'oiseaux exotiques. Et dehors je retrouvais ces mêmes oiseaux, mais vivants. Louis Aimé était fou de cette volière. Et puis la volière a été éclipsée par un jardin de petits étangs, d'îles et de ponts de bambou, de fuchsias, de mousses et de pelouses où se promenaient des paons.

J'étais habillée à l'orientale. Vautrée sur des tapis de soie, j'écoutais des flûtistes arabes me jouer des airs qui m'hypnotisaient. J'attendais que le roi revienne de la chasse.

« Mon Olympe, ma grande, ma douce, ma biche. »

Je n'ai fait que ça, attendre que le roi revienne de la chasse. Depuis, il m'est venu cette pensée : Louis XV ne m'a jamais fait l'amour sans avoir auparavant tué plusieurs cerfs. Il avait encore dans les narines, dans la mémoire immédiate de son épiderme, le sang qui dégouttait de leur pelage, et dans les yeux les soubresauts de leurs corps blessés, leur agonie de bêtes traquées.

Louis XV ne pouvait pas s'arrêter de tuer des cerfs. Il haïssait autant qu'il enviait le roi de la nature.

En véritable sortilège le pavillon de Compiègne s'évanouit comme il était apparu. La chasse prit fin et mon séjour avec. Le dernier soir nous avons assisté, le roi et moi, à un spectacle d'avaleurs de sabres. Rares furent les courtisans à y être admis, je me souviens du duc d'Ayen, du duc de Croÿ et du comte Dufort de Cheverny. Ils n'étaient pas accompagnés de femmes. Ils se conduisaient à mon égard avec beaucoup de considération. La veille avait été introduit dans ma tente un généalogiste, un homme tout habillé de vert qui, pour faire une révérence, s'enroulait sur lui-même. Il me posa quelques questions. Me demanda où j'habitais à Bordeaux. Je dis : « Près du marais. » Il répéta : « Olympe du Marais, cela sonne assez bien. » Je le corrigeai : « Olympe Aubain du Marais... » Il cherchait par quel coup de magie réussir à faire entrer ma minable parentèle dans un arbre généalogique présentable. J'en déduisis que ma victoire était proche. Mais je pensais aussi, en caressant le déguisement de soie dans lequel je paradais, que toute cette splendeur avait la consistance d'une bulle de savon. Le sultan l'avait créée d'un souffle, il pouvait l'anéantir de même.

Après les avaleurs de sabres, une ravissante danseuse, sorte de sylphide, a surgi d'un buisson éclairé. Elle était voilée et se démenait en des contorsions qui ne me paraissaient pas du meilleur goût. Je n'osais rien dire. Bien que traitée en favorite dans cette tente mirifique, il n'était pas prévu par l'Étiquette que je formule un jugement. Et puis l'Orient m'était complètement inconnu... C'était peut-être la manière de danser là-bas. Le roi, assez mécontent, a seulement dit :

« Pour une danse de ventre, elle s'est placée à une trop grande distance.

– Sire, dois-je la rapprocher ? a proposé un écuyer.

– Laissez. Nous nous contenterons de sa silhouette, fort jolie, ma foi. »

La musique montait, montait. Les hommes de l'assistance applaudissaient et rivalisaient de forfanterie sur les révélations que plus tard, à leur tour, ils provoqueraient chez la mousmée. La danseuse se déhanchait. Elle fit onduler ses bras pris dans d'immenses voiles et l'on crut qu'elle allait s'élever au-dessus du sol. Soudain, en pleine crise de sensualité orientale et à l'instant de saluer, la danseuse fit voler une perruque de boucles brunes. Un être au crâne piqué de quelques cheveux gris arrachait, non sans difficultés, ses voiles. C'était Richelieu. Essoufflé et ravi, il se courba en révérences, envoya des baisers à la ronde. Il eut du mal à porter seul l'immense corbeille de fleurs destinée par le roi à l'Étoile d'Orient.

Une nuit, tandis que j'étais la princesse du pavillon de Compiègne, que je reposais sur des tapis de soie et que les couleurs de mes robes étaient encore plus éclatantes et mystérieuses que les plumes des paons de Chine qui se promenaient autour de la tente, j'eus ce cauchemar : je sentais des démangeaisons dans mon cuir chevelu. Je me coiffais et découvrais un énorme pou. Il était monstrueusement dur, caparaçonné. La misère se rappelait à moi. Je me réveillai en sueur.

Revenir à la maison de la Source me fut pénible. Malgré moi je pensais au mot de désespoir écrit par cette inconnue, une femme qui m'avait précédée ici. Une mère interdite d'aimer son enfant. « La main m'en tremble. » J'étais déterminée à ne pas suivre ses traces, comme je l'avais été à me détacher du sort habituel des filles du Parc-aux-Cerfs. Je repris de plus belle mes scènes. Je trépignais, avais des crises de sanglots. Le moindre de ses départs – et il ne faisait que ça, aller d'un château à l'autre, et le plus vite possible, en crevant ses chevaux – me mettait à la torture. Je le suppliais de reporter le voyage. Je lui écrivais qu'en son absence je ne ferais que pleurer et qu'à son retour le choc en serait si violent que j'en mourrais de bonheur. Le roi, parfois, se laissait toucher. Il renonçait à Choisy, à Marly, à La Muette… Forte de ses capitulations, je recommençais mes demandes de Versailles. Je voulais le château ou rien. Je ne passerais pas l'hiver dans cette cabane, tout juste bonne pour une collation ou un pique-nique. Le roi restait évasif. Un abbé qui avait ma sympathie me promit d'agir. Je tentai aussi d'amener Richelieu à intervenir. La chose tardait. Je décidai de prendre les devants. Je menaçai de faire irruption avec Louis Aimé dans le cortège qui menait le roi à la messe.

« Non, dit le roi, vous n'irez pas faire scandale au château.

– Où est le scandale ? Votre fils y est chez lui. Sa mère également. »

C'était une journée de fin octobre d'un bleu liquide. Une femme a étendu sur l'herbe un tapis safran et je me suis assise au milieu, le bébé posé à côté de moi. J'étais reposée et triomphante. Je souriais au monde entier. Aux oiseaux, aux chênes, aux fleurs, aux barques, aux petites marchandes. J'étais vraiment Olympe. Peu à peu ma présence a été remarquée, des courtisans se sont approchés. Ils me regardaient et chuchotaient. Je devrais partir, me suis-je dit, et je fis le geste de prendre l'enfant dans mes bras. C'est alors que je l'ai vue : la marquise de Pompadour se tenait immobile, à quelques mètres de moi. Elle était squelettique, fardée à outrance, le rouge de ses joues faisait comme des plaques de sang. Ses yeux au fond de ses orbites creuses étaient fous de haine. J'ai serré mon fils contre ma poitrine. Ce n'était pas moi qu'elle fixait, c'était lui. Il s'est mis à pleurer comme s'il sentait soudain peser sur lui, sur sa si jeune et innocente vie, le décret de mort émis par la créature.

Je suis rentrée en hâte. Seul le roi aurait pu me calmer. J'envoyais messager sur messager pour qu'il vienne me visiter. Je tenais Louis Aimé contre moi. Je ne supportais pas que quelqu'un d'autre le touchât. Il pleurait. Il n'arrêtait pas de pleurer. Je pensais que c'était la faim, mais si je lui donnais le sein, il ne tétait pas. J'attendis un, deux jours qui me parurent une éternité. L'enfant ne se nourrissait plus. Je priais qu'on avertît le roi de l'état de son fils.

Il est enfin venu. Il sortait d'une fête et n'avait pas bu modérément. Il avait le teint très rouge, le regard biais. Son jabot était tout de travers.

« Que se passe-t-il ? Quel est le motif de cette grande urgence ? »

Je restai debout, l'enfant dans mes bras.

« Louis Aimé est malade.

– Et c'est pourquoi vous me faites déplacer !

– Il refuse le sein.

– Il refuse *votre* sein. Mettez-le en nourrice. Éloignez-le d'ici. Il retrouvera ses couleurs. Il n'est jamais recommandé qu'un bébé reste collé à sa mère. Il n'y a que les animaux ou les femmes de la populace qui allaitent leurs petits. »

Je m'opposai. Criai.

« Soyez raisonnable, Olympe. Et je vous prie de mettre ce bébé dans une autre pièce. Mme Bertrand fera demain venir un chirurgien. C'est lui qui en décidera. Je ne suis pas savant en la matière. »

On lui versa du vin d'une carafe dorée qui avait la forme d'un cygne. Dehors les arbres bruissaient. Il écouta la tempête, prit une gorgée de vin. Il avait l'air horriblement ennuyé, fatigué de tout.

Il eut un haussement d'épaules. « Qui vit, qui meurt… », dit-il pour lui-même. Il me fit enfin la grâce d'un regard.

« Comme vous êtes changée ! Pourquoi les femmes croient-elles que d'être mères les dispense de l'obligation de plaire ? Je dois me pincer pour me rappeler que vous avez été une fillette délicieuse, que j'ai pu être impatient de vous retrouver, rêver à l'avance le plaisir d'être avec vous. Ils étaient merveilleux, ces moments où, à la tombée du jour, dissimulé sous un large chapeau, j'attendais la voiture qui allait me conduire au Parc-aux-Cerfs. À cet instant personne n'était en mesure de dire où j'étais. J'en éprouvais un sentiment de toute-puissance extraordinaire. Quand Louis XIV a établi l'Étiquette de Versailles, il a spécifié qu'ainsi il serait possible, à toute heure du jour et de la nuit, de déterminer où le roi se trouvait. L'Étiquette était l'horloge de sa vie. L'Étiquette est une belle invention. Loin de moi la tentation de la modifier. C'est dans la pleine transparence de son emploi du temps que Louis XIV se sentait le plus grand des rois. Moi, à l'inverse, je me sens le plus grand des rois lorsque, sans troubler le bon déroulement de l'Étiquette, je réussis à la doubler d'un secret impénétrable.

– Elle a jeté un sort. Elle veut la mort de Louis Aimé. Elle me hait parce que je ne suis ni malade ni stérile.

– Qui, *elle* ? Ayez au moins le courage de la nommer.

– *Elle*, votre vieille maîtresse. »

J'ai vu de son visage tout amour se retirer. Il s'est levé, m'a tourné le dos, a traversé avec lenteur les pièces qui menaient au-dehors. Le temps que je me reprenne, son carrosse était déjà loin.

Le vent soufflait de plus en plus fort. J'étais seule auprès de l'enfant. Il était couché dans son berceau, il s'agitait, râlait doucement, puis il fut complètement immobile. Il ne pleurait plus, son front, ses joues étaient glacés. Je continuais de lui chuchoter des berceuses, de le supplier par son nom : « Louis Aimé, mon amour, mon chéri, Louis Aimé, mon bébé, mon aimé, mon enfant, mon tout-petit… »

Il était quatre heures du matin. Il y eut un fracas de tonnerre. On a fait irruption dans la pièce. Des archers. Des hommes sanguinaires. Ils m'ont arraché des bras mon fils. Il était toujours aussi calme, profondément endormi. Il n'eut pas un pleur, pas un cri, et je me souviens que, sur l'instant, un tel silence de sa part m'emplit d'une terreur sans limites. J'ai été jetée dans une voiture fermée, j'ai roulé pendant longtemps. Quand on m'a fait descendre, on m'a poussée dans une chambre, des femmes m'ont habillée et maquillée. Je sanglotais, réclamais Louis Aimé. On m'a forcée de boire une liqueur amère, un homme s'est présenté. Il était petit, épais, le teint rouge.

« Je m'appelle Louis de Bourbon, m'a-t-il dit. Louis de Bourbon de Quizière. J'ai été choisi sur ordre du roi pour vous épouser, choisi et payé. Je suis un pauvre gentilhomme de ce désert, de cette terre de malédiction qu'est le plateau d'Aubrac. Aussitôt après notre mariage, je vous y conduirai. Ma lignée est une des plus anciennes du royaume. Notre anoblissement date du douzième siècle. Génération après génération, nous avons fourni de valeureux soldats. Je n'ai pas failli à la tradition. »

Sur ordre du roi aussi, un seul jour séparait la date des fiançailles de celle du mariage.

La cérémonie s'est déroulée dans un brouillard glauque. Au moment de décliner mon identité, j'étais dans la confusion. Quelqu'un a signé pour moi et prononcé à ma place le *oui* qui m'enchaînait.

Le roi avait payé deux cent mille livres pour se débarrasser de moi. La somme fut officiellement versée de la part d'un chanoine d'une église royale de Saint-Denis. La fortune de mon mari s'évaluait à sept cents livres de rentes, plus le château que j'allais découvrir.

Je voyageais sous escorte. Je traversais des hameaux sous la pluie, des paysages vides, des bois. Après les routes ce furent des chemins de terre, l'embourbement dans les ornières, le risque de verser dans des gorges. Ce que j'entrevis de nature – des roches, des chutes d'eau, des corbeaux, des forêts embroussaillées – me donna la chair de poule. Il y avait pire que la nature. Les hommes de l'escorte étaient aux aguets, tendus vers ce qui pouvait servir de repaire à des brigands. Or tout dans cette sauvagerie leur était repaire. De jour en jour le froid empirait. Un minuscule brasero à mes pieds ne me réchauffait pas. Plusieurs fois je dus descendre, patauger dans la gadoue, en attendant que la voiture fût remise sur le chemin. À chaque embourbement, que je finis par appeler *embourbonnement*, je pestais. Ces accès de rage contre les Bourbon… tous les Bourbon… me sauvaient de l'accablement. Peu avant l'arrivée, mon époux, Louis de Bourbon de Quizière, seigneur de Champgris, d'Irissac, de Mirzac et de La Bouteille, me rejoignit à cheval. Il monta dans la voiture, s'assit en face de moi. Il souleva un rideau.

« Voici mon pays, madame. »

Je ne regardai ni ne répondis.

« Voici *votre* pays. »

Je ne levai pas les yeux. Il insista, je finis par murmurer :

« Je ne vois que du blanc. »

Il dit, non sans satisfaction (je reconnus la même fierté avec laquelle il m'avait annoncé le désert pierreux qui était son lot) :

« Ici l'hiver commence en novembre et ne se termine pas avant avril. »

Il était fier de son éternel hiver, comme si ça aussi, cette chiennerie de bouillasse et de vent glacé, faisait partie de l'ancienneté de sa généalogie et des exploits guerriers de ses ancêtres. Je ne sentais plus mes membres. Ma gorge était à vif. Déglutir me causait des souffrances aiguës. J'avais la fièvre.

« Il peut aussi neiger au mois d'août, grêler en juillet », ajouta Bourbon dans un rire.

L'hostilité de son pays relevait du coup de génie.

La voiture n'avançait plus. La neige bloquait. Nous étions complètement hors chemin.

« Continuez ! » cria Bourbon au cocher.

Aveuglé, celui-ci hésitait à poursuivre. Bourbon, soudain furieux, sortit son pistolet. Le cocher se résolut à obéir. Jurements. Coups de fouet. Hennissements. La voiture versa. Bourbon eut un bras cassé, moi j'étais à peine blessée. Je songeais avec amertume que c'est lorsque la vie vous est à fardeau qu'elle s'accroche à vous. En vérité, je ne souhaitais qu'une chose : que cet écran de neige sur lequel Bourbon avait dévoilé la fenêtre fût ma dernière vision.

Le « château » de Quizière, une vieille bâtisse de pierres aussi noires que le toit d'ardoises troué par endroits, était au bord de la ruine. Il tenait en une longue salle, en deçà du niveau de la terre, sorte de galerie plongée dans la nuit. Quatre étroites ouvertures n'ajoutaient aucun jour. Au-dessus de la salle s'alignaient plusieurs chambres. Encore au-dessus, un grenier. À une extrémité, une tourelle transformée en pigeonnier. À l'autre extrémité, une immense grange. De la présence invisible des vaches au râtelier émanait la maigre chaleur du château, le sentiment qu'il y avait encore un peu de vie quelque part. J'enviais les miséreux qui dormaient sur la paille au flanc des bestiaux. Dans la chapelle, plus qu'à moitié effondrée, les oiseaux faisaient leur nid. Les hirondelles affectionnaient l'autel.

Presque autant que de sa généalogie et de ses arpents de neige, Bourbon s'enorgueillissait de son mobilier médiéval. L'épée du grand aïeul Louis Bénigne, une armoire et une tapisserie : soleil couchant sur les collines de Jérusalem. La touche moderne et luxueuse était une horloge. Elle avait coûté deux cents livres, précisa Bourbon. Je songeais qu'avec ma dot il pourrait s'acheter mille horloges.

Je n'avais pas le désir de visiter le village, quelques masures. Surtout je redoutais d'abîmer mes bottines. Le jour où je devrais cheminer en sabots, me disais-je, je serais finie. Je n'avais plus aucun espoir d'échapper à ce trou. Je dus céder. Le village dont, à mon corps défendant, je devenais la dame comprenait un forgeron, un tonnelier, un maçon, deux tisserands, plus, me précisa Bourbon, dix-sept mendiants et une dizaine de sans ressources. Outre l'ancienneté de sa famille, Bourbon avait cet autre motif de fierté : les mendiants de Quizière n'allaient pas chercher l'aumône dans les hameaux à côté. Était-ce qu'ils n'en avaient pas besoin ? Non, mais ils étaient assez lucides pour deviner qu'ils n'y seraient pas mieux traités.

Le roi m'avait condamnée à l'exil d'Aubrac, convaincu que je n'y survivrais pas. Le roi, en fait, n'avait pensé à rien. Il ignorait l'existence de l'Aubrac. C'était un nom qui pour lui ne renvoyait à aucun lieu précis. Simplement, il s'était trouvé un nommé Bourbon qui faisait l'affaire. Un rustaud pas empressé à épouser une putain disgraciée, mais auquel ses besoins d'argent (la ruine de son château) n'avaient pas laissé le choix.

J'avais cette manie, du temps où j'étais mobile et en bonne santé : je n'entrais jamais dans une pièce sans chercher des yeux l'issue par où il me serait possible de m'échapper. Avec ce désert de neige, la question ne se posait pas. Le pays entier me tenait prisonnière. À la neige vinrent s'ajouter, au plus fort de l'hiver, pour achever de me décourager de risquer une évasion, d'effroyables blocs de glace, conglomérats de neige accumulés par le vent, dalles impossibles à bouger. Dressées devant la porte, les congères faisaient du séjour à l'intérieur l'équivalent d'une mise au tombeau. J'avais perdu le sommeil. Je fixais les ténèbres de la nuit. Quant à celles du jour, à peine moins épaisses, je les contemplais assise devant la cheminée, hébétée par la souffrance, l'insomnie, une perpétuelle et sèche envie de pleurer. J'avais devant moi la plaque de fonte au fond du foyer. Deux chaudrons étaient suspendus à la crémaillère : un contenant la soupe pour les cochons, l'autre la soupe pour nous. J'ai demeuré pendant des mois, enveloppée dans l'obscurité, anéantie par le chagrin, à regarder cuire la soupe pour les cochons et la soupe pour nous.

Le vent était violent. La cheminée tirait mal. La fumée envahissait la pièce. Elle recouvrait murs et plafonds d'une couche de noir supplémentaire. Dans le reflux de fumée nous toussions et pleurions. J'écris *nous* parce que je n'étais pas seule. J'étais rejointe par Bourbon. Plus tard le soir, lorsque le froid devenait inhumain, se plantaient dans notre dos les domestiques du château. Ils s'agglutinaient au fond, n'ayant pas le droit de s'approcher trop près du feu. Les hommes tressaient des paniers, taillaient des râteaux, fabriquaient des colliers pour les moutons. Les femmes filaient et tricotaient des bas de laine. Le cliquetis de leurs aiguilles me poussait à bout. Bourbon prisait. Pour se donner du mouvement, il participait à l'écorçage des châtaignes.

Entre deux quintes, loin de se plaindre, Bourbon s'exclamait :

« Le lard en sera meilleur ! Je me réjouis pour le saucisson. Nous aurons, madame, de fameuses saucisses. »

Il pointait son bras valide vers le plafond. Les victuailles, copieusement fumées, pendaient. Moi aussi, j'étais fumée. Mon odeur me dégoûtait. Je devais considérer comme un honneur que Bourbon prît la peine de me parler en français. D'habitude, comme tous les gens de là-bas, il ne s'exprimait qu'en langue d'oc.

Dans les hauts moments de ces soirées de suie survenait le personnage essentiel du château, la mère. Lucrèce Marie Josèphe, née de Rarlan. Une vieillarde immonde, au visage tellement ridé que rien n'en ressortait sauf – et c'était son signe de distinction – une unique dent jaune qu'elle conservait au milieu de la mâchoire supérieure. Cette dent n'était pas coquetterie, mais un solide piton qu'elle enfonçait plus vite que le reste de la tablée dans les aliments. D'où, entre « Vieilledent » et son fils, des duels serrés.

Aux deux marmites, la soupe pour les cochons et la soupe pour nous, s'ajoutait, quand la mère souffrait de la poitrine, la marmite au bouillon de vipères.

Ne rien comprendre m'était une consolation. Mais quelques mots, à force, finirent par émerger.

Comme *lo canton* : l'espace de l'âtre où je crevais sur place.

Le meuble important du *canton*, au coin de la cheminée, était réservé à la mère, c'était un coffre rempli de sel qui servait aussi de siège. Après des repas à la pauvre pitance, dont elle sortait toujours gagnante, Vieilledent ronflait sur l'archibanc.

Grâce aux deux cent mille livres de ma dot, l'ordinaire allait bientôt s'améliorer. C'est peut-être, me disais-je, ce dont ils sont en train de se féliciter, couperosés, bavassant et l'œil soudain brillant. Ils me regardaient et poursuivaient dans leur sabir. Bourbon, de bonne humeur, me lançait une châtaigne à la figure.

Avec un long délai une grande partie de mes habits et de mes richesses me fut envoyée. Ces bijoux, ces dentelles, ces velours, ces satins, toute cette beauté dans le trou de neige et de boue !

J'étais loin, très loin de Versailles et de son grand Opéra. Il n'y avait pas d'autres sorties que la messe et des parties de chasse chez les voisins. Elles étaient davantage dictées par le besoin de se défendre que par le plaisir de la poursuite. Affamés, les loups et les sangliers sortaient des bois. Ils rôdaient autour des habitations. Parfois Bourbon recevait un billet des châtelains d'Estaing ou du Bousquet : « Donnez-vous la peine de venir coucher ici demain, où je vous attends à souper avec votre chasseur et messieurs vos chiens sans en excepter aucun. Nous irons à la chasse le lendemain matin et mettrons à mal sangliers et loups. Nous ferons feu et mangerons le foie d'un sanglier sur les lieux. » Il ne m'invitait que rarement à l'accompagner. La chasse était une affaire d'hommes – des hommes se battant contre des animaux qui les attaquaient.

Des chiens blessés par les sangliers étaient horriblement déchirés. Ils étaient recousus dans la salle où nous dînions. Les hommes trinquaient. J'entendais : « Ces chiens, ils n'ont qu'une envie, c'est y retourner. »

Une fois où j'accompagnais Bourbon du côté de Saint-Chély, et où nous traversions des bois proches de l'abbaye d'Aubrac, une tempête de neige a commencé. Une cloche s'est mise à sonner.

« Qu'est-ce que c'est ? Elle ne va pas s'arrêter ?

– Non, c'est la cloche de la dômerie. Elle va continuer de sonner aussi longtemps que dure la tempête. Pour que les voyageurs égarés s'orientent d'après elle. On l'appelle la cloche des perdus. »

Et il eut, à nouveau, l'expression de fierté qui le prenait dès qu'il évoquait un des aspects calamiteux de la vie en son pays.

Nous avons rebroussé chemin et demandé refuge à l'abbaye. La cloche des perdus n'a pas cessé de battre. Elle ne bat que pour toi, me disais-je, couchée, seule, dans une cellule glacée, et elle ne s'arrêtera plus.

À cette époque, quand je pensais à Louis Aimé, mon fils, et j'y pensais tout le temps, je le pleurais vivant. Je cherchais à me convaincre que Mme Bertrand avait bien fait venir un chirurgien du château, qu'il l'avait guéri et qu'à l'heure actuelle mon enfant reprenait des forces. Entouré de luxe et d'attentions, traité selon son rang, il était soigné par une excellente nourrice. Il gazouillait. Jouait avec les rubans de son bonnet. J'évitais la dernière image de mon enfant malade, son corps tout froid contre le mien, et cette absence de pleurs quand il m'avait été arraché. Je ne voulais voir que nos retrouvailles. Car je le retrouverais bientôt. J'élaborais des plans pour qu'il me soit rendu. Aucune interdiction ne serait assez forte pour m'en empêcher. La nourrice, une belle femme, richement vêtue, me conduirait vers son berceau. Je revoyais sans fin le petit visage de mon bébé. Il palpitait, ses lèvres s'entrouvraient. Je caressais ses joues. Je répétais en incantation : « Louisaimélouisaimélouisaimélouis-aimé... » Je rêvais les yeux ouverts.

Une fille de ferme, une de ces créatures qui dormaient au fenil et dont la présence ne se distinguait pas du tas de fumier vers lequel elles titubaient à l'aube, y déversant la merde des étables, mit au monde un enfant. J'en fus extraordinairement émue. Je voulus le voir. Cela parut une lubie insensée. J'insistai. La fille eut l'air terrorisé qu'une femme de mon rang vînt se pencher sur son sort. L'enfant était presque nu malgré le froid. J'écartai deux-trois mouchoirs. Le visage du bébé émergea, bleuâtre et fripé. « Il a la diarrhée, me dit-on, et des trous aux articulations. Il va mourir. C'est le mal vieux. » Je m'évanouis. Quand je revins à moi, j'eus l'impression que l'horreur était une matière. Je la touchais de mes mains ouvertes et quand j'étendais les bras pour la repousser, elle se laissait docilement faire mais m'enserrait pareil.

Le mal vieux, le scorbut, la rage, le choléra.

Les petits enfants étaient couverts de poux. Un bon signe de santé, se réjouissaient les mères.

Lorsque l'enfant était étrange, elles le frappaient à coups de sabot, le fouettaient, le laissaient mourir de faim. « Idiot, tu n'es pas de moi, que la mauvaise fée qui est ta mère vienne te prendre, qu'elle me rende mon enfant ! Fada, que la fadarelle te reprenne ! »

Avec un certain adoucissement des températures, aller d'un hameau à l'autre est redevenu possible. Des paysans armés d'une pelle ont ouvert des passages. L'horreur circulera mieux, me disais-je. Et, en effet, un semblant de sociabilité s'est manifesté. Des nobles des environs sont venus nous rendre visite. Bien gauches et guindés, ils jetaient des regards sournois vers moi et s'asseyaient devant le feu. L'alcool aidant, ils perdaient de leur timidité, me dévisageaient franchement, bavardaient fort, chantaient. Ils racontaient des histoires aussi, ce devait être des histoires sinistres car personne ne riait. Bourbon ne songeait pas à me les traduire. D'ailleurs, le plus souvent, à peine les présentations faites, j'allais me réfugier dans ma chambre. Ils étaient venus pour me voir, ils m'avaient vue. Le reste était accessoire.

Normalement, on s'asseyait sur des bancs. Quand venaient des visiteurs, on sortait des chaises aux pieds et dossiers en bois de cerf. Un honneur et une torture.

Je notai qu'il y avait un nom qui toujours déclenchait le rire, un nom de femme, celui de la marquise de Valgrenier. Elle était notre plus proche voisine, et une amie d'enfance de Bourbon. De son château je n'avais vu que le grand porche ouvrant sur le parc et de hauts murs protégeant celui-ci. Il était bâti dans une combe, mais la hauteur de ses tours le rendait visible de loin. Tout les faisait se moquer à propos de la marquise. Ses falbalas et extravagances, dont une en particulier, folle en regard de leur esprit d'économie poussé jusqu'à l'avarice : de Paris, où elle passait le plus clair de son temps, elle ne se souciait pas d'obtenir de ses paysans les charges et corvées qu'ils lui devaient, et elle était fort distraite sur les bénéfices de ses terres. Ils pensaient même qu'elle n'avait pas vraiment notion de ce qui lui appartenait.

Elle ne s'était pas mariée (autre motif de moquerie) et avait pour habitude de s'autoriser tous les caprices. Elle avait pris pour devise : *Madamo de Valgrenier, pouot et auso*. Elle se montrait à la hauteur. Mais il y avait ce détail surtout qui avait retenu mon attention : la marquise de Valgrenier possédait l'unique carrosse de la région.

« Quand revient-elle, la marquise, votre amie ? ai-je demandé.

– Aux beaux jours » fut la réponse.

Autant dire jamais, ai-je conclu en moi-même. Je me désintéressai de la marquise et de son carrosse. Et d'ailleurs cet été-là elle ne vint pas.

Avec la fonte des neiges, j'ai quitté le cantonnement. J'ai fait comme les troupeaux, je suis sortie. Le pays était partagé entre bois et étendues pierreuses. Il n'y poussait rien sauf des croix. J'allais sans direction. Je faisais atteler la voiture de Bourbon les jours où il ne s'en servait pas. Je parcourais et reparcourais des étendues arides. Je ne faisais pas la différence d'un trajet à l'autre. C'étaient les mêmes murets de pierres sèches à travers champs. La végétation nulle. Des masures. Je ne prenais d'autre intérêt à cette manie déambulatoire que l'illusion d'être active, et, par là, de me rapprocher de Paris. Je n'aboutissais nulle part, je tournais sur place, mais au moins je restais en mouvement. La seule consigne de Bourbon au cocher était de me ramener avant la nuit. Souvent le jour se levait si peu que la venue du soir était imperceptible.

C'est lors d'une de ces journées couleur de leurs vierges noires que, bercée de monotonie, j'ai oublié l'heure. Le cocher s'en effraya. Il détestait être dehors après le crépuscule. Le ciel était immense, parcouru de nuages violets. Les cris des oiseaux de nuit étaient lugubres. Il mit les chevaux au galop. Mais soudain je les sentis se cabrer. Nous étions en bordure d'un cimetière. Un cercueil blanc barrait le chemin. Il était minuscule. Un cercueil d'enfant. Quatre flambeaux l'éclairaient. J'ai sauté de voiture. La vision s'est dissipée dans l'air et j'ai perçu comme un appel lointain, des pleurs dont la voix m'était familière... Je me suis effondrée, sanglotante. Au fond je l'avais toujours su. Le bébé que j'avais tenu dans mes bras la nuit de mon abandon et que les hommes du roi m'avaient pris ne respirait plus. Louis Aimé était mort. Je n'avais pas été avec lui pour l'accompagner à sa dernière demeure, y déposer ses hochets d'or et de corail, ses petits objets, et lui prodiguer, par mon désespoir, combien je l'aimais.

Je ne tentais plus rien, me nourrissais à peine. Aux habitants de Quizière cela était indifférent. Je serais morte que Bourbon y eût trouvé son avantage. Mais passait parfois au château le curé de La Guióla, l'abbé Delbès. Il eut envie que je vive. Par sympathie peut-être, par principe en tout cas. Il ne s'avouait jamais vaincu. Je le revois dans des soirées du mois d'août, les jours où menaçait le tonnerre. Le sonneur d'orage sonnait de toutes ses forces. L'abbé, sur un chemin, courait, le visage vers le ciel, il jetait ses prières et de l'eau bénite contre les nuages. Essoufflé, furieux, il prenait une de ses chaussures et l'envoyait en direction de la foudre. « Va la porter ailleurs ! » criait-il. À qui ? À l'orage ? À Dieu ? Au Diable ?

Il voulut chasser de même mon désespoir.

J'ai commencé d'écrire les lettres les plus respectueuses pour qu'on ait à mon égard l'extrême mansuétude de m'informer de l'endroit où mon petit avait été inhumé, et de m'autoriser à aller me recueillir sur sa tombe. J'écrivis au roi lui-même, à M. de Florentin, au duc de Richelieu et à M. Lebel, valet de chambre du roi et principal fournisseur de ses plaisirs. Et même à Claude Carloman de Rulhière, que je croyais toujours à Bordeaux. Pour faire s'acheminer les lettres, je les confiais à M. Delbès. Ce m'était une occasion de me rendre à La Guióla. Je constatai que l'abbé, mon seul soutien, ne faisait pas l'unanimité auprès de ses paroissiens. Il était un original, il inquiétait. Entre autres bizarreries, dont celle de me fréquenter, l'abbé Delbès avait toujours trop chaud. Il parcourait les voies boueuses de la bourgade en légère soutane et avait obtenu de dormir dans le clocher même de l'église. Au plus froid de décembre on le voyait aller se jeter dans la Selve, de sorte qu'un jour il s'était fait prendre dans le filet d'un pêcheur de truites, lequel s'était mis à pousser des cris, et quand le vicaire pour le calmer avait plaisanté, le pêcheur avait cru qu'il s'agissait d'un poisson doué de l'usage de la parole ! Les libertés de l'abbé sentaient le soufre, mais on lui pardonnait beaucoup en raison de l'ardeur avec laquelle il luttait contre la mendicité. Il avait mis à travailler au nettoiement de la forteresse de La Guióla des centaines de mendiants. Il tenait à ce que la soupe de châtaignes et le morceau de pain qu'ils recevaient à midi soient un salaire, non une aumône.

« Regardez, me disait-il en me montrant des groupes de pouilleux, auparavant ils n'avaient même plus l'énergie de se lever le matin pour mendier.

– Et maintenant ils sont sauvés par le travail ?

– Exactement. »

Et, par exception, je me rappelai notre enfance et j'eus de la sympathie pour les tirades de notre père en faveur de l'oisiveté.

« J'avais un père qui ne détestait pas les pauvres, au point qu'il s'y entendit pour rejoindre leur rang et y précipiter sa famille, mais il ne supportait pas le travail. Nous n'avions rien. Il jugeait ridicule de lever le petit doigt pour obtenir *presque* rien. Moi, les deux me répugnent également : les pauvres et le travail. Les obliger à travailler pour subsister est cruel. C'est bien assez d'être miséreux sans avoir à suer pour le mériter. »

Il était lui-même en sueur alors que la campagne était blanche de givre.

« Madame de Bourbon, me dit-il avec gravité parce qu'il était un homme sincère, un homme qui croyait en sa mission sur terre, je ne connais pas votre histoire et ne souhaite pas pénétrer votre passé. Je vous vois malheureuse. Je vous aide comme je peux. Ce que je plains le plus en vous est l'endurcissement où la peine vous a conduite. »

Il avait espéré me sauver, comme il sauvait les miséreux, par le travail. Il avait dans son camp les sœurs de l'Union ou Filles du Travail de Rodez, des religieuses pleines d'optimisme et de bonté dont la seule vue redoublait mon abattement. Avec elles il prêchait la création d'ateliers de charité. Cela ne pouvait se faire du jour au lendemain. En attendant les bienfaits d'un retour à la dignité par un salaire, il ne renonçait pas pour autant à des soulagements immédiats. Angoissé par la menace d'une disette, il réclama auprès de l'évêque. Cela me rapprocha de l'abbé. Il était comme moi : ensemble nous guettions l'arrivée du courrier venant de Paris. Enfin, il reçut une réponse de l'évêque. Toute disette entraînant la possibilité de troubles, l'évêque allait faire parvenir de l'argent pour les indigents. Il précisait : « Je ne veux point absolument que les pauvres entrent dans ma cour, mais la distribution de la soupe et du pain peut leur être faite à la porte ou place basse. » Un *post scriptum* complétait : « À la Charité de Lyon, l'hôpital le mieux monté du royaume, les pauvres ne consomment qu'une livre trois onces de pain par jour. »

Delbès s'indigna de tant de mesquinerie.

Et pour moi, y avait-il une lettre ?

Non, rien.

Au retour, m'acheminant en voiture à bœufs vers Quizière, je contemplais avec une morne acuité le paysage de mon exil : des champs de pierres où se détachaient quelques arbres taillés par les vaches qui mangeaient les feuilles les plus basses.

Delbès ne connaissait pas mon histoire. Sur les rumeurs qui circulaient sur mon compte il se bouchait les oreilles. Le prêtre nous accueillait, Bourbon et moi, dans son église. En chaire, il déplaisait à ses paroissiens en leur prônant la générosité et le pardon. Il avait tous les courages. On pouvait l'apercevoir à la nuit tombée. En cachette de la communauté, il allait baptiser un enfant naturel dans une ferme. Il n'hésitait pas une seconde, en pleine tourmente, à sortir pour porter l'extrême-onction. Il haletait à travers des chemins de neige où il s'enfonçait jusqu'à disparaître, brandissant haut par-dessus sa tête le saint sacrement, fanal d'agonie.

« Écoutez, écoutez, chuchotait la vieille mère, on dirait qu'on entend la clochette des mourants ? »

Son fils arrêtait de casser des noix.

« Je n'entends rien, répondait-il.

– Mieux vaut un porc vivant qu'une femme morte », concluait la vieille.

Et elle réclamait à manger.

Mais ce qu'ils entendirent distinctement ensemble, dans le lourd enfumement du *canton*, c'est la fatale coïncidence qui fit sonner en même temps le premier coup de glas et l'horloge de la salle. La mère tressaillit. La Faucheuse rôdait, et c'était pour elle qu'elle s'annonçait… Finalement, l'argent que j'apportais ne s'est pas traduit pour la mère en abondance de victuailles. Elle n'y gagna que des riches funérailles.

L'an 1763 et le douzième jour du mois d'avril fut enterré dans la chapelle de Notre-Dame-du-Calvaire, sous une pierre de marbre noir, le cœur de Lucrèce Marie Josèphe de Bourbon, dame marquise douairière de Quizière, seigneuresse haute de cette paroisse, dont le corps a été déposé et mis dans le caveau de ses ancêtres, suivant le désir et l'intention de cette dame.

La famille de Bourbon de Quizière était réunie. Circulaient, reproduits en de nombreux exemplaires, chacun aussi arrogant et sûr de soi, les mêmes grotesques nabots, le teint rougeaud, les petits yeux de méfiance de mon époux. Celui-ci était si réellement peiné par la mort de sa mère, qu'il ne percevait pas les marques de mépris dont m'abreuvait sa parentèle. Je crois même qu'il fut sourd au refrain qui fusa de la foule à notre sortie de l'église :

> Qu'un aigrefin pour avoir des ducats
> Du maître épouse la maîtresse,
> Cela ne me surprend pas !

Des hommes de la famille portèrent la main à l'épée.

La *patrona* était morte. L'archibanc demeura vide. Bourbon eut double portion à table. Moi, j'écrivais lettre sur lettre. Je ne savais plus auprès de qui supplier. Delbès se montrait plus distant après mes considérations sur les pauvres. Mais il ne m'abandonnait pas. Je lui confiais mes missives. Il s'employait à les faire parvenir. Il lui fallait un aveu plus dangereux pour qu'il s'éloignât vraiment. Comme je marchais avec lui dans le grand bois, la forêt communale de La Guióla, là où les pauvres ont le droit de couper du bois pour se chauffer, et qu'il tentait encore une fois de m'ouvrir les yeux sur les beautés de la nature, témoignage de la splendeur de la Création divine, je lui dis que j'avais grandi au son de ces sornettes et que je ne décelais nulle beauté dans la nature et nulle intention de nous en rendre le séjour spécialement heureux.

« Vous m'attristez, madame. Vous fermez votre cœur à la guérison. Vous ne connaissez pas ce pays. Vous le maudissez alors que vous n'en avez rien vu. Il est peu de lieux dans le royaume de France où se fasse sentir à ce point le souffle de la perfection divine. Certains matins, ici, sont le premier jour du monde. Il suffit d'ouvrir les yeux et le regard devient prière. Donnez-moi, s'il vous plaît, une toute petite chance de vous en persuader. Je devine en vous une âme ardente et assoiffée de vérité.

– Vous ne vous trompez pas, mon père, mais la vérité que je détiens n'est pas à la gloire de Dieu et encore moins à la gloire du roi, "seigneur haut" de la plupart des paroisses à l'entour, comme il est sans cesse répété en chaire et aux tribunaux. Une formule qui me donne envie de tuer.

– Je vous en prie, madame, vous blasphémez. Songez qui vous osez accuser. Sa Majesté est roi de droit divin. Il a été désigné par le Très Haut, dit-il en se signant. (Je me souvins du rire de Louis XV : "Je suis l'oint du Seigneur, Richelieu, ne l'oubliez pas", de la lumière sur ses bagues, de sa main entre mes seins.)

– Je ne dis que la vérité. »

Il se détourna plutôt que d'avoir à entendre. Je le poursuivis.

« Le roi m'a fait un enfant, et, pour plaire à la Pompadour, il l'a laissé mourir sans soins et m'a exilée ici. »

Le vicaire me regarda comme si j'étais une bête immonde et déguerpit.

J'avais perdu mon unique allié. Je n'avais plus aucun moyen de communiquer avec le monde extérieur ni de réclamer justice. Je résolus d'attaquer. Je mettrais à nu l'abjection de Louis XV. Je m'enfermai dans ma chambre et voulus écrire un pamphlet révélant sa turpitude et son ignominie. Sa lâcheté. Je n'eus plus qu'une idée, revenir à Paris pour honorer la mémoire de mon fils et révéler le complot.

Je notai les grandes lignes de la machination dont j'avais été victime. J'écrivis le début de mon pamphlet. Je le lisais tout haut pour me donner l'élan de poursuivre. Mais ça n'allait pas plus loin. Rien n'y faisait. La douleur m'avait brisé le ressort de l'indignation.

La marquise de Valgrenier apparut avec les narcisses. Un peu après, en fait. Ils n'étaient plus dans leur plus grande blancheur. Cela qui faisait se pâmer l'abbé Delbès et les belles âmes de son espèce.

La marquise fit dans la cour une arrivée spectaculaire dans un carrosse aux chevaux tintant de grelots. Bourbon sortit le plus vite qu'il put pour la recevoir. Elle était lourde, agitée, et se laissa tomber dans ses bras. Elle lui cria quelque chose de drôle dans leur jargon. C'était son style pour lui exprimer ses condoléances. Elle avait avec elle deux valets : la Folie et la Fortune, deux bougres chafouins qui ricanaient en douce et la pillaient tant qu'ils pouvaient. Leur livrée brillait dans le soleil tandis qu'ils mettaient de l'ordre dans la multitude de fleurs et de rubans dont la marquise décorait son équipage. Ils avaient aussi pour fonction, lorsqu'elle était enfoncée dans un fauteuil, de lui prendre chacun une main pour l'aider à se lever. Pour le moment ils évoluaient tels des papillons, en chantonnant. Ce char déboulé au milieu de la volaille et du purin faisait un effet de carnaval. Je me jurai qu'il serait ma planche de salut.

Bourbon me présenta. Elle me regarda à peine. Choisit d'être polie juste ce qu'il fallait. J'eus la conviction qu'elle n'ignorait rien des tractations de notre union, qu'ils en avaient délibéré ensemble dans la salle obscure de Quizière, jaugeant le pour et le contre, prenant aussi en compte l'avis de Vieilledent. Le pour : les chiffres parlaient d'eux-mêmes. Le contre : l'affaire était sordide. Accepter les restes d'un autre homme, y compris d'un roi, n'est pas une référence et ne procure pas de lustre à une maison. *Qu'un aigrefin pour avoir des ducats du maître épouse la maîtresse...* Mais il y avait les ducats. Deux cent mille livres, de quoi rénover complètement le château et doubler ses terres. Le pour n'était pas négligeable... C'était peut-être la marquise qui avait vaincu l'indécision de Bourbon.

La marquise faisait ses visites en litière. À la Fortune et la Folie venaient se joindre la Rose et la Bruyère. À eux quatre, ils ahanaient sous le poids de la châtelaine. À son passage, les travaux des champs s'interrompaient, les faneurs faisaient une pause. La litière montait et descendait les collines, dans les aboiements des chiens et les rires des enfants. La Folie, la Fortune, la Rose et la Bruyère s'arrêtaient pour se désaltérer. Ils enlevaient leur veste, continuaient torse nu. À la fin du jour débouchait du haut d'une côte la marquise tout empoussiérée et accrochée à ses oreillers, la perruque de travers, la voix suraiguë afin de calmer les quatre porteurs ivres et zigzagants qui finissaient par la déposer au bord d'un chemin.

Je convoitais le carrosse pour m'en aller, non la litière pour me ridiculiser. Mais je dus en passer par la litière.

Je ne plaisais pas à la Valgrenier. J'étais trop triste, incapable de faire preuve d'une gaieté de complaisance. Et trop élégante. Je portais des toilettes avec lesquelles il était impossible de rivaliser. Mais c'était aussi pour cette élégance de courtisane qu'elle me promenait avec elle. Elle fréquentait l'abbaye d'Aubrac, seul lieu un peu civilisé de la région. Les moines se montraient d'une extrême avidité. Ils avaient en la marquise un sujet idéal. Elle avait le culte de la dépense et n'aimait rien tant que distribuer des aumônes. Ce dont on la récompensait par des festins. Je pus constater que l'inscription « *In loco horroris et vastae solitudinis* » à l'entrée des bâtiments ne valait que pour les voyageurs égarés et pour les malheureux de l'hôpital des pauvres. À l'intérieur de l'abbaye, pour les maîtres des lieux, le désert et la solitude n'étaient pas sans douceurs. Des quelques visites que j'y fis, j'en ai déduit que les moines étaient à peine plus honnêtes que les brigands des forêts. Plus habiles en tout cas et plus sûrs de leur fait. Les chasses dont on parlait beaucoup étaient celles contre les braconniers. J'y entendis aussi, ce qui après un si total isolement me fit un effet violent, des nouvelles de Paris et de la Cour. Des nouvelles de Louis XV. La paix était enfin signée. On avait chanté des *Te Deum* à la chapelle de Versailles et à Paris. Le roi n'y avait assisté qu'à

Versailles. À Paris il s'était contenté du feu d'artifice qu'il était venu regarder incognito. Je me rappelai son plaisir à se déguiser, se masquer, se faire passer pour un autre, se perdre dans la cohue des bals de l'Opéra, et ce me fut un affreux crève-cœur.

Au retour d'une de ces visites chez les moines, où la compagnie s'était beaucoup amusée, j'étais assise, muette, auprès de la marquise. Celle-ci, qui ne supportait pas le silence, s'écria, me montrant l'immensité d'un plateau où paissaient des vaches : « Une belle vacherie quand même ! » Je me suis demandé si je devais prendre l'exclamation au premier degré ou si, par là, en un double sens dont elle n'était peut-être que partiellement consciente, elle ne me livrait pas le fin mot de son sentiment de la vie.

À la fin de l'été, la marquise de Valgrenier rentrait à Paris.

« Me prendriez-vous dans votre carrosse ? lui demandai-je.

– Pourquoi pas ? Plus on est de fous, plus on rit. Et on se fatigue à converser avec soi-même, n'est-ce pas, la Folie ? Les routes sont longues entre La Guióla et Paris. D'autant plus qu'il n'y en a pas. Mais, chère madame, assurez-vous d'abord de l'accord de votre mari. Bourbon est un chou, une brouille avec lui me serait intolérable. »

Je pris la parole pendant le souper. Cela faisait longtemps que Bourbon n'avait pas entendu le son de ma voix. La mort de sa mère avait rendu encore plus pénibles les repas dans l'épaisse nuit de la salle commune. À la lueur des bougies la face de Bourbon avait des reliefs révulsifs et j'avais l'impression que dans son cerveau embrumé se développait une haine féroce à mon égard. Il était en train d'apprécier ses cochonnailles si excellemment fumées. Ce qui lui arrachait des petits grognements de plaisir.

« Je veux partir, monsieur. Je désire retourner à Paris. »

Il posa son jambonneau.

« Vous y êtes interdite de séjour.

– Je le sais. Mais si je m'y rends avec votre autorisation, il me sera peut-être possible de faire abolir la sanction d'exil.

– Une sanction par ordre du roi ! Il est certain que vous saurez à qui vous adresser. »

Quelques jours plus tard, Bourbon me donna son accord.

« Je vous laisse aller, madame. Mais ne revenez pas. Et ne comptez pas sur mon aide. Vous n'êtes à mes yeux qu'une fille perdue.

– Une fille qui vous a rapporté deux cent mille livres.

– Une fille vendue. Cependant je mettrai un point d'honneur à vous traiter avec courtoisie. Il ne sera pas dit qu'un Bourbon de Quizière se conduit en goujat. Aux robes et bijoux qui vous appartiennent et avec lesquels vous pourrez partir j'ajouterai une rente annuelle de sept cents livres. Il m'importe que vous viviez sur un mode décent. Enfin, et toujours dans le même souci de décence, je vous serai reconnaissant d'utiliser de préférence à votre nom d'épouse votre nom de jeune fille. »

Le mot « décence » dans sa bouche me fit sourire.

Dans n'importe quelle bouche il me dégoûte.

Je déposai mes affaires rue du Vieux-Colombier, dans un garni, et je partis à la recherche de Zéphyrine, la comparse de mes débuts à Paris, la risée de tous les théâtres... Je comptais sur sa bêtise pour qu'elle n'ait pas pris l'initiative de me voler mon argent, laissé dans une cassette dans ma chambre. J'allai à notre ancienne adresse, rue Saint-Thomas-du-Louvre. Je frappai à l'étage de Zéphyrine, puis au mien. Pas de réponse. Je ne sais pourquoi je montai au dernier étage, que j'avais toujours cru inhabité. Je frappai doucement, un « Entrez » encore plus doux me répondit. Il y avait de la crainte dans cette voix. Je découvris, assise à une petite table complètement recouverte de livres, une pâle jeune fille. D'épaisses lunettes lui déformaient les yeux. Ainsi c'était d'elle, ce quasi imperceptible bruit de pas que j'entendais parfois au-dessus de ma tête. Mais que faisait cette jeune fille penchée sur ces livres ?

« Ce sont des dictionnaires, me dit-elle. Je traduis Shakespeare pour mon père. Il m'a mise à ce labeur depuis l'âge de quatorze ans, j'en ai maintenant dix-sept. Je ne sais si, un jour, je viendrai à bout de Shakespeare. Mes forces déclinent. Je vois de moins en moins. Et la violence de mon père ne m'aide pas à trouver le mot juste.

– Il faut vous enfuir. Il faut vous soustraire à votre père et à Shakespeare.

– Pour aller où ? Pour vivre de quel salaire ? »

Elle frotta ses verres épais, voulant distinguer quel genre de créature lui prodiguait d'aussi absurdes conseils. C'était l'heure où son père venait prendre son travail de traduction de la veille. Elle me pressa de la quitter. J'eus à peine le temps d'apprendre que Zéphyrine n'habitait plus ici depuis au moins deux ans, et que Richelieu, toujours propriétaire de l'immeuble, laissait les appartements vacants.

Je me rendis à la Comédie-Française. Zéphyrine n'y jouait plus, mais le portier avait une adresse.

Un homme louche, débraillé, que manifestement je réveillais au milieu de l'après-midi, m'ouvrit. Il prit le papier sur lequel j'avais inscrit mon nom et mon adresse, rue du Vieux-Colombier.

Je mis une croix sur mes piécettes des années de Bordeaux et sur les bénéfices de mon emploi de confidente auprès de Richelieu. Ce me fut très douloureux. Je pris alors conscience que les grandes souffrances ne vous prémunissent pas des blessures plus superficielles. Au contraire. Tout m'ulcérait. Ce mince accident (la somme était dérisoire, je pouvais en effet vivre *décemment* avec sept cents livres de rente annuelle), ajouté au crime de la mort de Louis Aimé et à mon exil, n'était pas relativisé par eux mais grossi à la mesure de mon malheur.

Zéphyrine fit signe, l'homme avait transmis mon message.

Elle me donna rendez-vous dans un bar à bière.

« Eh ben, dis donc ! » dit-elle avec sobriété après m'avoir embrassée.

Mais elle ne voyait pas l'étendue du dégât. Nous avons commandé à boire et une chandelle, c'est alors qu'il n'y eut plus pour nous moyen de se raconter des histoires. Pour l'une comme pour l'autre le destin n'avait pas été clément. Je ne m'étais jamais contemplée dans un miroir à Quizière, et moi qui avais vécu toute ma vie obsédée de ne manquer aucune occasion de me regarder, je n'avais plus envie de croiser mon visage.

« Eh ben, dis donc ! reprit-elle dans le halo de lumière qui nous isolait.

– Tu n'as rien d'autre à dire ?

– Mes excuses, c'est le choc. Elle est belle, ta robe, c'est sûr, et moi avec mes guenilles... Tes cheveux aussi, ils sont toujours beaux, mais c'est ta tête !

J't'aurais jamais reconnue… Toi, dans cet état… Qu'est-ce qui t'est arrivé ? »

De son côté, elle n'avait pas bonne mine. Elle était blême et bouffie, avec des marques violacées sur les bras, une taille informe. Elle portait des habits rapiécés de servante. Quelques mèches dépassaient d'un bonnet crasseux.

Je ne lui réclamai pas mon argent. La cascade de désastres en quoi manifestement se résumaient les derniers temps de son existence me fournissait la réponse. Elle avait quitté la Comédie-Française, mais pas comme elle l'avait rêvé, librement, la tête haute. Elle s'était battue dans les loges avec une autre comédienne, Sainte-Marie. Elle l'avait cognée si fort que Sainte-Marie avait été emmenée à l'Hôtel-Dieu.

« Mais ce n'était pas une première que tu te bagarrais au Tripot.

– La première, c'était que Richelieu venait de me lâcher.

– C'était quand ? Il y a longtemps ? »

Elle passa ses mains noires et calleuses sur son cou.

« Oui et non, j'sais plus bien. On était allés, Richelieu et moi, à un bal de bouts de chandelles, j'sais plus où, au Gros Caillou peut-être. Monseigneur, tu le connais, s'encanailler, c'est son délice… Je dis pas, il en a d'autres… À ce bal de minables, il me cherchait pouilles et fêtait, sous mes yeux, les pires laiderons, j'm'en battais l'œil, mais, par principe – parce que quand même j'y crois –, je lui ai rappelé qu'il y avait des préséances, ça l'a rendu méchant. Vers trois heures du matin, j'ai voulu rentrer à la maison. Il était en train de forniquer avec une écosseuse de pois Je suis partie seule. Des gens à lui, des teigneux, me guettaient. Les serrures avaient été changées, je n'avais plus rien à faire avec cet endroit. Saloperie de saloperie ! Comme je me mettais à faire du foin, ils m'ont envoyé des coups. En comparaison je l'avais chatouillée, la Sainte-Marie !

– Tu n'es plus avec Richelieu ?

– Parle plus bas. Y a partout des mouches. Dans les jardins, les cafés, les échoppes, au coin des rues, des lavoirs, dans les églises, sur les quais, dans les cimetières, à l'intérieur des tombes, partout... Même les macchabées, j'me méfie... Y faut s'méfier de tout le monde. Ils sont tous vendus à la police... les habilleuses, les coiffeuses, les souffleurs, les porteurs d'eau, les marchands d'estampes, les scieurs de bois, les nettoyeurs de souliers, les montreurs d'ours, les petits Savoyards qui entrent par les cheminées pour espionner... Tous, ils travaillent tous pour la police du roi. Y a pas d'amitié qui tienne, pas de sentiment, rien. Ah non, on n'aurait pas dû quitter Bordeaux... Je sais pas pourquoi t'es revenue. À mon avis, t'as eu grand tort, mais bon... En tout cas, écoute-moi bien, c'est sérieux. N'essaie jamais de le revoir. On dit qu'il y a deux mondes, les bien portants et les crevards, et qu'ils n'ont rien à voir… C'est pareil pour les filles protégées et les autres. Deux mondes. Sans aucun rapport. Si t'es protégée, tu peux faire n'importe quoi. Tout s'arrange. Si t'es sans protection, tu dépends du bon plaisir des policiers. Tu es leur chose… Les sales affaires, les crimes retombent sur toi. Même si t'as fait rien de mal, t'es coupable… Dis-toi que t'as jamais connu Richelieu, que t'as jamais habité rue Saint-Thomas-du-Louvre… Ne cherche pas à le joindre. Efface le passé. Efface-toi. Prends n'importe quel travail. Je t'aiderai. »

Elle chuchotait. Le cabaretier est venu voir si nous voulions une autre boisson. On a repris une bière. Zéphyrine avait peur qu'il nous ait entendues. Et si c'était une mouche, lui aussi ? « Les cafetiers, restaurateurs, aubergistes, cabaretiers sont tous des mouches, ou alors ils les informent. Ils n'ont pas le choix. Les loueurs de chambres garnies, n'en parlons pas. Ils n'ont droit à garder leur commerce qu'à cette condition. »

On a entendu bouger dans le fond de la salle. Nous avons imaginé un espion. J'eus aussi peur que Zéphyrine. Ce n'était que les deux petites filles du cabaretier qui y avaient leur couche. Debout, agrippées aux montants du lit, elles jouaient. Alors nous avons décidé de rester calmes, de ne plus nous affoler pour rien. Gagnée par la raison, Zéphyrine s'est enivrée. Elle m'a raconté des histoires embrouillées. Elle avait travaillé dans une maison. Faute de pratique, à cause de la guerre, il n'y avait plus d'hommes, elle avait été réduite à la rue, rôdeuse de nuit, « tu vois ce que je veux dire… ». Maintenant elle faisait des ménages. Même ça, c'était difficile à trouver.

« Mais pour les putes, je t'assure, c'est impossible. Les jeunes et belles, les distinguées comme la "baronne" de Breteuil ou la "marquise" de Maison-Neuve, elles s'en sortent pas. La clientèle est nulle, le miché n'a plus un sou, et pour tout arranger les Anglaises nous font la concurrence. Tu peux rien contre une Anglaise. Je m'explique pas… J'sais pas si c'est leur langue, leurs cheveux filasse, leur teint verdâtre… leur façon de dire *nôôô*… La Besse, une Normande qui parle avec l'accent anglais, c'est une des rares grenuches qui gagnent bien. Elle a fille de chambre, demoiselle de compagnie, un maître d'hôtel. *Nôôô*… Ah ! Olympe, j'ai tant de peine, j'me fais pitié… J'ai tout le temps sommeil, je suis sale, regarde mes mains. »

Les petites filles avaient quitté leur lit, et toutes deux, les yeux clignotant, elles examinaient les mains écorchées de Zéphyrine.

« C'est la crucifixion, leur dis-je. Zéphyrine a été crucifiée. Elle est morte et ressuscitée. Ses mains appellent justice. Les miennes aussi. Même si elles sont douces et blanches sous mes gants de chevreau. Nos mains crient justice. »

Je leur caressai les cheveux, le visage. Le cabaretier est arrivé, furieux. Il a rejeté les deux petites au lit, leur a promis une raclée.

Zéphyrine avait posé sa joue sur le bois de la table.

« Comme c'est frais, disait-elle, ça fait du bien ! »

Je fus submergée par l'envie de mourir.

Je rencontrai plusieurs fois Zéphyrine. La dernière, c'était dans un cabaret de l'autre côté des barrières, dans le faubourg de la Courtille, là où, poussée par la misère, elle avait déménagé. Elle y était connue, et du coup se méfiait moins d'être espionnée. Elle l'a prononcé à nouveau, le nom de Richelieu. Elle l'avait revu. Dans une maison close où elle faisait des ménages. Ils étaient un groupe de débauchés pris de vin. Lui marchait en tête, cousu d'or, la taille toujours mince, l'air bien arrogant. Elle était en train de nettoyer le sol. Ils avaient passé un moment dans le salon de madame avec plusieurs filles, s'étaient isolés chacun avec sa préférée, avaient fait des échanges, s'étaient disputés. C'était Richelieu encore qui avait donné le signal du départ, elle était toujours au sol, la serpillière à la main. L'un d'eux avait demandé : « Et celle-là, elle fait aussi partie de ton cheptel ? », et de son épée il avait soulevé sa jupe. Ils s'étaient tous mis à la peloter. Elle avait renversé le seau d'eau sale. Soudain Richelieu s'était rapproché. Il lui avait pris le menton dans la main, l'avait fixée, s'était détourné en silence.

Bourbon m'a coupé les vivres.

J'ai fréquenté les usuriers, j'ai fait venir une marchande de mode et lui ai vendu mes belles robes. Les moins précieuses, je les ai vendues moi-même sur le marché de fripes de la place de la Grève, entre deux exécutions.

J'ai logé dans un garni, j'occupai dans une salle, au milieu d'une vingtaine d'autres, un lit entouré d'un rideau déchiré. Mangée par les puces, j'attendais l'aube pour reprendre mes démarches.

Une après-dînée dans un brouillard à couper au couteau, j'ai porté au clou une tabatière en forme de cœur, cadeau de Louis XV.

J'ai été arrêtée sous l'accusation de fille du monde.

Le crâne rasé, le fouet, le pain moisi, l'eau croupie, le fouet, les plaies qui se gangrènent, suer et saliver sans arrêt, la peau qui se couvre de croûtes, les gencives qui se soudent, le fouet, encore le fouet, et pour finir on m'a liée à une folle, elle bondit, glapit, et moi, ligotée à ce monstre, je fais partie du spectacle. À travers les barreaux on nous jette des pommes, des oranges. La folle et moi, nous nous mettons en sang l'une l'autre à qui les attrapera. La Cour nous rend visite. Les femmes nous piquent du bout de leurs ombrelles et s'enfuient. Notre puanteur est extrême. Il n'y a que vous, Majesté, qui la supportiez. Il arrive que vous passiez la nuit à notre chevet. Cette bestiole à deux têtes et huit membres vous intéresse. C'est rare, un spectacle qui ne vous ennuie pas. Est-ce vrai que vous allez quitter Versailles pour la Salpêtrière ? Que les courtisans, *tous* les courtisans, seront remplacés par les pénitents de l'Hôpital ? La maison du roi transférée dans le pavillon des vénériens, le chancre à l'honneur ? L'intendant des menus plaisirs mis au carcan ? Marly, La Muette, Fontainebleau… Ce sont les châteaux, sire, qui vous rendent mélancolique, troquez-les contre des hôpitaux : qui s'ennuie à l'Hôtel-Dieu, qui trouve la vie monotone à Bicêtre ? On n'enregistre aucune plainte de cet ordre. Si on amène un prêtre, je dirai qu'il n'est pas pour moi, mais pour la folle avec qui je suis encordée. Pareil pour le croque-mort. On nous attache à deux, trois ou quatre dans le même lit. On nous fouette en bloc. Rien ne me dégoûte comme les cicatrices sur nos crânes. Et vous, assis au bout du lit, sur votre trône magnifique, les bras posés sur les accoudoirs, le buste penché pour mieux nous observer et comparer les avantages, les types de beauté, l'embonpoint de la gorge, la rondeur de la cuisse, la blancheur de la peau, l'incarnat de nos joues, les perles de nos dents, la fleur de notre virginité, vous possédez deux couronnes, une en or et pierres précieuses, qui écrase la tête, l'autre plus légère, en vermeil, et la couronne d'épines, quoi de plus léger ? Je profiterai de la situation jusqu'au bout, je ne compte pas les folles qui périront à ma place, et je le proclamerai à la face du monde, dans tous les châteaux et les hôpitaux, j'assourdirai le ciel et la terre, je l'écrirai partout et pour toujours,

Moi, Olympe Ursule Aubain Bourbon de Quizière, née de Pauvrelieu, ai été assassinée sur ordre du roi, de lâche et épouvantable façon.

Table

DU MÊME AUTEUR

Sade, l'œil de la lettre
essai
Payot, 1978, rééd. sous le titre
Sade, la dissertation et l'orgie
« Rivages Poche », n° 384, 2002

Casanova. Un voyage libertin
essai
Denoël, « L'Infini », 1985
et « Folio », n° 3125

Don Juan ou Pavlov
Essai sur la communication publicitaire
en collaboration avec Claude Bonnange
essai
Seuil, « La couleur des idées », 1987
et « Points Essais », n° 218

La reine scélérate. Marie-Antoinette dans les pamphlets
essai
Seuil, 1989
et « Points Histoire », n° 395

Thomas Bernhard
essai
Seuil, « Les contemporains », 1990, rééd. sous le titre Thomas Bernhard, le briseur de silence, *« Fiction & Cie », 2007*

Sade
essai
Seuil, « Écrivains de toujours », 1994

La Vie réelle des petites filles
nouvelles
Gallimard, « Haute enfance », 1995
et « Folio », n° 5119

Comment supporter sa liberté
essai
Payot, 1998
et « Rivages Poche », n° 297, 2000

La Suite à l'ordinaire prochain.
La représentation du monde dans les gazettes
Livre collectif codirigé avec Denis Reynaud,
Presses universitaires de Lyon, 1999

Les Adieux à la Reine
roman
Seuil, « Fiction & Cie », 2002
et « Points », n° P1128
Prix Femina 2002

Le Régent, entre fable et histoire
Livre collectif codirigé avec Denis Reynaud,
CNRS éditions, 2003

La Lectrice-Adjointe, *suivi de* Marie-Antoinette et le théâtre
théâtre
Mercure de France, 2003

Souffrir
essai
Payot, 2003
et « Rivages Poche », n° 522, 2004

L'Île flottante
nouvelle
Mercure de France, 2004

« Où sont les poupées ? » *in* Poupées
Sous la direction d'Allen S. Weiss
Gallimard, 2004

Le Palais de la reine
théâtre
Actes Sud-Papiers, 2005

Jardinière Arlequin
Conversation avec Alain Passard
Mercure de France, 2006

Chemins de sable
Conversation avec Claude Plettner
Bayard, 2006
et « Points Essais », n° 596, 2008

L'Invention de la catastrophe au XVIIIe siècle.
Du châtiment divin au désastre naturel
Livre collectif codirigé avec Anne-Marie Mercier-Faivre
Droz, 2008

Cafés de la mémoire
récit
Seuil, « Réflexion », 2008

RÉALISATION : NORD COMPO À VILLENEUVE-D'ASCQ
IMPRESSION : CPI FIRMIN DIDOT AU MESNIL-SUR-L'ESTRÉE
DÉPÔT LÉGAL : SEPTEMBRE 2010. N° 101259 (100526)
Imprimé en France